3 1994 01453 9230

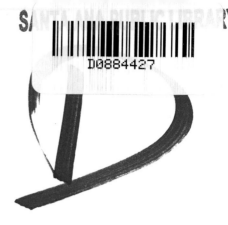

SANTA ANA PUBLIC LIBRARY

D0884427

SANTA ANA PUBLIC LIBRARY

Las viudas de los jueves

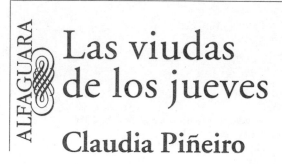

ALFAGUARA

Las viudas de los jueves

Claudia Piñeiro

SP FICTION PINEIRO, C.
Pineiro, Claudia
Las viudas de los jueves

$24.99
CENTRAL   31994014539230

ALFAGUARA

© 2005, Claudia Piñeiro
© De esta edición:
   D. R. © Santillana Ediciones Generales, S.A. de C.V., 2010
   Av. Universidad 767, Col. del Valle
   México, 03100, D.F. Teléfono 5420 7530
   www.alfaguara.com.mx

   Primera edición: abril de 2010
   Primera reimpresión: diciembre de 2010

ISBN: 978-607-11-0485-4

Diseño:
Proyecto de Enric Satué

© Imagen de cubierta:
USER T38

Las viudas de los jueves ha sido galardonada con el Premio
Clarín de Novela 2005 por un jurado compuesto por José
Saramago, Rosa Montero y Eduardo Belgrano Rawson.

Impreso en México

Todos los derechos reservados. Esta publicación no puede ser eproducida,
ni en todo ni en parte, ni registrada en o transmitida por un sistema de
recuperación de información, en ninguna forma ni por ningún medio, sea
mecánico, fotoquímico, electrónico, magnético, electroóptico, por
fotocopia o cualquier otro, sin el permiso previo, por escrito, de la
editorial.

A Gabriel y a mis hijos

La época en que transcurre la acción es el lejano período en que la enorme clase media de los Estados Unidos se matriculaba en una escuela para ciegos.

TENNESSEE WILLIAMS
El zoo de cristal

Sin servidumbre no hay tragedia posible, sólo un sórdido drama burgués. Mientras lavas tu propia taza y vacías los ceniceros las pasiones pierden fuerza.

MANUEL PUIG
Bajo un manto de estrellas

1.

Abrí la heladera, y me quedé así, descansando con la mano apoyada en la manija, frente a esa luz fría que iluminaba los estantes, con la mente en blanco y la mirada inútil. Hasta que la alarma que indicaba que la puerta abierta dejaba escapar el frío empezó a sonar, y me recordó por qué estaba ahí, parada frente a la heladera. Busqué algo que comer. Junté en un plato algunas sobras del día anterior, las calenté en el microondas y las llevé a la mesa. No puse mantel, apenas un individual de rafia de aquellos que había traído hacía un par de años de Brasil, de las últimas vacaciones que pasamos los tres juntos. En familia. Me senté frente a la ventana, no era mi lugar habitual en la mesa, pero me gustaba comer mirando el jardín cuando estaba sola. Ronie esa noche, la noche en cuestión, cenaba en la casa del Tano Scaglia. Como todos los jueves. Aunque ese jueves fuera distinto. Un jueves de septiembre de 2001. Veintisiete de septiembre de 2001. Ese jueves. Todavía seguíamos espantados por la caída de las Torres Gemelas, y abríamos las cartas con guantes de goma por temor a encontrarnos con un polvo blanco. Juani había salido. No le había preguntado con quién ni adónde. A Juani no le gustaba que le preguntara. Pero igual yo sabía. O me imaginaba, y entonces creía que sabía.

Casi no ensucié platos. Ya hacía unos años había aceptado que no podíamos pagar más personal doméstico de jornada completa, y sólo venía una mujer dos veces por semana a hacer el trabajo grueso. Desde entonces aprendí a ensuciar lo mínimo posible, aprendí a no arrugarme, a casi no desarmar la cama. No por la carga de la tarea en sí misma, sino porque lavar los platos, hacer las camas o planchar la ropa me recordaban lo que alguna vez había tenido, y ya no tenía más.

Pensé en salir a caminar, pero me detenía el temor de cruzarme con Juani y que él creyera que lo estaba espiando. Hacía calor, era una noche estrellada y luminosa. No tenía ganas de acostarme y empezar a dar vueltas en la cama, sin sueño, pensando en alguna operación inmobiliaria que no terminaba de poder concretar. Por aquel entonces parecía que todas las operaciones estaban destinadas a caerse antes de que yo pudiera cobrar una comisión. Veníamos de varios meses de crisis económica, algunos lo disimulaban mejor que otros, pero a todos de una manera u otra nos había cambiado la vida. O nos estaba por cambiar. Fui a mi cuarto a buscar un cigarrillo, iba a salir a pesar de Juani, y me gustaba caminar fumando. Cuando pasé frente al dormitorio de mi hijo pensé en entrar y buscar ahí un cigarrillo. Pero sabía que no habría encontrado lo que buscaba, que hubiera sido sólo una excusa para entrar y mirar, y ya había estado mirando esa mañana cuando había hecho su cama y ordenado su cuarto, y tampoco entonces había encontrado lo que buscaba. Seguí, en mi mesa de luz tenía un atado nuevo, lo abrí, saqué un cigarrillo, lo prendí y bajé la escalera dispuesta a salir. En ese momento entró Ronie, y mis planes cambiaron. Esa noche todo fue distinto de lo planeado. Ronie fue directo al bar. «Qué raro tan temprano...», le dije al pie de la escalera. «Sí», dijo él y subió con un vaso y la botella de whisky. Esperé un momento, parada ahí, y luego lo seguí. Pasé por nuestro dormitorio, pero no estaba. Tampoco en el baño. Había ido a la terraza y se había instalado ahí, en una reposera, dispuesto a beber. Me acerqué una silla, me senté junto a él, y esperé mirando en la misma dirección, callada. Quería que me contara algo. Nada importante, ni divertido, ni siquiera necesitaba que me dijera algo con sentido, sólo que me hablara, que hiciera la parte que le correspondía en esa charla mínima en la que se habían convertido nuestras conversaciones con el paso del tiempo. Un pacto tácito de frases hechas encadenadas, palabras que iban llenando el silencio, con el propósito de ni siquiera tener que hablar del silencio. Palabras huecas, caparazones de palabras. Cuando me quejaba, Ronie argumentaba que hablábamos poco porque pasábamos demasiado tiempo juntos, que no podía haber mucho que contar si no nos separábamos durante buena parte del día. Y eso era así desde que Ronie se había quedado sin trabajo seis años atrás, y no había vuelto a tener otra ocupación, a excepción de un par de proyectos que nunca terminaban de concretarse. A mí no me importaba tanto descubrir por qué la relación se había ido descascarando de palabras, sino por qué yo recién me di cuenta cuando el silencio se había instalado en la casa, como un pariente lejano al que no queda más remedio que hospedar y atender. Y por qué no me dolía. Tal vez porque el dolor fue ganando su lugar de a poco, en silencio. Igual que el silencio. «Me voy a buscar un vaso», dije. «Traé hielo, Virginia», me gritó Ronie cuando ya había salido.

Fui a la cocina y mientras cargaba la hielera, especulé con distintas alternativas acerca del regreso temprano de Ronie. Me incliné por la alternativa de que habría discutido con alguien. Con el Tano Scaglia, o con Gustavo seguramente. Con Martín Urovich no, Martín hacía rato que había dejado de pelear con nadie, ni siquiera con él mismo. Cuando volví a la terraza se lo pregunté directamente, no quería enterarme al día siguiente en un partido de tenis, y por la mujer de otro. Desde que se había quedado sin trabajo, Ronie guardaba cierto resentimiento que afloraba en el momento menos oportuno. Ese mecanismo de adaptación social que hace que no digamos lo que no tenemos que decir, en mi marido hacía rato que fallaba. «No, no me peleé con nadie.» «¿Y por qué volviste tan temprano? Nunca venís un jueves antes de las tres de la mañana.» «Hoy sí», dijo. Y ya no dijo otra cosa ni dejó lugar para que yo dijera. Se levantó y acomodó la reposera más cerca de la baranda, casi dándome la espalda. No fue un desaire sino la actitud de un espectador que está buscando el mejor lugar desde donde ver un escenario. Nuestra casa está ubicada en diagonal a la de los Scaglia, enfrentada, con dos o tres casas de por medio, pero como la nuestra es más alta, y a pesar de los álamos de los Iturria que entorpecían la visión, desde esa ubicación se podían ver los techos, el parque y la pileta casi en su totalidad. Ronie miraba hacia la pileta. Las luces estaban apagadas y no se veía gran cosa. Sí las formas, el contorno; se podía adivinar el agua moviéndose y dibujando distintas sombras sobre los azulejos turquesa.

Me paré y me apoyé detrás de la reposera de Ronie. El silencio de la noche era confirmado por el ruido de los álamos de los Iturria, que se movían cada tanto con el viento caliente y sonaban como si estuviera lloviendo en medio de esa noche estrellada. Dudé de si quedarme o irme porque, más allá de su actitud ausente, Ronie no había insinuado que me fuera, y eso para mí ya era mucho. Lo observaba desde atrás, por sobre el respaldo de madera. Se movía cada tanto en la reposera sin encontrar la posición adecuada, estaba nervioso. Más tarde supe que no eran nervios sino miedo, pero entonces no lo sabía. Y era difícil sospecharlo, Ronie nunca le había tenido miedo a nada. Ni siquiera a lo que yo le tenía miedo, al miedo que había aparecido hacía unos meses y que no me dejaba ni de día ni de noche. Ese que hacía que parada frente a la heladera me olvidara de lo que estaba haciendo. El miedo que me acompañaba siempre aunque fingiera, aunque me riera, aunque hablara de lo que fuera, aunque jugara al tenis o estuviera firmando una escritura. El que esa noche, y a pesar de la distancia que había impuesto Ronie, me hizo decir con fingida naturalidad: «Juani salió». «¿Con quién?», quiso saber. «No le pregunté.» «¿A qué hora vuelve?» «No sé. Se fue en los rollers.» Otra vez el silencio, y luego dije: «Había un mensaje de Romina en el contestador, decía que lo esperaba para salir de ronda. ¿Ronda será alguna palabra clave de ellos?». «Ronda es ronda, Virginia.» «¿No me preocupo entonces?» «No.» «Estará con ella.» «Estará con ella.» Y otra vez los dos quedamos en silencio.

Después hubo más palabras, creo, pero que no recuerdo. Fórmulas repetidas del pacto tácito. Ronie se sirvió otro whisky, le acerqué el hielo. Él agarró un puñado de cubitos y algunos se cayeron al piso y resbalaron hasta la baranda. Los siguió con la mirada, parecía como si por un instante se hubiera olvidado de la casa de enfrente. Él miraba los hielos, y yo lo miraba a él. Y tal vez hubiéramos seguido así, encadenando miradas, pero en ese mismo momento se encendieron las luces en la pileta de los Scaglia y se oyeron voces en medio de la lluvia de álamos. La risa del Tano. Música; sonaba algo así como un jazz contemporáneo y triste. «¿Diana Krall?», pregunté, pero Ronie no contestó. Se puso tenso otra vez, se paró, pateó los hielos, se volvió a sentar, se llevó los puños cerrados a la boca, apretó los dientes. Supe que me ocultaba algo, lo que apretaba en esa boca para que no saliera. Algo que tenía que ver con lo que no podía dejar de mirar. Una discusión, celos, algún desprecio que no pudo tolerar. Una humillación disfrazada de chiste; la especialidad del Tano, pensé. Ronie se paró otra vez y fue a la baranda para ver mejor. Vació su whisky. Parado entre los álamos, miraba y no dejaba que yo pudiera ver. Pero oí un chapuzón, e imaginé que alguien se había zambullido en la pileta de los Scaglia. «¿Quién se tiró?», pregunté. No hubo respuesta. Y no me importaba quién se hubiera tirado sino el silencio, una pared contra la que chocaba cada vez que quería acercarme. Harta de esfuerzos inútiles, bajé. No estaba enojada, pero era evidente que Ronie no estaba ahí conmigo sino allá, calle por medio, zambulléndose en la pileta de los Scaglia con sus amigos. Apenas empecé a bajar la escalera, el jazz que llegaba desde la casa del Tano dejó de sonar partiendo al medio un compás, dejándolo quebrado.

Bajé a la cocina y enjuagué el vaso con más detenimiento del necesario, otra vez mi cabeza se llenaba de pensamientos que parecían no caber en ella. Pensaba en Juani, no en Ronie. Aunque trataba de no hacerlo y buscaba artilugios. Como esa gente que cuenta ovejas para dormirse, traía a mi mente las operaciones inmobiliarias pendientes, a quién le mostraría la casa de los Gómez Pardo, cómo lograría que le financiaran la compra a los Canetti, el depósito que me había olvidado de cobrarle a los Abrevaya. Y otra vez aparecía Juani, no Ronie. Juani más nítido, más intenso. Sequé el vaso y lo guardé, pero lo volví a sacar para cargarlo con agua, iba a necesitar tomar algo para dormir esa noche. Algo que me desplomara sobre la cama. En mi botiquín debía haber una pastilla que sirviera. Por suerte no llegué a tomar nada porque fue entonces cuando sentí los pasos apurados en la escalera, y luego el grito y el golpe, seco, duro, contra la madera. Salí corriendo y me encontré con mi marido caído, con un hueso de la pierna saliendo a través de la carne, envuelto en sangre. Me mareé, sentí que todo daba vueltas a mi alrededor, pero tenía que recuperar el control porque estaba sola, y tenía que atenderlo, y agradecí no haber tomado nada, porque también tenía que hacerle un torniquete, y no sabía cómo se hace un torniquete, atarle un trapo aunque sea, una servilleta limpia, parar la sangre, y llamar a una ambulancia; no, ambulancia no porque tarda mucho, mejor directo al sanatorio, y dejarle una nota a Juani. «Nos fuimos con papá a hacer algo pero enseguida volvemos, cualquier cosa llamame al celular. Está todo bien. Espero que vos también. Un beso. Mamá.»

Mientras lo arrastraba hasta el auto, Ronie gritó del dolor, y ese grito me despabiló. «Virginia, llevame a lo del Tano», gritó. No le hice caso, supuse que era una especie de delirio por la situación y lo subí al asiento de atrás como pude. «Llevame a lo del Tano, la puta madre», volvió a gritar y después se desmayó. Del dolor, me dijeron más tarde en el sanatorio, pero no. Manejé a toda velocidad, de la peor manera, sin respetar carteles de «Cuidado. Niños jugando», ni lomos de burro. Ni siquiera me detuve cuando vi cruzar por una calle transversal a Juani a toda velocidad corriendo descalzo. Detrás de él, Romina. Como huyendo de algo, esos dos siempre huyendo de algo, pensé. Y olvidando en alguna parte sus patines. Juani siempre pierde sus cosas. Pero no podía ocuparme de pensar en Juani. Esa noche no. En el camino hacia la entrada, Ronie se despertó. Todavía mareado, miró por la ventana tratando de ver dónde estaba, pero parecía no terminar de entender. Ya no gritaba. Dos calles antes de salir de La Cascada nos cruzamos con la camioneta de Teresa Scaglia. «¿Ésa es Teresa?», preguntó Ronie. «Sí.» Ronie se agarró la cabeza y empezó a llorar, primero bajo, como un lamento, y después ahogado. Lo miré por el espejo retrovisor, acurrucado, lastimado. Intenté calmarlo con palabras, pero no fue posible, y me fui acostumbrando a su letanía. Como al dolor que se instala de a poco, como a las conversaciones llenas de palabras huecas.

Cuando llegué al sanatorio ya no escuchaba el llanto de mi marido. Pero el llanto estaba. «¿Por qué llora así?», le preguntó el médico de guardia. «¿Duele mucho?» «Tengo miedo», respondió Ronie.

2.

Virginia siempre decía que aunque la casa de los Scaglia no era la mejor de Altos de la Cascada, era la que más llamaba la atención de los clientes de su inmobiliaria. Y si había alguien que sabía de mejores y peores casas en nuestro barrio, ésa era ella. Sin duda la casa del Tano era una de las más grandes del *country,* y eso también marcaba una diferencia. Muchos de nosotros la mirábamos con cierta envidia, aunque ninguno se atrevería a confesarlo. De ladrillo enrasado, con techo de teja pizarra negra a varias aguas y carpintería de madera blanca, tenía dos plantas, seis dormitorios, ocho baños, sin contar el de la pieza de servicio. Salió en dos o tres revistas de decoración gracias a los contactos del arquitecto que la construyó. En la planta alta funcionaba un *home theatre,* y junto a la cocina, un *family* con muebles de ratán y una mesa de madera y hierro patinado color óxido. El living estaba frente a la pileta de natación y desde los sillones color arena, frente al ventanal que iba de pared a pared y del piso al techo, uno tenía la sensación de que estaba en el *deck* de madera que se extendía en cuanto terminaba la galería.

En el jardín cada arbusto había sido puesto en un lugar predeterminado de acuerdo con su color, altura, espesor, movimiento. «Es mi carta de presentación», decía Teresa, que al poco tiempo de mudarse a La Cascada abandonó grafología para empezar a estudiar paisajismo y, aunque no necesitaba trabajar, siempre parecía a la búsqueda de nuevos clientes, como si conquistarlos representara para ella mucho más que un nuevo jardín que atender. En su casa no había plantas marchitas ni apestadas, no había plantas que hubieran nacido porque sí, porque voló una semilla y allí cayó, no se veían hormigueros ni babosas. El pasto era como una alfombra de un verde intenso, inmaculado, sin matices. En una línea imaginaria, en el punto exacto donde cambiaba el color del pasto, terminaba el jardín y comenzaba la cancha de golf, el hoyo 17; un *bunker* de arena sobre el costado izquierdo, y un *hazard*, un pequeño espejo de agua artificial, sobre la derecha, completaban la vista desde la casa.

Teresa entró por la puerta que da al estacionamiento. No necesitó usar llaves, en Altos de la Cascada no echamos llave a las puertas. Dice que le llamó la atención no oír las risotadas típicas de su marido y sus amigos. Nuestros amigos. Risotadas ahogadas en alcohol. Y se alegró de no tener que ir a saludarlos, estaba demasiado cansada como para tolerar los mismos chistes de siempre, dijo. Como todos los jueves, se habían juntado a comer y a jugar a las cartas y por tradición, desde tiempo atrás, ese día sus mujeres tenían que ir al cine. Excepto Virginia, que hacía tiempo había dejado de ir con excusas de distinto tipo que nadie se molestaba en analizar demasiado, y en voz baja todos atribuíamos su alejamiento a sus problemas económicos. Los hijos de los Scaglia tampoco estaban esa noche; Matías dormía en casa de los Florín, y Sofía, muy a su pesar, por la insistencia de su padre había ido a dormir a la casa de sus abuelos maternos. Y la mucama de franco, el propio Tano había establecido que se tomara su descanso los jueves para que ese día nadie en la casa pudiera molestarlo ni a él ni a sus amigos, interrumpiendo por lo que fuera su partida de cartas.

Subió la escalera con el temor de que, tal vez, después de mucho vino o champán, los hombres hubieran terminado durmiendo la mona en el *home theatre* mientras fingían ver una película o algún evento deportivo. No estaban allí, y de camino a su cuarto ya no había riesgo de cruzarse con ellos. La casa parecía desierta. No estaba preocupada, sí intrigada. A menos que los amigos de su marido se hubieran ido caminando, pensó, no podían estar muy lejos; al entrar había tenido que esquivar las camionetas de Gustavo Masotta y de Martín Urovich estacionadas en la entrada de su casa. Se asomó al balcón, y en la oscuridad de la noche le pareció ver algunas toallas en el *deck* de madera. Era una noche agradable, a pesar de que apenas terminaba septiembre, y desde que el Tano había mandado instalar la caldera para calefaccionar el agua de la pileta, las especulaciones en cuanto al clima y la natación no seguían los patrones establecidos. Seguramente terminaron su mona en la pileta y están cambiándose en el vestuario del quincho, pensó. Y como no tenía más ganas de pensar, se puso el camisón y se metió en la cama.

A las cuatro de la mañana se despertó sola. El lado izquierdo de su cama estaba intacto. Caminó hasta el frente de la casa y a través de la ventana vio que las camionetas todavía estaban allí. La casa seguía muda. Bajó, pasó por el living y verificó que lo que había visto desde su balcón eran toallas y remeras. Pero no había luz en la pileta y le costó distinguirlo. Fue al *family;* todo estaba en su lugar: las botellas descorchadas, los ceniceros llenos de puchos, las cartas revueltas sobre la mesa como si recién hubieran terminado una partida. Siguió hasta el quincho y en el vestuario encontró la ropa de los hombres tirada sobre el banco, un calzoncillo hecho un bollo en el piso, una media sin su compañera colgada de la canilla de la ducha. Sólo la ropa del Tano había sido doblada prolijamente, y acomodada sobre una punta del banco, junto a sus zapatos. No podían haber ido a caminar a esa hora y en traje de baño, pensó. Entonces fue hacia la pileta. Intentó prender la luz, pero en ese sector estaba cortada, como si hubiera saltado el disyuntor, pensó, y luego supo que no había sido el disyuntor sino la llave térmica. El agua estaba calma. Tocó las toallas y se dio cuenta de que no habían sido usadas, estaban secas, apenas húmedas del rocío. Sobre el borde de la pileta, ordenadas en una fila perfecta, tres copas de champán vacías la desorientaron. No porque los hombres hubieran bebido ahí, lo hacían donde fuera, sino porque eran las copas de cristal del juego de casamiento, las que les había regalado el padre del Tano, y que el mismo Tano reservaba para ocasiones muy especiales. Teresa se acercó a levantarlas antes de que la brisa de la mañana, un gato o un sapo acabaran con ellas. Si no fuera por ciertos accidentes provocados por elementos de la naturaleza como ésos, en La Cascada no corremos demasiados riesgos. Eso creíamos.

Mientras recogía las copas, Teresa apenas miró el agua inmóvil. Al tomarlas dos se chocaron y el ruido a cristal la estremeció. Las revisó y verificó que estaban intactas. Y se alejó hacia la casa. Caminó despacio, tratando de que las copas no volvieran a chocarse y sin saber lo que recién sabríamos todos al día siguiente: que debajo de esa agua tibia, en el fondo de su pileta, se hundían los cuerpos de su marido y dos de sus amigos, muertos.

3.

Altos de la Cascada es el barrio donde vivimos. Todos nosotros. Primero se mudaron Ronie y Virginia Guevara, casi al mismo tiempo que los Urovich; unos años después, el Tano; Gustavo Masotta fue de los últimos en llegar. Unos antes, otros después, nos convertimos en vecinos. El nuestro es un barrio cerrado, cercado con un alambrado perimetral disimulado detrás de arbustos de distinta especie. Altos de la Cascada Country Club, o club de campo. Aunque la mayoría de nosotros acorte el nombre y le diga La Cascada, y otros pocos elijan decirle Los Altos. Con cancha de golf, tenis, pileta, dos *club house*. Y seguridad privada. Quince vigiladores en los turnos diurnos, y veintidós en el de la noche. Algo más de doscientas hectáreas protegidas a las que sólo pueden entrar personas autorizadas por alguno de nosotros.

Para entrar al barrio hay tres opciones. Por un portón con barreras, si uno es socio, poniendo junto al lector una tarjeta magnética y personalizada. Por una puerta lateral, también con barreras si es visita autorizada, y previa entrega de ciertos datos como el número de documento, patente, y otros números identificatorios. O por un molinete donde se retiene el documento y se revisan bolsos y baúles, si se trata de proveedores, empleadas domésticas, jardineros, pintores, albañiles, o cualquier otro tipo de trabajadores.

Todo alrededor, bordeando el perímetro, y cada cincuenta metros, hay instaladas cámaras que giran ciento ochenta grados. Años atrás se habían instalado cámaras que giraban trescientos sesenta grados, pero fueron desactivadas y reemplazadas porque invadían la intimidad de algunos socios cuyas casas se encontraban cerca de los límites

Las casas se separan unas de otras con cerco vivo. O sea, arbustos. No cualquier arbusto. Ya no están de moda ni la ligustrina, ni las campanillas violetas de otra época, típicas de los ferrocarriles. No hay cercos rectos, cortados con prolijidad semejando paredes verdes. Mucho menos arbustos redondeados. Los cercos se cortan desparejos, como desmechados, para que parezcan naturales, aunque el corte haya sido meticulosamente estudiado. A la vista parecería que esas plantas fueran más bien un accidente geográfico casual entre vecinos que una barrera puesta a propósito para marcar un límite. Aunque lo fuera y ese límite sólo pudieran insinuarlo plantas. No están permitidos alambrados, rejas, ni mucho menos paredes. Excepto el alambrado perimetral de dos metros de altura que corre por cuenta de la administración del barrio, y que pronto será reemplazado por un muro que cumpla con nuevas normas de seguridad. Los parques de las casas que dan al golf no tienen permitido poner ni siquiera cerco vivo en el lateral que da a la cancha; acercándose al borde uno puede deducir dónde terminan esos parques porque cambia el tipo de pasto, pero la mirada desde más lejos se pierde en el verde que continúa, y se lleva de la mano la ilusión de que la propiedad privada y propia abarca todo.

Las calles tienen nombre de pájaros. Golondrina, Batibú, Mirlo. No guardan un trazado lineal típico. Abundan los *cul-de-sac,* calles sin salida que terminan en una pequeña rotonda parquizada. Una especie de callejón más cotizado que el resto por ser menos transitado, más tranquilo. Todos quisiéramos vivir en un *cul-de-sac.* En un barrio no cerrado, un callejón así desvelaría el sueño de quien lo tuviera que transitar, sobre todo de noche; temería ser asaltado, emboscado. En La Cascada no, no sería posible, uno puede caminar a la hora que sea, por donde sea, absolutamente tranquilo porque nada puede pasarle.

No hay veredas. La gente va en auto, moto, cuatriciclo, bicicleta, carro de golf, *scooter* o *rollers*. Y si camina, camina por la calzada. En general, cualquier persona caminando que no lleve equipo de entrenamiento es empleada doméstica o jardinero. «Parquista» decimos en Altos de la Cascada en lugar de jardinero, seguramente porque ningún terreno baja de los mil quinientos metros cuadrados, y con ese tamaño un jardín se convierte automáticamente en parque.

Si uno levanta la cabeza no ve cables. Ni de luz, ni de teléfono, ni de televisión. Y por supuesto que hay de las tres cosas, sólo que corren bajo tierra, ocultos, para preservar a Los Altos y sus habitantes de la contaminación visual. Los cables corren junto a la cloaca, en un zanjado paralelo. Los dos ocultos bajo tierra.

Tampoco se permite dejar a la vista tanques de agua, que son camuflados detrás de falsas paredes que los envuelven. Ni ropa tendida. La Oficina Técnica del barrio debe aprobar, junto con los planos de la casa, el lugar elegido para tender la ropa, y si con posterioridad el vecino usa un sector que permite ver la ropa lavada desde las casas lindantes y alguien lo denuncia, es multado.

Las casas son diferentes, ninguna casa pretende ser abiertamente copia de otra. Aunque lo sea. Imposible no parecerse cuando se deben respetar estéticas semejantes. O porque lo dice el código edilicio, o la moda. A todos nos gustaría que nuestra casa fuera la más linda. O la más grande. O la mejor construida. Por estatuto, todo el barrio está dividido en sectores donde sólo puede hacerse un tipo de casas, definido por su aspecto exterior. Está el sector de las casas blancas. El sector de las casas de ladrillo. El sector del techo pizarra negro. Uno no puede construir una casa de un tipo en un sector determinado como de otro. En una vista aérea el club se ve repartido en tres manchas: una roja, una blanca y una negra.

En el sector de ladrillo están los *dormis,* especie de departamentos donde duermen los socios que sólo vienen los fines de semana y no quieren mantener una casa. Vistos desde lejos, los *dormis* parecen tres grandes chalets, y sin embargo son muchos cuartos pequeños, distribuidos en las tres moles, con un cuidado jardín al frente.

Y una característica más, tal vez de las más llamativas del barrio donde vivimos: los olores. Los olores del barrio cambian con las estaciones. En septiembre todo huele a jazmín de leche. Y no es una frase poética, sino puramente descriptiva. Todos los jardines de La Cascada tienen por lo menos un jazmín de leche para que florezca en primavera. Trescientas casas, con trescientos jardines, con trescientos jazmines de leche, encerradas dentro de un predio de doscientas hectáreas, con alambrado perimetral y seguridad privada, no es un dato poético. Por eso en primavera el aire se siente pesado, dulce. Empalaga a quien no está acostumbrado. Pero en algunos de nosotros genera una especie de adicción, o atracción, o nostalgia, y cuando nos vamos estamos deseando volver para respirar otra vez ese olor a flores dulces. Como si no se pudiera respirar bien en ningún otro lado. El aire en Altos de la Cascada pesa, se siente, quienes vivimos aquí es porque nos gusta respirar así, con las abejas zumbando detrás de algún jazmín. Y aunque con cada estación cambia el perfume, la sensación de querer respirar ese aire se mantiene intacta. En verano La Cascada huele a pasto recién cortado y regado, y al cloro de las piletas. El verano es la estación de los ruidos. Chapuzones, gritos de chicos que juegan, chicharras, pájaros quejándose del calor, música que se cuela por las ventanas abiertas, algún solitario tocando la batería. Ventanas sin rejas, en La Cascada no hay rejas. No hacen falta rejas. Mosquiteros sí, para que no molesten los insectos. El otoño huele a ramas podadas, recién cortadas pero frescas, nunca dejan que se pudran, hay hombres con buzo verde y el logo de Altos de la Cascada recogiendo hojas y ramas después de cada tormenta de lluvia o viento. Las huellas de las tormentas desaparecen muchas veces antes de que hayamos tomado el desayuno y salido para el trabajo, la escuela o una caminata matutina. Apenas si nos enteramos por el piso húmedo, y el olor a tierra mojada. Hasta a veces dudamos de si la tormenta que nos despertó la noche anterior realmente existió o la soñamos. Y en invierno, el olor de los leños quemándose en las chimeneas. Olor a humo y eucaliptos; y el olor más privado y más secreto, el de la propia casa. El que se compone de una mezcla que sólo cada uno de nosotros conoce.

Los que venimos a vivir a Altos de la Cascada decimos que lo hacemos buscando «el verde», la vida sana, el deporte, la seguridad. Excusados en eso, inclusive ante nosotros mismos, no terminamos de confesar por qué venimos. Y con el tiempo ya ni nos acordamos. El ingreso a La Cascada produce cierto mágico olvido del pasado. El pasado que queda es la semana pasada, el mes pasado, el año pasado «cuando jugamos el *intercountry* y lo ganamos». Se van borrando los amigos de toda la vida, los lugares que antes parecían imprescindibles, algunos parientes, los recuerdos, los errores. Como si fuera posible, a cierta edad, arrancar las hojas de un diario y empezar a escribir uno nuevo.

4.

Nosotros nos mudamos a La Cascada a fines de los ochenta. Teníamos nuevo presidente. Tendríamos que haberlo tenido a partir de diciembre pero la hiperinflación y los saqueos a los supermercados hicieron que el anterior dejara el sillón antes de terminar el mandato. Por aquella época, la movida hacia los barrios cerrados de la periferia del gran Buenos Aires ni siquiera había arrancado. Eran pocos los que vivían en forma permanente en Altos de la Cascada, o en cualquier otro barrio cerrado o *country*. Ronie y yo fuimos de los primeros que nos atrevimos a dejar para siempre el departamento en la Capital a cambio de instalarnos allí con toda la familia. Ronie al principio dudó. Mucho viaje, decía. Fui yo la que insistí, estaba segura de que vivir en La Cascada nos iba a cambiar la vida, de que necesitábamos cortar con la ciudad. Y Ronie terminó aceptando.

Vendimos una casa de fin de semana que habíamos heredado de la familia de Ronie, una de las pocas cosas de esa herencia que nos quedaba por vender, y compramos la casa de los Antieri. Fue, como me gusta decir a mí, «un negocio redondo». Y el primer indicio de que la cosa de comprar y vender casas me gustaba, lo llevaba adentro. Aunque por ese entonces no sabía tanto del negocio como ahora. Antieri se había suicidado dos meses atrás. La viuda estaba desesperada por dejar cuanto antes la casa donde su marido, y padre de sus cuatro hijas, se había volado los sesos. En el living. Un living chico, con el comedor incorporado en ele. Casi todas las casas de las primeras épocas en Altos de la Cascada y en otros *countries* similares tenían livings pequeños. Es que en aquella época, hablemos de los 50, los 60 o hasta los 70, no se tenía una casa tan lejos de Buenos Aires para recibir gente y hacer reuniones sociales. La Panamericana como la conocemos hoy, con su doble carril y asfalto impecable, no existía ni en sueños. Si se invitaba a amigos o parientes, era a la aventura de pasar un día de campo, se aprovechaba el jardín, la zona de deportes, se los llevaba a andar a caballo o a jugar al golf. La época de mostrar alfombras importadas y sillones comprados en las mejores casas de Buenos Aires llegaría varios años después. Nosotros nos mudamos en un tiempo intermedio, no eran los 60, pero tampoco se habían instalado los 90. Aunque era fácil darse cuenta de que estábamos mucho más cerca de éstos que de aquéllos, no sólo por una cuestión cronológica. Terminamos tirando una pared y agrandamos unos metros el living aprovechando un escritorio que sabíamos que no íbamos a utilizar.

Lo de Antieri fue un domingo al mediodía. Los gritos de la mujer se escucharon desde la cancha de golf. La casa está casi frente a la salida del hoyo 4, y todavía hoy Paco Pérez Ayerra, en aquella temporada capitán de la cancha, cuenta cada tanto la historia del *long drive* que tiró fuera de límite porque los gritos estallaron justo cuando su madera 1 impactaba en la pelota. Decían que Antieri había sido militar o de la marina, o algo así. Nadie sabía muy bien qué. Pero de uniforme. No se daban mucho con sus vecinos, no hacían deporte, no iban a las fiestas. Sus nenas sí, poco, cada tanto se las veía. Pero ellos no tenían vida social. Venían los fines de semana y se encerraban en esa casa. Los últimos tiempos él se quedaba toda la semana, solo, con las persianas bajas, dicen que limpiando su colección de armas. No hablaba con nadie. Por eso no creo que haya que buscar motivos concretos ni darle demasiado crédito a esa versión que corrió por el barrio que cuenta que Antieri había amenazado volarse los sesos según el resultado de las elecciones del 89. Esa amenaza la había hecho un actor y la había cumplido, salió en todos los noticieros; alguien juntó una anécdota con la otra y echó a andar el rumor.

Cuando vi la casa por primera vez, lo que más me llamó la atención fue el escritorio de Antieri, ese que después terminamos tirando. El orden y la limpieza que había ahí adentro me intimidaban. Una biblioteca llena de libros forraba todas las paredes. Lomos perfectos, intactos, de cuero color bordó o verde. Y dos vitrinas donde guardaba sus armas, de distintos calibres y modelos. Lustradas, sin un resto de polvo, brillantes. Mientras recorríamos el escritorio, Juani, que tenía apenas cinco años, se acercó a la biblioteca, sacó un libro, lo tiró al piso y se paró encima. El lomo del libro se venció. Ronie lo corrió de un tirón de pelo. Se lo llevó afuera a retarlo sin testigos, estaba furioso. Yo me ocupé del libro, le sacudí la huella del zapato de Juani. Traté de acomodarlo, lo sentí liviano y lo di vuelta. Era hueco. No había páginas adentro, sólo las tapas duras, una caja de falsa literatura. Leí sobre el lomo *Fausto* de Goethe. Lo dejé en su lugar. Entre *La vida es sueño,* de Calderón de la Barca, y *Crimen y castigo,* de Dostoievski. Todos huecos. Hacia la derecha seguían dos o tres clásicos más, y luego se repetía, *La vida es sueño, Fausto, Crimen y castigo,* en letras doradas de filigrana. La misma serie en todos los estantes.

La casa la sacamos por nada. Las ofertas de varios interesados anteriores se fueron cayendo a medida que se enteraban de que alguien se había pegado un tiro ahí. La viuda no lo decía, ni la persona de la inmobiliaria preocupada por venderla. Pero el rumor corría y por algún lado llegaba. A mí, de verdad, no me importó; yo no soy supersticiosa. Y para colmo, en el momento de firmar aparecieron algunos problemas de papeles en la sucesión, así que la viuda corrió con todos los gastos, incluidos los que nos correspondían a nosotros, los Guevara. Hasta recuperé doscientos pesos más cuando le vendí a Rita Mansilla los lomos de libros huecos que la viuda no se había querido llevar y que no hacían más que juntar polvo en el depósito del fondo.

Finalmente la casa nos terminó costando apenas unos quince mil dólares más que la de fin de semana que vendimos, y la nueva tenía dos mil metros de terreno, con doscientos cincuenta metros cubiertos, tres baños en suite, dependencias de servicio. Luminosa, si no fuera porque Antieri cerraba todas las persianas. Antes de mudarnos pintamos los ambientes de blanco para que pareciera más luminosa todavía. Un truco de inmobiliaria de Buenos Aires; con el tiempo supe que en La Cascada no hacían falta esos artilugios. En La Cascada el sol entra en la casa por las ventanas abiertas, no hay edificios que hagan sombra, ni medianeras que no dejen llegar la luz. Sólo en parques muy arbolados puede haber problemas de luz y sombra, pero no era el caso.

Fue el primer buen negocio inmobiliario que concreté en mi vida. Y desde entonces me fui entusiasmando con el tema. Casi como un juego. Si me enteraba de que alguien andaba mal de dinero, que alguna pareja se separaba o que a algún marido desocupado le salía un trabajo en el exterior y emigraban, o que emigraban aunque no le hubiera salido ningún trabajo, cansado de ser un desocupado con cancha de golf y pileta que mantener, enseguida pensaba a quién le podía interesar esa casa y los contactaba.

Fue así como dos años más tarde les vendía el terreno a los Scaglia. A los pocos días de que el ministro, que había sido de Relaciones Exteriores, ocupara el sillón de Economía, para el que verdaderamente lo habían convocado, y consiguiera que el Congreso le aprobara la ley de convertibilidad. Un dólar, un peso. El famoso «uno a uno» que nos hizo creer que otra vez podíamos, y facilitó el éxodo a lugares como Altos de la Cascada.

Hay hechos, sólo algunos, menos de los que uno cree, que de no haber ocurrido, nuestras historias serían otras. Haberle vendido ese terreno a los Scaglia, en aquel marzo de 1991, fue sin lugar a duda uno de ellos.

5.

Me acuerdo como si fuera hoy. Unos zapatos de *croco,* marrones, bajaron del auto antes que ella. Ni bien Teresa Scaglia avanzó, el taco aguja de uno de ellos se hundió en el terreno que les quería vender. Noté que Teresa se incomodó, y yo traté de restarle importancia al inconveniente. «A todas las que venimos de la ciudad nos pasó alguna vez», le dije. «Cuesta abandonar el taco. Creeme que es una de las cosas que más cuesta. Pero es el taco, o esto...», exageré señalando los árboles y el paisaje que nos rodeaban.

Creo que el Tano ni se dio cuenta del hundimiento de su mujer. Caminaba dos o tres metros delante de ella. No sé si decir que lo hacía de apurado sería correcto. O apurado sí, pero no de apuro de tiempo que no alcanza, sino más bien de premura, de ansiedad, como si no tuviera voluntad para esperarla, a ella ni a nadie. El Tano se fue alejando y yo me detuve un instante a esperar a Teresa. Y pensar que esta mujer terminó siendo paisajista. Cuando llegó a Altos de la Cascada lo único que sabía del tema era que le gustaban las plantas. Teresa sacaba el taco hundido de la tierra blanda, e intentaba limpiarlo en el pasto mientras, irremediablemente, se hundía el otro taco. Todo lo que hacía era en vano. El taco que había limpiado se volvería a hundir, el otro saldría sucio, y por más que lo limpiara, se volvería a ensuciar. Decírselo y no respetar su propio mecanismo de aprendizaje del nuevo terreno me resultaba tan ansioso e irrespetuoso como los pasos de su marido. Ansiedad no me faltaba, la comisión por la venta de ese terreno me iba a ayudar a concretar varios arreglos pendientes en mi propia casa. Especulé sobre qué opción terminaría eligiendo. La primera vez que me hundí en La Cascada, me saqué los zapatos y terminé recorriendo el terreno en *panty* de seda. Éramos jóvenes, y Ronie se reía; los dos nos reíamos. Pero Teresa y yo somos muy distintas. Todas acá somos muy distintas, aunque algunos se confundan y crean que vivir en un lugar así hace que las mujeres terminemos pareciéndonos. *Mujer country*, nos llaman. La falsedad del estereotipo. Sí es cierto que vivimos cosas parecidas, que nos pasan cosas parecidas. O que no nos pasan ciertas cosas y en eso nos parecemos. Por ejemplo, a todas nos cuesta al principio abandonar algunas costumbres adquiridas: acá, ni zapatos de taco, ni medias de seda, ni cortinas que arrastren por el piso. Cualquiera de esos detalles que en otro contexto denotarían elegancia, en Altos de la Cascada terminan denotando mugre. Porque los tacos se hunden en el jardín y emergen llenos de pasto y barro, porque las *panty* se corren al contacto con cualquier planta áspera, machimbre o muebles de jardín de ratán, porque en las casas entra mucha más tierra que en los departamentos y lo que arrastre por el piso, sea cortina, niño, o perro, se ensucia feo.

A Teresa le llevó unos metros aceptar que no había solución posible. Decidió caminar en puntas de pie, opción intermedia que le he visto elegir a varias mujeres citadinas, y conformarse con mirar de lejos sin recorrer el lote palmo a palmo como su marido. El Tano en cambio daba pasos firmes, con las manos en los bolsillos y los pies apoyados plenos sobre el terreno. Con cada paso marcaba el territorio; era evidente. Si hubiera sido un animal lo habría meado. Su actitud no dejaba lugar a duda, ése era el lote que estaba buscando. Pero su actitud, en lugar de alegrarme por la comisión casi ganada, me intimidó, y le dije que tenía que confirmar con el dueño que el terreno siguiera a la venta. «¿Y si no está a la venta, para qué me lo mostrás?» «No, sí, a la venta está, o estaba. Caviró padre, el dueño, se lo dio a mi inmobiliaria hace un par de meses, pero no sé, me gustaría chequearlo.» «Si se lo dio a una inmobiliaria es porque está a la venta.» Y eso podía ser cierto en muchos lugares, pero no en La Cascada. En La Cascada hay que aprender a manejarse con cierta flexibilidad. A veces te aseguran que lo quieren vender y después aparece un hijo que se lo pide para ellos, o les da vergüenza social venderlo, o no se ponen de acuerdo con la mujer. Y termina poniendo la cara la inmobiliaria. En este caso, yo, Virginia, o «Mavi Guevara», mi razón comercial. Algunos ponen su casa o terreno en venta sólo para saber efectivamente cuánto dinero vale, cuánto aumentó su valor desde que lo compraron, porque nos les alcanza la abstracción de una tasación sino que necesitan tener frente a ellos a quien quiera lo que poseen con el dinero en la mano para llevárselo. Y entonces dicen que no, no la venden. «Quiero este terreno», volvió a decir el Tano. «Lo voy a intentar», recuerdo que le contesté. «No me alcanza», me dijo con una voz calma pero a la vez firme que me paralizó, tanto como a su mujer la paralizaban los tacos que se hundían en el barro. No supe qué decirle. El Tano insistió como quien acerca la punta de la espada a un adversario que ya ha caído al piso y está a punto de abandonar la pelea. «Quiero este terreno.» Dudé un instante más, sólo un instante, porque después, como una revelación, me encontré a mí misma diciéndole: «Dalo por hecho, este terreno va a ser tuyo». Y no fue una frase hecha, ni una expresión de deseo, ni siquiera tenía que ver con mis posibilidades concretas de lograrlo. Todo lo contrario. Fue la convicción absoluta de que ese hombre parado frente a mí, el Tano Scaglia, al que acababa de conocer, obtenía siempre de la vida lo que quisiera.

Y de la muerte.

6.

El auto se detuvo frente a la barrera. Ernesto bajó la ventanilla, pasó por primera vez la tarjeta electrónica por el visor, y la barrera se levantó. El encargado de vigilancia los saludó con una sonrisa. La nena lo miraba desde su asiento. El guardia agitó la mano frente a la ventanilla, pero la nena no le respondió. Mariana bajó también su ventanilla y respiró exageradamente, como si ese aire fuera mejor que cualquier otro. No era dulce, como lo había sentido hacía dos años cuando había entrado por primera vez a La Cascada. Aquella vez había entrado por otra puerta, por la de visita. Y era primavera, no otoño como esta vez. Le habían pedido hasta el número de documento antes de dejarla pasar. La habían demorado más de quince minutos porque no encontraban a nadie que autorizara su ingreso. En aquel entonces habían ido a un asado en la casa de un cliente de Ernesto. Alguien que le debía un favor, la posibilidad de hacer un negocio para el que no habría calificado sin su ayuda. Y esos favores eran una deuda como cualquier otra, pensaba Ernesto. Sobre todo si le permitían a su deudor ganar mucho dinero. Aquel día, el de ese asado, decidieron que Altos de la Cascada era el lugar donde querrían vivir el día que tuvieran hijos. Y ahora los tenían. Eran dos, ellos hubieran querido uno, pero era eso o seguir esperando. Y Mariana no tenía más fuerzas para esperar. Desde hacía poco más de un mes que el juez se los había dado, y ya no esperaba. Habían estado a punto de comprar un chico en el Chaco, les habían hablado de una partera, pero por suerte apareció otro cliente de Ernesto que conocía al juez en cuestión y la cosa se encaminó mejor.

El auto de los Andrade avanzó lento por la calle arbolada que rodeaba la cancha de golf. Las calles de La Cascada competían en rojos y amarillos. Ningún cuadro del mejor pintor del mundo podría compararse con lo que veían por la ventana, pensó Mariana. Liquidámbares rojos, ginkgos biloba amarillos, robles marrón rojizos. Junto a la nena, en su sillita, dormía Pedro. La nena sintió que hacía un poco de frío con la ventana abierta, y le acomodó la mantita. Ella misma dobló sus piernas y las metió debajo de su pollera nueva. Miró por la ventanilla y vio un cartel que decía «Niños jugando. Velocidad máxima 20 kilómetros», pero no pudo leerlo porque no sabía.

Mariana abandonó el paisaje y los miró por el espejo, simulando acomodarse un mechón de pelo; pensó cómo sería ese vínculo fraterno entre esos niños que apenas conocía. El nombre del bebé lo sabía de mucho antes, de cuando Ernesto y ella eran novios. La nena traía puesto un nombre: Ramona. Mariana no se explicaba cómo alguien, en esta época, podía haberle puesto ese nombre a una nena. Ramona era nombre de otra cosa, no de nena. En tantos años de tratamientos y esperas ella había pensado varios. Camila, Victoria, Sofía, Delfina, Valentina, hasta Inés, como su abuela paterna. Pero la nena traía el propio. Y el juez no autorizó cambiarlo. Por eso Mariana había decidido decirle Romina, sin pedirle autorización a nadie, como si el cambio se debiera tan sólo a un error en las vocales. Por suerte la nena no supo decirle al juez el nombre del bebé, si es que lo tenía, y lo llamaba así, «bebe», sin acento.

Cuando llegaron, Antonia los esperaba en la puerta; había terminado recién de acomodar en un jarrón las flores que había enviado Virginia Guevara. Lo había puesto en el centro de la mesa nueva de pinotea. Llevaba un uniforme celeste con broderí blanco en los puños. Era de estreno, cuando vivían en Palermo no usaba uniforme. Tampoco trabajaba con cama. Pero con la mudanza y la llegada de los chicos, aceptaba el cambio o se quedaba sin trabajo. Al entrar por el camino de grava, el auto hizo un ruido a lluvia de verano, y la nena se estremeció. Miró por la ventanilla el día de sol. «Llueven piedras invisibles», pensó. Mariana fue la primera en bajar. Se acercó a Antonia y le dio la cartera y un bolso con la poca ropa que no había venido en la mudanza el día anterior. Enseguida fue hacia el auto, abrió la puerta trasera y desabrochó el cinturón que ataba el bebé a la sillita. La nena la miró mientras levantaba a su hermano. Mariana dijo algo así como «venga acá mi chiquito», y lo sacó fuera del auto. La mantita se cayó sobre el camino de piedras. «¿Viste qué lindo está hoy Pedrito, Antonia?» Antonia asintió. «Andá a hacerle una mamadera que debe estar muerto de hambre.» Antonia se metió dentro de la casa con el bolso y la cartera. Mariana, con Pedro en brazos, miró hacia el auto buscando algo. «¿Ernesto?», dijo, y Ernesto apareció de detrás del baúl cargando unas raquetas de tenis y un portatrajes sobre el cochecito de Pedro. Se les unió y entraron en la casa. La nena vio cómo la puerta se cerraba detrás de ellos. A través de la luneta polarizada miró la casa. Le pareció la casa más linda del mundo. Parecía hecha de crema y caramelo, como la de ese cuento que le habían contado una vez en la parroquia en Caá Catí. Habría salido del auto a correr por el pasto que parecía una alfombra, pero no podía, no sabía cómo sacarse el cinturón de seguridad. Lo intentó, pero no pudo, y tuvo miedo de que se rompiera y alguien le terminara pegando, ya no quería que nadie le pegara.

Pasó un rato. La nena se entretuvo mirando la calle. Una señora que llevaba un perro encadenado, una mujer con el mismo uniforme de Antonia que paseaba a un bebé en un cochecito, un chico que andaba en bicicleta, y una nena en patines. A ella también le gustaría andar en patines alguna vez, pensó. Nunca vio un par de patines de cerca, y la chica pasó demasiado rápido. Eran color rosa, eso sí alcanzó a ver. Su color preferido.

La puerta de la casa se abrió y salió Antonia. Fue hasta el auto. «¿Y vos qué te quedaste haciendo acá? Vení, vení», dijo mientras le sacaba el cinturón con torpeza, ella tampoco estaba acostumbrada a desabrochar cinturones. La agarró de la mano y la metió en la casa. En su casa.

El lunes siguiente a la mudanza la nena empezaba el colegio. Nunca había ido al colegio antes. En el Lakelands, un colegio inglés que Mariana y Ernesto habían soñado para cuando llegara su primer hijo, consiguieron que la tomaran en primer grado aunque no tuviera ningún conocimiento previo del idioma. Y cuando hablaban del idioma se referían al inglés. No iba a ser fácil para la nena. Hacía casi dos meses que habían empezado las clases. La directora les dijo que tenían que encarar el desafío en forma conjunta: ellos se ocuparían de darle una atención personalizada para que adquiriera las *English skills* del resto de sus compañeros, pero Mariana se debía comprometer a reforzar lo aprendido con apoyo escolar extra. No hablaron de maestra particular sino de *coach*. Mariana estuvo de acuerdo. Tenían que intentarlo. Pedro iría sí o sí al Lakelands, desde la sala de dos, como cualquier otro chico. Y por motivos prácticos, era mejor que Pedro y la nena fueran al mismo colegio.

Mariana no tenía demasiadas expectativas acerca de esos primeros pasos escolares de Romina. Aprendió a no generar expectativas para no frustrarse en años de tratamiento de fertilidad en los que mes a mes iba al baño temiendo que sucediera lo que sucedía. La mancha que teñía todo de bronca, y el calendario que volvía a correr otra vez. Hasta que en los Estados Unidos le diagnosticaron «huevos vacíos, sin posibilidad de reversión», y ella les agradeció la franqueza. Con la escuela de la nena quiso hacer lo mismo, borrar cualquier expectativa, estar convencida de que todo iba a salir mal, y aliviar la futura decepción anticipándola. Pero cuando llegó el momento, se sintió, de todos modos, nerviosa. La noche anterior prepa-

ró todo, ella misma repasó el uniforme con la plancha para asegurarse de que las tablas de la pollera estuvieran absolutamente simétricas, y dejó la ropa recién planchada
sobre una silla. La blusa blanca, el suéter azul con vivo rojo y verde, la pollera escocesa. La nena dormía. Su pelo
negro brillaba aun en la oscuridad del cuarto.

Mariana bajó al comedor diario y prendió el televisor y un cigarrillo. Ernesto trabajaba en la computadora. Pasó de un canal al otro sin saber qué miraba. Sólo
quería que pasara el tiempo, que ya fuera el día siguiente,
y el otro, y el otro, y por fin el día en que se olvidara de
quiénes habían sido sus hijos, y de dónde venían. Sobre
todo la nena. Pedro era otra cosa, tenía apenas tres meses.
Enseguida se le borrarían los olores, un aliento particular,
una voz, un latido, un golpe. A su bebé lo iría haciendo a
su medida. A la nena no. Sus ojos ya habían visto demasiadas cosas. Se le notaba. A Mariana le costaba mantener-
le la mirada, le daba miedo. Como si esos ojos oscuros le
pudieran mostrar lo que alguna vez vieron.

El despertador sonó a las siete y media. Mariana se
levantó, se vistió y bajó a desayunar. Recién entonces le
pidió a Antonia que despertara a Romina, le llevara el desayuno y la vistiera. Luego ella subiría a peinarla. Ernesto
no las iba a acompañar. Él hubiera querido, en esos eventos siempre se conoce a alguien que puede terminar siendo un buen contacto, o un buen cliente, y quería empezar
a conocer la comunidad a la que ahora pertenecía. Pero
Mariana le pidió que se quedara en casa con Pedro. Había
tosido toda la noche, eso la tenía preocupada. Y Mariana
preocupada era peor que perder cualquier tipo de negocio,
él bien lo sabía.

Mariana subió al cuarto de la nena. La peinó lo
mejor que pudo. El pelo de la nena era negro, brilloso, y
rígido como alambre. El mismo día que los trajeron desde
Corrientes los esperaba un peluquero. Todavía vivían en
el departamento de Capital. En menos de cinco minutos

la cabeza del bebé lucía totalmente rasurada. Pero con la nena, Mariana no podía hacer lo mismo. Aunque hubiera querido. Aquel día la nena jugaba con los mechones de pelo de su hermano desparramados por el suelo de la cocina, mientras Mariana, a un costado, le daba instrucciones al peluquero. «Tan corto no, tiene un pelo hermoso», dijo él. Mariana dudó, la miró, la nena sentada en el piso tenía la mirada clavada en el mosaico. La escoba de Antonia que barría el pelo muerto de su hermano le raspó la mano. «Córtele las puntas aunque sea, y rebájele un poco la cantidad», dijo Mariana. Pero el peluquero no pudo. En cuanto se acercaba con la tijera la nena entraba en una crisis de nervios. «Parece un gato encerrado», dijo Antonia. «Parece un gato herido», corrigió el peluquero. La nena sintió miedo; Mariana también. Aunque ya había pasado más de un mes de aquella primera tarde juntas, cada vez que Mariana la peinaba, la nena temblaba. «No te muevas que así no te puedo peinar», era todo lo que decía, y la nena hacía tanta fuerza para no moverse que terminaba cansada y dolorida. Le ató el pelo con una cinta escocesa, del mismo escocés que la pollera del uniforme, y le puso dos hebillas de carey marrón a cada costado que brillaban menos que su pelo. Mariana se preguntó dónde habría nacido. Y dónde sus padres. Que la hubieran ido a buscar a Corrientes no aseguraba nada. El nene sí, la madre estuvo internada en el hospital de Goya. Pero decían que la mamá no era de ahí. La nena podía ser correntina, pero también misionera, o chaqueña, o tucumana. Se inclinó por Tucumán. Mariana podía imaginársela dentro de unos años, robusta y maciza como una mujer tucumana que trabajaba en la casa de su amiga Sara como doméstica. Pedro también era robusto, pero poco a poco no se le iba a notar. Con suerte quizá no sean hijos del mismo padre y la genética lo beneficie, pensó. Medio hermano. Con la cabeza rasurada casi no se parecían. De bebé le pasaría la maquinita, una vez por semana si hiciera falta. Y de grande, pelo bien corto como Ernesto, y si era robusto mejor, lo pondrían de pilar en el equipo de rugby del colegio. Además la alimentación que recibiría sería siempre sana y la mejor, y eso ayudaría, pensó. Y deporte, mucho deporte. La nena, por más que se la pusiera a dieta o la matara a ejercicios, tenía los tobillos como macetas, y eso, Mariana lo sabía, no había forma de solucionarlo.

Le sacó las hebillas y se las volvió a poner. Un poco más alto. La nena la miraba casi sin parpadear. Mariana le contó del nuevo colegio, de la oportunidad que se le abría, de que uno no es nadie si no se maneja en inglés, de lo mucho que iba a tener que esforzarse. Después no le contó más, le pareció que no la escuchaba. Tomó la mochila de la nena y salió. La nena la siguió unos pasos atrás. Cuando pasó frente al cuarto de Pedro se escurrió dentro. «Chau, bebe», escuchó Mariana desde el pasillo. Fue a buscarla. «No lo despiertes, estuvo tosiendo toda la noche», dijo. Cuando ya estaban al pie de la escalera agregó: «Se dice bebé, no bebe». «Bebe», volvió a decir la nena sin acento, y Mariana ya no dijo nada.

Los alumnos formaban en el patio. Mariana averiguó cuál era la fila de primer grado y la dejó allí. La observó desde lejos. Era la más alta. La más grandota. Y la más oscura. El sol de la mañana rebotaba sobre su cabello. Mariana se puso a un costado. Algunos padres se quedaban hasta que se izara la bandera. Una mujer a su lado le hablaba. Ella también era nueva. Se acababan de mudar a la zona, como ellos. «¿Ustedes de qué colegio vienen?», preguntó. Mariana fingió no escuchar. Contó las cabezas de todas las chicas en la fila de primero «A». Seis rubias, ocho castañas claras, dos castañas oscuras. Y la nena. «¿La tuya cuál es?», insistió la mujer a su lado. «Aquélla», dijo Mariana sin señalar. «¿La rubiecita del moño azul?» «No, la morocha grandota.» La mujer buscó con la mirada y antes de que la encontrara, Mariana agregó: «Es adoptada».

Empezaron a sonar las primeras estrofas del Himno.

7.

La primera señal de que formaríamos parte del grupo de amigos más reducido de los Scaglia nos llegó unos meses después de su mudanza. Yo estaba entrando a la ducha, apurada, había citado a un cliente para mostrarle una casa que salía a la venta, y me había quedado dormida. El uno a uno había reactivado el mercado. Yo no entendía bien por qué, si los terrenos valían cada vez más en dólares; nunca entendí demasiado de variables económicas y efectos cruzados, pero la gente que podía invertir estaba contenta, y yo también. Sonó el teléfono. Salí corriendo a atender pensando que era mi cliente. Casi me resbalo con los pies mojados. Era Teresa. «Los queremos invitar a casa el miércoles a la noche, Virginia, a eso de las nueve. Vamos a ser unas diez parejas amigas y nos gustaría que ustedes vinieran, es el cumpleaños del Tano.»

Antes de esa primera invitación, Ronie se había cruzado al Tano un par de veces en la cancha de tenis, y en una oportunidad habían tomado algo juntos después de un partido. Yo no los había vuelto a ver desde la escritura; en la etapa de la construcción sólo se los veía rodeados de arquitectos, y aunque estuve tentada de cruzarme varias veces, la actitud, sobre todo la del Tano, desalentaba cualquier acercamiento. Por lo que supe, no era la única intimidada. Estaba claro que el Tano era quien elegía con quién quería juntarse y con quién no. Uno no podía tomar la iniciativa de acercársele a menos que él diera una clara señal. Y rechazar una invitación suya tampoco era una decisión fácil de tomar. Les había llevado flores el día de la mudanza, con una tarjeta que decía: «Cuenten conmigo para lo que necesiten, su vecina, Virginia». A todos mis clientes, apenas mudados, les mandaba flores con esa tarjeta. Era un intento de tratar de correrme del rol de agente inmobiliario después de que se concretaban las operaciones, por eso firmaba Virginia, y no Mavi, el apócope de María Virginia que había adoptado para identificarme profesionalmente. Si no, los amigos nunca dejaban de ser potenciales clientes, y los clientes no pasaban de potenciales amigos. Lo tengo escrito en mi libreta roja. Todo se mezcla muy raro en La Cascada. Será porque en este lugar la definición del término amistad es demasiado amplia, tanto, que termina siendo estrecha.

Llegamos con la puntualidad que lo caracterizaba a Ronie. Fuimos los primeros. Nos abrió el Tano con una sonrisa de bienvenida que nos hizo sentir más esperados de lo que suponíamos. «¡Qué suerte que vinieron!» Ronie le dio el regalo. Era una remera de tenis, clásica, comprada en el *pro shop* que funciona junto a las canchas. La había comprado yo. Siempre regalo ese tipo de cosas. Una remera es un regalo políticamente correcto y fácil de cambiar. Me resulta difícil y absurdamente arriesgado comprar algo para quien conozco poco. Jamás habría comprado un libro, mucho menos a un hombre, que si leen son de leer ensayos de actualidad, políticos o económicos, más que novelas. Quizá tenés la mala suerte de regalarle un libro que dice «A» a alguien que piensa «B». Como caerle con la camiseta de Boca a alguien de River. Un papelón. Con la música me pasa lo mismo, y además, de música no entiendo nada. Juani entiende, pero le molesta que le pida consejo, y en esa época era todavía muy chico. Todavía es muy chico. Una remera me salvaba siempre. Si el homenajeado juega golf, remera de golf, con botones y cuellito tipo chomba, nunca cuello redondo, que no está permitido a quienes juegan ese deporte. Si corre, remera de entrenamiento, *dri-fit*, tela absorbente. Si juega tenis, remera clásica, blanca con azul o celeste, no mucho más jugado si recién lo conozco, y en el *pro shop* de Altos de la Cascada, donde no te dan factura y se puede cambiar sin problema sin siquiera llevar la bolsita.

Y una de las pocas cosas que sabía del Tano a la hora de festejar su primer cumpleaños en La Cascada era que lo apasionaba el tenis. De hecho, la mayoría de los invitados a su cumpleaños tenía algo que ver con ese deporte. Roberto Cánepa, presidente de la Comisión de Tenis, y su mujer, Anita; Fabián, el profesor del Tano, con su novia; Alfredo Insúa, el número uno de La Cascada hasta que llegó el Tano y después de tres partidos consecutivos perdidos empezó a dedicarse al golf, con Carmen, su mujer, que con Teresa se ocupaba de organizar los torneos de burako a beneficio del comedor de Santa María de los Tigrecitos. Los únicos que no eran gente de tenis eran una pareja de un *country* vecino, Malena y Luis Cianchi, que se habían hecho amigos de Teresa porque sus hijos iban juntos al colegio. Y Mariana y Ernesto Andrade, gente nueva en el barrio pero que el Tano conocía por algún asunto de negocios que Andrade le había arreglado. No había ningún pariente, ningún amigo que no viviera en Altos de la Cascada o en un *country* a menos de dos puentes del nuestro. «Es que es un bodrio invitar gente muy mezclada, unos andan por un lado, otros por otro, nadie se habla, y vos te terminás haciendo cargo, yendo de un rincón a otro y no disfrutás», justificó Malena mientras elegía un canapé de la bandeja que la empleada de los Scaglia tenía extendida frente a ella. «No, y además los ponés en un compromiso porque venirse hasta acá, tanto viaje, de noche, por dos o tres horas, un miércoles... preferible hacer un asado para ellos el fin de semana», confirmó Teresa, atenta al desempeño de su empleada. «Traé más vino, María.» «Eso lo decís ahora que recién te mudás, en un par de meses no invitás más a nadie. Te toman la casa, los invitás a un asado al medio día y se te instalan hasta la noche, si tenés la suerte de que no se queden a dormir. Te usan la casa de quinta, tremendo», remató alguna. «Che, ¿de dónde es el servicio?»

A esa altura de la noche, las mujeres ya estábamos por un lado y los hombres por otro. Menos yo. A mí siempre me gustó picotear de distintas manos. Cuando estoy con las mujeres quiero saber de qué hablan los hombres, y cuando estoy con los hombres, quiero saber de qué se ríen las mujeres. Me podía prender en una charla donde hablaran de zapatos y carteras tanto como en una donde hablaran de la suba de la Bolsa y la baja de las tasas de interés a partir de la convertibilidad o de las ventajas y desventajas del Mercosur. O me podía aburrir en ambas. Sentada sobre el brazo del sillón donde Ronie discutía con Luis Cianchi acerca de cierta ingeniería financiera para su nuevo proyecto de aquel entonces, vi que Teresa se separaba del grupo de las mujeres con exagerado misterio. La seguí con la mirada. Teresa salió por el pasillo que da al cuarto de servicio. Cinco minutos después hizo una reentrada triunfal. La seguía un mago. «Querido, vos que lo tenés todo, aquí está mi regalo de este año: un poco de magia.» Teresa sonrió, el mago sonrió detrás de ella. El Tano no sonreía. Me sentí incómoda, como si yo tuviera la culpa de algo de lo que estaba viendo, por estar ahí, mirándolo. Aunque uno se convenza de que sólo es responsable de sus acciones, mirar también es una acción, escribí esa noche en mi libreta roja. Fue un instante, pero me pareció eterno. Entonces se me ocurrió aplaudir, como si hubiera acabado de escuchar un discurso. Miré a mi alrededor en busca de compañía en el aplauso. Los demás me siguieron, con menos efusividad, pero con firmeza. Hasta el Tano terminó aplaudiendo. Sentí cierto alivio a pesar de que me dolían las manos, el anillo que había ganado en el último torneo de burako se me había dado vuelta y se me incrustaba en la palma con cada golpe.

El mago empezó su show y Teresa fue a sentarse junto a su marido. Yo estaba cerca, frente a él, y le leí los labios. «¿Quién te pidió que trajeras eso? La próxima vez preguntame.» Lo dijo calmo, mirando hacia adelante, pero firme. El resto de la conversación la adiviné mientras me servía un vaso de vino. Una vez más comprobé la contundencia de la voz pausada y calma del Tano, que ni siquiera oía con claridad pero intuía como aquella vez que había dicho «quiero este terreno». Y me puse a pensar en mi propia voz. En mis gritos. Sabía desde hacía tiempo que mis gritos no surtían ningún efecto, ni con Ronie ni con Juani. Pero gritaba igual. Seguramente más como descarga que para ser escuchada. «Si pudiera aprender algo del Tano», pensé en aquel primer cumpleaños. Pasé por delante de ellos con la copa de vino servida, el Tano me sonrió. Yo también. Me senté en el piso, en primera fila. El show era regular, el mago, con su traje gastado y chistes aprendidos que no respetaban entonación ni puntos ni comas, no terminaba de convencer a nadie. Yo igual aplaudía, y los demás me seguían. Me saqué el anillo y lo guardé en el bolsillo de mi pantalón. Cada tanto me daba vuelta a mirar a Teresa y al Tano, uno junto al otro; el Tano le había pasado el brazo por sobre el hombro, de una forma ambigua que no permitía definir si la abrazaba o la sujetaba. «A ver si tenemos la suerte de que pase el homenajeado a hacer un truco», dijo el mago. El Tano no se movió. Como si no le estuvieran hablando a él. «Vos sos el cumpleañero, ¿no?» «No», dijo el Tano, como sabe decir él. El mago quedó descolocado, Teresa miró incómoda a su marido, pero no dijo nada. El Tano, en cambio, sostenía la situación sin ninguna incomodidad. Los demás no sabían si correspondía reírse o preocuparse, y nadie se jugaba para un lado ni para el otro. Yo creía saber, pero no me atreví. Ronie hizo lo que yo no me atrevía. Y me sorprendió esa complementariedad que manteníamos a pesar de no entender por qué seguíamos juntos. Funcionábamos como si se hubiera perdido casi todo lo que alguna vez nos sostuvo, excepto la minuciosa y tácita distribución de roles y tareas que seguía apuntalando lo que habíamos armado juntos con voluntad más que con cualquier otra pasión o sentimiento. Ronie se paró y dijo: «El cumpleañero soy yo». El mago fingió que le creía, aunque no le creyera. Su cara se aflojó y agradeció íntimamente. Los demás siguieron la broma. «El show debe continuar», dijo el mago, más para sí mismo que para su público. Para eso lo habían contratado.

Aplaudí una vez más y con más fuerza, y más de uno debe haber juzgado que estaba borracha. El mago hizo que Ronie cortara una soga en varias partes que luego volvían a estar unidas, y otra vez cortadas, con nudos y sin nudos, y así sucesivamente, más veces de las que la tensión reinante admitía. Luego un truco con argollas que provocó el chiste infalible. «Mirá qué bien maneja la argolla, Ronito», dijo Roberto Cánepa sin ninguna sutileza. «Ay, gordo», dijo su mujer a modo de reproche, pero se rió como el resto.

Hasta que llegó el truco final. El mago pidió un billete. Ronie metió la mano en el bolsillo y sacó sólo monedas. «A buen puerto», dijo Insúa y se rió con ganas para que no quedaran dudas de que era una broma, y por lo tanto nadie pudiera ofenderse. Alguien del público amagó abrir la billetera, pero el Tano lo detuvo con un gesto. Sacó un billete de cien y lo extendió hacia el mago sin moverse, desde su lugar, medio enrollado a lo largo, como el billete extendido que terminará en el escote de una odalisca. El mago tuvo que acercarse abriéndose paso entre la gente, mientras el Tano no hacía más esfuerzo que sostenerlo en el aire. El mago tenía las manos transpiradas y el billete se le quedó pegado. «Gracias, señor..., muy amable», dijo y volvió al escenario tratando de no pisar a nadie.

El truco consistía en anotar la numeración del billete, doblarlo, guardarlo en una caja, quemarlo a través de la caja con un cigarrillo, y que luego el billete apareciera sano y salvo. «Años atrás, en lugar de este truco hacía el de la ayudante que la cortaba con el serrucho», dijo mientras preparaba el billete en la cajita, «pero de un tiempo a esta parte el truco del billete genera mucha más tensión en cierto público».

Nos reímos. Fue el primer chiste que sonó bien entonado. Hasta el Tano se rió, y pareció que la tensión aflojaba. El mago siguió con su tarea. Le pidió a Mariana Andrade el cigarrillo que estaba fumando. Lo hizo atravesar la cajita y el billete dentro de ella; el humo se oscureció y aumentó. El cigarrillo atravesó la caja y pasó del otro lado medio machucado. Una gota de sudor corría por el costado de la cara del mago, y temí que el truco hubiera fallado. Pero no. Devolvió el cigarrillo, hizo que Ronie abriera la caja, sacara el billete, lo desdoblara y se lo mostrara al público como tenía que ser: sano, intacto, utilizable. Constató la numeración. Era el mismo billete. Hubo un aplauso final sentido, más que por el truco en sí mismo, por la certeza de que el show terminaba. El mago le extendió el billete al Tano. «Quedátelo a cuenta. Seguro esto me va a salir más caro que un billete.» El billete quedó un instante en el aire, entre ellos dos, y luego el mago lo dobló más prolija y lentamente que cuando hizo el truco, lo metió en su bolsillo, inclinó la cabeza y dijo otra vez: «Gracias, señor, muy amable».

Fuimos los últimos en irnos. Nos acompañaron hasta la entrada. El Tano sostenía a su mujer del hombro en el marco de la puerta, con la misma ambigüedad con que lo había hecho durante toda la noche. «Lo pasamos muy bien, gracias», dije, había que decir. «Estuvo muy ameno, ¿no?», me contestó Teresa. Miré a Ronie esperando que él contestara, pero no lo hizo y enseguida tapé su silencio. «Sí, muy ameno, gracias.» Me preocupaba que Ronie no acompañara aunque sea con monosílabos mi saludo. Lo miré otra vez dándole pie. Hubo un pequeño silencio más y luego dijo: «¿Sabés cuál va a ser tu problema acá, Tano?». El Tano dudó. «Que no tenés rival.» Los tres nos quedamos en silencio, seguramente ninguno terminaba de entender a qué se refería, y yo por mi parte sentí cierto temor. «No hay nadie que te pueda hacer partido, te vas a terminar aburriendo. Hace falta gente nueva, que juegue un tenis de tu nivel, Tano.» El Tano entonces sonrió. Yo también. «Te encargo ese tema con los futuros clientes inmobiliarios, Virginia, punto uno del formulario de admisión: excelente nivel de tenis. Si no, no hay escritura.» Otra vez más, antes de que acabara esa noche, festejamos un chiste que no nos hizo gracia. Terminamos de saludar y nos fuimos despacio, haciendo apenas ruido sobre el pasto mojado de rocío. A nuestras espaldas escuchamos la puerta de los Scaglia, cerrándose. Una puerta pesada, con un picaporte que funcionaba con la precisión de un instrumento de relojería.

Caminamos unos pasos más en silencio y cuando me sentí protegida por la distancia dije: «Te apuesto que la está cagando a pedos por lo del mago». Ronie me miró y negó con la cabeza. «Te apuesto que está pensando en un buen rival para el tenis.»

8.

Los primeros años en Altos de la Cascada Virginia se dedicó a criar a Juani y a disfrutar del deporte, de las caminatas bajo los árboles, de las nuevas amistades. Era una más de nosotros. Si nos vendió o alquiló alguna casa o terreno en aquella etapa fue seguramente una operación aislada en la que intervino sólo porque conocía a alguna de las partes. Se empezó a dedicar más oficialmente al negocio inmobiliario seis años después, cuando Ronie se quedó sin trabajo. Habían sido muchos años dedicados a administrar los campos de una familia amiga, así que le correspondió una indemnización interesante que les permitiría vivir sin demasiados problemas por un tiempo. Un plazo más corto o más largo según el nivel de gastos que llevaran de ahí en adelante. Y Ronie se lo tomó así, como un tiempo sabático e indeterminado. Antes de que ese tiempo expirara, él estaría generando otro ingreso, pensó. Pero Mavi no pensaba lo mismo, aunque no se lo dijera. Sospechaba las dificultades con las que se encontraría su marido a la hora de ponerse a buscar un nuevo empleo y no quería ver sangrar sus ahorros sin ninguna entrada que ayudara a aminorar la hemorragia. Reducción de costos, le dijeron a Ronie, y al mes habían traído a un ingeniero agrónomo recién recibido a aprender lo que él había hecho durante tantos años sin título. El que para esa misma época y como espejos contrarios se había asegurado trabajo era nuestro presidente, el de la Nación, que gracias a la reforma de la Constitución que cambiaba a cuatro años su mandato, podía ser reelecto. Ronie no tuvo la misma suerte. Aunque en ese año signado por la muerte perder el trabajo era mal de muchos, pero no el peor castigo. Menos de un año después del atentado a la mutual judía, se mataba el hijo del presidente al caer su helicóptero, explotaba Fabricaciones Militares en Río Tercero matando a siete personas, y se iban ídolos como el boxeador que había tirado a su mujer por la ventana, o el primer campeón argentino de fórmula uno, que todo Balcarce despidió encendiendo el motor de su automóvil en el momento del entierro. Pero la muerte, la nuestra, la cercana, todavía estaba bastante lejos por aquella época.

«Mavi Guevara» fue la primera inmobiliaria manejada por alguien que conocía realmente La Cascada. Y a quien nosotros conocíamos. María Virginia Guevara. Virginia; nosotros nunca la llamábamos ni por el nombre completo ni por el abreviado, como si eso marcara una diferencia, porque el María Virginia correspondía a un pasado que desconocíamos y el Mavi era un nombre impuesto para los negocios. Antes de que Virginia apareciera oficialmente en el rubro, las casas las vendíamos y comprábamos por intermedio de inmobiliarias de San Isidro, Martínez, incluso de Capital, con un manejo impersonal, donde nadie conocía a nadie y los agentes nos mostraban los inmuebles como si fueran separables del piso en el que estaban plantados. Virginia instaló un estilo distinto. Nadie como ella sabía de los tesoros que guardaba cada casa. Ni de los defectos. Sabía que acá las calles no son rectas paralelas como en la ciudad, que su trazado no responde a patrones establecidos. Después de mostrar tres casas, el empleado de una inmobiliaria cualquiera podía confundir el este con el oeste, y terminar llamando a la guardia porque Altos de la Cascada se le convertía en un laberinto del que no podía salir ni siquiera volviendo sobre sus propios pasos. Como al Hansel del cuento que los pájaros le comieron las miguitas de pan, a los forasteros La Cascada les devora el sentido de orientación, los atrapa en su trazado de caminos donde todo parece igual y diferente al mismo tiempo. Virginia podría salir con los ojos cerrados. Cualquiera de nosotros podría. Sabemos de memoria detrás de qué arboleda sale el sol. Detrás de la casa de quién se pone. En verano o en invierno, que no es lo mismo. A qué hora canta el primer pájaro, por dónde pueden cruzarse un murciélago o una comadreja. Ése era uno de los puntos que más tenía en cuenta Virginia a la hora de mostrar un inmueble: los murciélagos y las comadrejas. Potenciales vecinos, desprevenidos, pueden creer que al llegar a Los Altos llegaron al Paraíso, y si se les cruza un animal de ese estilo, sin haber sido advertidos previamente, no se reponen del susto. A murciélagos o comadrejas no los detienen ninguna de las tres barreras, ni los alambrados perimetrales. Después uno se acostumbra, hasta les tomás simpatía, pero el primer impacto es fuerte, como una desilusión. Los que venimos de la ciudad traemos muchas fantasías, pero también muchos miedos. «Y para el negocio inmobiliario es bueno que mantengan las fantasías y que se saquen los miedos», tiene escrito Virginia en su libretita de apuntes en el capítulo dedicado a «Murciélagos, comadrejas, y otros bichos de La Cascada». «Al menos hasta el día de la escritura», agregó entre paréntesis. Una libretita roja, con espiral, una especie de bitácora de su aprendizaje del negocio inmobiliario que llevaba a todas partes. Una liebre, en cambio, sí que estaba bien conceptuada al momento de mostrar una casa, sobre todo a una familia con chicos, «ésa suele ser la parte de la naturaleza que les gusta ver».

Su libreta roja fue ganando valor con los años y la experiencia. De alguna manera se convirtió en leyenda en el barrio. Formaba parte del mito de Mavi Guevara. Todos sabíamos que existía pero, aunque algunos aseguraban que sí, nadie la había leído. Temíamos haber sido incluidos, pero también haber sido ignorados. Y sospechábamos, equivocadamente, que entre todos podíamos armar oralmente un rompecabezas parecido al que en ella se escondía, juntando frases aisladas que le fuimos escuchando a lo largo de los años e inventando adecuadamente otras. Repitiendo sentencias tal como nos las acordábamos, fuimos armando entre todos una libreta roja imaginaria y oral que dábamos como cierta. Y Virginia no nos contradecía. «Portate bien que te anoto en mi libreta roja», amenazaba, y se reía. Ella decía que apuntaba todo, aunque no estuviera segura acerca de la utilidad de algunas de sus anotaciones. Hacia dónde desagotan las zanjas. Qué parque se inunda. Cuál es el mejor electricista de la zona. Y el mejor cerrajero. Qué vecino es intratable. Quién no se ocupa como corresponde de su mascota. Quién no se ocupa de sus hijos. Algunos dicen que anota hasta quién engaña a su mujer o quién no le paga a su empleada. Pero deben ser todas habladurías, porque eso qué importa a la hora de comprar o vender una casa. Y además de la libreta roja llevaba un fichero alfabético de fichas rayadas blancas. Los Insúa. Los Masotta. Los Scaglia. Los Urovich. Tenía todas las casas fichadas, las que estaban a la venta y las que no. Agregó las que no estaban a la venta poco después de enterarse de que en algunos diarios ya tienen escritos los obituarios de ciertos personajes famosos antes de que mueran. «Trabajo adelantado», decía, «menos macabro el mío que el de ellos». Y a pesar de que algunos se quejaron de estar incluidos en su fichero *premortem,* el paso de los años le fue dando la razón. Distintas crisis de distinto tipo hicieron que casas que habían sido pensadas para toda la vida dejaran de serlo. El dinero que puede pagar la vida en un lugar así cambia de manos con las épocas. Y Mavi no lo hacía ni de agorera ni de envidiosa, como le gritó un día en la cara Leticia Hurtado, poco después de que le remataron la casa. Lo hacía porque se había dado cuenta antes que todos de qué se trataba la cosa, tanto, que hasta tenía fichada su propia casa.

En casi todos los inmuebles que se vendieron o alquilaron en Altos de la Cascada los últimos años hubo un cartel de «Mavi Guevara. Inmobiliaria». Nadie pudo nunca competir con ella en servicio al cliente. Virginia no aceptaba terminar una cita de trabajo sin haber tomado un café con los clientes, sin haber charlado de cualquier otra cosa con ellos, o sin tener al menos una vaga idea de quién era ese que firmaba los papeles detrás de su escritorio. «Sería incapaz de venderle la casa de un amigo a cualquiera. En Altos de la Cascada todas las casas son o fueron de un amigo. Y todos los nuevos que llegan son potenciales amigos», dicen que tenía anotado en las primeras hojas de su libreta. Se lo mostró una tarde a Carmen Insúa, dicen, cuando Carmen ya no era quien había sido. «Cada punto de la transacción inmobiliaria, se concrete o no, tiene que ser muy claro. Nadie se puede dar el lujo de quedar mal con nadie, porque, tarde o temprano, los caminos de La Cascada los van a cruzar.» Y después de una pelea con Carlos Rodríguez Alonso, que se negó a pagarle la comisión estipulada por la venta de su casa, alegando que ellos eran amigos y que él pensó que le pasaba el dato «de onda», dicen que agregó a un costado de la nota anterior: «¿Se puede llegar a ser verdaderamente amigo de alguien a quien uno conoce a través de su bolsillo?». Y respondió ella misma a pie de página: «Por el bolsillo pasan todas las miserias».

9.

Romina ya había salido para el colegio. La llevaba un remís. A Mariana la ponía de mal humor levantarse tan temprano, y si lo hacía, se aseguraba una mañana cruzada. Tampoco Romina amanecía de mejor talante. Cuando tuviera que llevar a Pedro sí que se levantaría, pero hasta para la nena, ahora su hija, Romina, era más agradable viajar en remís con Antonia que aguantar su fastidio matutino, pensaba. Mariana entró en la ducha y se quedó bajo el chorro de agua hasta que la modorra empezó a ceder. Cuando salió del baño, envuelta en una toalla, Antonia ya había regresado del colegio, había hecho su cuarto, dejado una bandeja con su desayuno sobre la mesa de luz, y estaba juntando la ropa abollada al pie de la cama. Evidentemente estas mujeres tienen otro biorritmo, pensó Mariana, son mulas de carga. Y se tiró otros cinco minutos sobre la cama. Antonia se agachó a levantar del piso la remera de *spandex* y piedritas brillantes que Mariana había usado la noche anterior y notó que tenía un pequeño agujero. «Señora, ¿usted vio esto?» Mariana se acercó e inspeccionó la remera. «Parece una chispa», dijo Antonia. «Esto fue el cigarrillo de algún pelotudo. Cien dólares chamuscados en una postura...» Mariana devolvió la remera al bollo de ropa sucia que llevaba Antonia y se empezó a desenredar el pelo. Antonia inspeccionó el pequeño agujero debajo de la axila. «¿Quiere que trate de zurcirla?», dijo con timidez. Mariana la miró. «¿Alguna vez me viste usar algo zurcido?»

Antonia salió y fue al lavadero. Estaba contenta. Cuando Mariana dejaba de usar alguna ropa se la regalaba, y esa remera era mucho más de lo que hubiera soñado regalarle a su hija el próximo cumpleaños. La revisó antes de lavarla a mano. Sobre la tela negra, las piedras brillantes formaban círculos concéntricos que casi la mareaban. Estaban todas las piedritas, intactas, y con dos puntadas el agujero desaparecería.

Cuando la remera cumplió su ciclo de lavado y planchado, Antonia la subió al vestidor de Mariana, la dobló, y la dejó en el casillero de las remeras negras. Sabía que pronto sería suya, ojalá antes de que Paulita cumpla años, pensó, pero no podía tomarse el atrevimiento de quedársela sin que su patrona se lo dijera.

Unos días después Mariana recibió a tres vecinas a tomar el té. Las mujeres manejaban, entre otras cosas, el comedor infantil que estaba a unas cuadras de la entrada de Altos de la Cascada. «Las Damas de los Altos», se hacían llamar, y estaban armando una fundación. Teresa Scaglia, Carmen Insúa y Nane Pérez Ayerra. Trataban de interesar a Mariana para que se sumara a su cruzada. «Lo que más necesitamos son zapatillas, si no, cuando llueve, la mitad de los chicos no viene a comer porque no pueden pasar por el barro descalzos, ¿vos podés creer?», dijo la que había elegido té de mango y frutilla. «Qué increíble...», dijo Mariana, mientras Antonia le alcanzaba una tetera con más agua caliente. «Tenés que venir un día, Mariana, y tenés que traer a tus chicos, para que vean lo que es la realidad, porque si no los criamos como en una burbuja.» Y Mariana asintió y se quedó pensando qué le pasaría a Romina cuando los viera, porque Romina había sido como ellos, o peor que ellos, pensó, había sido Ramona, seguía siéndolo en el fondo de esos ojos oscuros que le daban miedo. En cambio Pedro siempre fue de ella, desde el primer momento. «Gracias, Antonia, por ahí está bien», le indicó a la empleada parada junto a ella con el agua de recambio para la tetera.

Pasaron unos días y una mañana, cuando Antonia entró en el cuarto de Mariana, encontró sobre el baúl, al pie de la cama, una pila de ropa doblada. La segunda prenda empezando de abajo hacia arriba era la remera negra con piedras brillantes. El resto era ropa de Mariana y de los chicos en desuso, y dos remeras de golf de Ernesto, descoloridas por el sol. «Poneme esa ropa en una bolsa que la va a pasar a buscar Nane Ayerra.» Antonia no entendió, no era lo que Mariana solía hacer con su ropa en desuso, si siempre le daba todo a ella para que lo llevara a Misiones y lo repartiera con la familia. «¿Sabés quién es Nane, no? Esa rubia mona que estuvo tomando el té el otro día.» Antonia asintió aunque no sabía, ni escuchaba, ni entendía por qué esa remera que era casi suya iba a terminar en manos de una mona rubia. Si una señora así tampoco usaría ropa zurcida. No se atrevió a preguntar, buscó una bolsa y metió todo adentro. Cuando estaba por salir del cuarto, Mariana la detuvo. «Ah, y si querés, el viernes al medio día en la casa de Nane hacemos una feria americana para juntar fondos para el comedor infantil. Es exclusiva para empleadas domésticas, así que quedate tranquila que van a ser precios reconvenientes. Todos, con mucho o con poco, tenemos que ser más solidarios, ¿no te parece?» Antonia asintió, pero no sabía si le parecía porque mucho no había entendido. O no había escuchado, sólo pensaba en la remera negra de brillitos. A lo mejor se la podía comprar. Precios convenientes, había dicho la señora. Ella no sabía qué era precios convenientes para su patrona. Hasta diez, ella podía. O hasta quince, porque la remera era muy fina, la señora la había comprado en Miami, y con dos puntadas el agujerito ni se veía.

El viernes Antonia fue a la feria, a la hora de la siesta, cuando terminó de trapear la cocina. Adentro había dos o tres chicas que conocía de tomar el colectivo los sábados al mediodía. Las saludó, pero no se pusieron a charlar. Estaba la rubia mona, la dueña del garaje donde habían puesto la ropa, y tres mujeres más que conocía de haberlas visto en la casa de su patrona. Charlaban, se reían y tomaban café. Cada tanto se acercaban para contestar cuánto valía alguna prenda. Una de las chicas del colectivo eligió un vestido de seda rojo coral. Era lindo, pero tenía dos manchitas en el ruedo, parecía lavandina. Si fuera azul ella lo arreglaba, una vez se le mancharon de lavandina los pantalones de gimnasia de Romina, les pasó birome, y Mariana nunca se dio cuenta. A Romina se le había ocurrido cuando la vio preocupada por la mancha. Romina siempre la ayudaba, era arisca pero inteligente la chica, no como ella, pensó. Ese rojo era muy difícil. Le cobraron cinco pesos a la chica del colectivo. A Antonia le pareció que si ésos eran los precios, la iba a poder comprar. Pero no vio la remera de brillos de su patrona por ninguna parte. Revisó todas las pilas y no la encontró. Se atrevió a preguntar, eran demasiadas las ganas. «Remera negra, creo que no hay ninguna. ¿Vos viste alguna remera negra como para ella, Nane?», le preguntó a otra de las señoras. «No, negra no hay. ¿Pero por qué querés negra? Ese color no te va a lucir, te va a apagar. Llevate algo que te levante un poco, que te dé brillo en la cara. Fijate en aquella pila», intervino Teresa. «No es para mí, es para mi nena», dijo Antonia, pero no la escucharon porque ya estaban otra vez charlando entre ellas.

Antonia siguió recorriendo las pilas, pero sin buscar. Si no era la remera negra de la señora, no iba a ser nada. Ella quería ésa, la que le iba a regalar a Paulita. «Gracias», dijo y salió con las manos vacías. Durante los días siguientes Antonia pensó varias veces en la remera que no fue suya. Se preguntaba quién se la habría llevado. Ese fin de semana preguntó en el colectivo, pero nadie la había visto. Después se olvidó, «al fin y al cabo una remera no le cambia la vida a nadie», pensó.

Hasta que llegó *Halloween*. Mariana había comprado caramelos para darles a los chicos que golpearan la puerta esa noche. A Romina le había comprado un disfraz de bruja para que saliera a decir «*Sweet or trick*» por las puertas vecinas, pero desde que había llegado del colegio se había encerrado en su cuarto y Mariana no estaba dispuesta a rogarle. Pedro todavía era muy chico para salir a pedir y lloraba cuando veía gente disfrazada. A la puerta de los Andrade golpearon varias veces. Hijos de amigos, compañeros del colegio de Romina, «chicos con ganas de divertirse sanamente», le dijo Mariana a su hija a modo de reproche. Los caramelos los compraba en el súper unos días antes, y los guardaba en el mueble del living, donde se escondía todo lo que Mariana no quería que se consumiera. Para las nueve de la noche ya habían pasado tres grupos de chicos. A las nueve y cuarto tocaron el timbre otra vez. Antonia fue a atender con la orden de repartir los caramelos que quedaban y despacharlos. A Mariana no le gustaba que interrumpieran a la hora de la cena. Del otro lado se encontró con un grupo de nenas que bajaban del baúl de una cuatro por cuatro que manejaba Nane Pérez Ayerra. Ella también se bajó y le dijo a Antonia que llamara a la señora. Se lo tuvo que decir dos veces porque Antonia, inmóvil, no podía hacer otra cosa que mirar a su hija, una nena de unos ocho años, disfrazada de bruja, con uñas plateadas y colmillos filosos, un hilo de pintura roja corriendo desde su boca, que llevaba puesta una pollera negra larga hasta el piso, y la remera de las piedritas brillantes que había sido de su patrona. «Te quería mostrar esto», le dijo Nane a Mariana cuando ésta se asomó. «¡No te creo que es mi remera!» Antonia dijo: «Sí, es», pero nadie la escuchó. «Viste cómo son las chicas a esta edad, la vio cuando acomodaba las cosas para la feria y se encaprichó que la quería para la Noche de Brujas, así que la saqué de la venta. Pero ella sabe que después de *Halloween* me la tiene que devolver, ¿no?» La nena no contestó, seguía cargando su canastita con los caramelos de la bolsa que Antonia sostenía. «La dejo sacarse el gusto y en la próxima feria la pongo a la venta.» «Ay, si le gusta tanto dejala que se la quede. Es un regalo de la tía Mariana», le dijo y se agachó a darle un beso. «Bueno, pero si es así, vas a tener que elegir una de tus remeras y dármela a cambio, porque todos tenemos que aprender a ser solidarios desde chiquitos si queremos que este mundo cambie, ¿o no?», le dijo su madre, pero la chica no pudo contestar porque tenía la boca ocupada por un caramelo de dulce de leche gigante que no podía terminar de masticar. Antonia estuvo todo el tiempo parada allí, mirando la remera. Contó cinco piedritas brillantes que faltaban en los círculos concéntricos. Pero por suerte no era en lugares muy destacados, dos en un costado, casi llegando a la costura, dos cerca del dobladillo, y una debajo del busto. Le dio pena, antes no le faltaba ninguna. Aunque así, con menos piedritas, en la próxima feria iba a estar más conveniente, como decía su patrona. La mercadería fallada siempre vale menos, pensó.

10.

Un verano, la plaza de juegos de Altos de la Cascada apareció totalmente renovada. Eligieron hacer los cambios esa época del año porque es cuando hay menos gente en el barrio, y muchos de los que están son personas de paso que alquilan una de nuestras casas para sus vacaciones mientras nosotros veraneamos en alguna otra parte. Los que peor negocio hicieron ese año fueron los que viajaron a Pinamar, que ese verano estuvo alterado por el asesinato del fotógrafo que había retratado al empresario de correos privados paseando por la playa. La Comisión Infantil presentó al Consejo de Administración un informe detallado de cada juego que sería reemplazado. El club crecía en distintos sectores y no podía ser que la plaza se hubiera quedado detenida en el tiempo, argumentaban como punto destacado de su presentación. Y cerraban la nota con la frase: «No seamos ciegos, los niños son nuestro futuro». Se contrataron dos arquitectos especialistas en plazas infantiles, los mismos que habían diseñado las plazas de varios *countries* de la zona y de dos *shopping centers;* dibujaron un proyecto, se pidieron tres presupuestos y se aprobó el más conveniente. Finalmente los juegos de hierro y madera que estaban desde los primeros tiempos del barrio se cambiaron por juegos de plástico estilo Fisher Price. Daba pena cuando la gente de mantenimiento bajaba el tobogán más grande que alguna vez haya visto ningún chico de La Cascada. Pero en el informe quedaba claro que los elegidos para reemplazarlos eran más modernos, más seguros, que necesitaban menos mantenimiento. Y los cambiaron. Pusieron nuevas plantas bordeando todo el camino de la plaza, y reemplazaron los bebederos de chorrito, con los que a pesar del enchastre tanto se divertían los chicos en verano, por *dispensers* de agua mineral. Eso no estaba en el proyecto original, pero se incorporó a partir de un programa de televisión donde denunciaron que las napas de la zona podían estar contaminadas con alguna sustancia que nunca apareció en los análisis.

Junto con los nuevos juegos, la plaza también empezó a sonar distinto. Las voces en el arenero habían ido cambiando de a poco, sin que nadie lo notara, hasta que un día se hicieron oír. Eran las mismas risas y gritos de chicos, pero las voces adultas hacían la diferencia. Hasta principios de los noventa predominó el canto de alguna provincia del interior y la tonada paraguaya. Era el tiempo de «la patrona», o del «che, patrona». Pero a partir de los noventa la tonada peruana fue tapando las otras. Tapando a pesar de ser una voz más dulce, más calma, y más educada. «Bota eso que te vas a ensuciar...» «Este muchachito es un demonio.» «Esta niñita anda siempre calata.» «Yo le vi, esa muchachita entreveraba la arena y molestaba a los otros.» Pero todo dicho en un tono bajo, como si no quisieran incomodar. Y entre medio, como siempre, las risas y los gritos que subían y bajaban por los distintos circuitos de colores.

A partir de la reforma hubo toboganes amarillos, rojos y azules, túneles y pasadizos. Hubo barras «pasamanos» para atravesar colgando y balanceándose de un lado al otro del cajón de arena. Hamacas de plástico símil madera para los más grandes y de plástico verde para los más chicos, con traba de seguridad. Columpios, argollas, un sube y baja y una calesita. Sobre unos pilotes instalaron una casa de techo azul y puerta amarilla que importaron directamente de la fábrica Fisher Price de los Estados Unidos para Altos de la Cascada, una especie de «casita del árbol», con redes en las ventanas para que los chicos se asomaran pero no se cayeran, desde la que se podía llegar al tobogán por un puente colgante. La plaza, más limpia que nunca, brillaba en sus colores primarios. Lo único que quedó de la plaza anterior fueron las cadenas de las hamacas, unas cadenas gruesas de esas que ya nadie fabrica. Los arquitectos no pudieron convencer a nadie de que la soga de plástico que venía con los nuevos juegos permitiría enroscarse y hamacarse hasta el cielo como lo permitían esas cadenas.

11.

Romina y Juani se conocen en la placita de La Cascada. A pesar de ir al mismo colegio, no se cruzaron antes. Se conocen una tarde. Juani llega en bicicleta, solo. Es uno de los pocos chicos que va a la plaza solo. Todos los demás están acompañados. Por sus «chicas que los cuidan». Las empleadas domésticas de sus familias. Juani ya no tiene; tuvo, pero ahora no, sólo viene una mujer a limpiar la casa por las mañanas, pero a la mañana él va al colegio. Los chicos se hamacan demasiado rápido. Algunos se enroscan y luego giran descontrolados. Romina no los mira para no marearse. Dibuja con una rama en la arena. Dibuja una casa, y un río. Los borra. Un chico muy alto enrosca la cadena de la hamaca al travesaño superior para quedar más lejos del suelo. Antonia balancea a Pedro en una hamaca de bebés mientras charla con otra empleada. Hablan el mismo idioma, pero suenan distinto. El chico muy alto se aburre y se va. Juani se sube a la hamaca que deja. La desenrosca. Se hamaca solo. Dos nenas se pelean por otra hamaca. Una de *jean* bordado le tira del pelo a otra de vestido rosa. La otra llora. Nadie las mira, sólo Romina. Llora más fuerte. Grita. Entonces se acercan las chicas que las cuidan. «Qué demonio eres», le dice una a la que no llora. «Déjale la hamaca a tu amiguita, no le hagas llorar.» La chica no quiere, no suelta la hamaca. La del vestido rosa llora más. Juani se baja de su hamaca y estira las cadenas hacia donde está la chica que llora. «Tomá», le dice. Romina mira, mientras dibuja en la arena. «Yo quiero la otra», le contesta la chica. Juani le acerca su hamaca a la chica que no llora, le propone cambiarla por la que quiere la que llora. La que no llora no acepta.

Juani se fastidia y se vuelve a hamacar, alto, cada vez más alto. «Le voy a decir a tu mamá», le dice la chica que la cuida a la que no llora y no larga la hamaca. «Puta», le contesta la chica y sale corriendo. La chica que llora deja de llorar y sale corriendo detrás de ella. Le pisan el dibujo a Romina. Se suben al tobogán amarillo, se tiran, se ríen. Las chicas que las cuidan vuelven a sentarse en el banco y otra vez hablan. Una se queja de que su patrona no le deja dormir la siesta y que por eso se le hinchan las piernas. Juani se hamaca cada vez más alto. Romina lo mira. Sepulta el dibujo pisado pasando sobre él la rama y vuelve a mirarlo. Desde donde está ella parecería que Juani tocara el cielo con los zapatos marrones. Le falta un cordón. Romina se para, va a la otra hamaca. Se hamaca. Trata de alcanzarlo. Cuando cree que está a punto de hacerlo Juani se arroja desde lo alto y cae sobre la arena. La hamaca vacía sigue moviéndose, pero ahora lo hace sin peso, incierta. Romina quiere saltar, pero no se atreve. «Dale, tirate que no pasa nada», le dice Juani desde abajo. Ella va y viene sin decidirse. «Dale, que yo te espero.» Romina se lanza. Se deja caer en el aire y por primera vez desde que vino de Corrientes se siente liviana. Cae a la arena y se tuerce un pie. Juani la ayuda a levantarse. «¿Te lastimaste?», le pregunta. «No», le contesta ella y se ríe. «¿Cómo te llamás?», le pregunta él. «Ramona», escribe ella sobre la arena.

12.

Pararse frente a la salida del hoyo 1 y dejar que la vista se pierda en el verde que parece nunca acabar es un privilegio que los que vivimos en Altos de la Cascada a veces no valoramos lo suficiente. Hasta que lo perdemos. Uno se acostumbra a lo que tiene, más cuando lo que tiene es maravilloso. Muchos de nosotros pasamos meses sin dar una vuelta por alguno de sus dieciocho hoyos como si no nos importara que estuvieran ahí, a metros de nuestra casa y a nuestra entera disposición. No hace falta ser golfista para disfrutar de semejante belleza natural. Natural porque es pasto, y árboles, y lagunas. Pero no natural porque el paisaje haya estado allí antes que nosotros. Antes eso era un pantano. La cancha la diseñó el ingeniero Pérez Echeverría, famoso por la cancha que dibujó para un club de la zona sur arriba de un helicóptero mientras sobrevolaba el bosque que tenía que talar. Hoy es imposible imaginarse que nuestros *fairways* hayan sido alguna vez un pantano. Hay especies arbóreas que fueron especialmente traídas de distintos viveros del país. Arbustos puestos por paisajistas, renovados todas las temporadas y mantenidos todas las semanas. Riego automático que se enciende todas las noches. Fertilizantes, insecticidas, abonos. El arroyo que cruza el hoyo 15 sí estaba antes de que nosotros llegáramos. Pero lo purificamos. Ahora es de un verde más turquesa, gracias a un tratamiento del agua y a ciertas algas que mantienen más aireado el ecosistema. Murieron los peces que estaban antes de la purificación. Peces sin nombre, una especie de mojarritas marrones. Nosotros sembramos percas naranjas que se reprodujeron y hoy son las dueñas del arroyo. Ellas, las nutrias y los patos. Aunque las nutrias y los patos en los últimos años son cada vez menos. Algunos dicen que porque hay gente que los mata. Para comerlos. Pero eso es muy improbable. Aunque lo hicieran, personal de mantenimiento, caddies, parquistas, o quien se atreviera, sería imposible que pudieran sacar su presa del club cuando tuvieran que atravesar nuestras barreras. Una vez encontraron un caddie tirando un pato muerto del otro lado del alambrado, donde lo esperaba una mujer. Dijo que lo mató accidentalmente de un pelotazo al tirar una salida del hoyo 4. Pero nadie le creyó. A la mujer del otro lado le faltaba traer la cacerola. Le hicieron un sumario que labraron la Comisión de Golf y la de Medio Ambiente en forma conjunta. Las lagunas son en realidad los únicos verdaderos restos de aquel pantano. Pero nadie puede darse cuenta. No debe haber cancha de golf que no tenga alguna laguna. Por un sistema de bombas desagotamos en ellas toda el agua de lluvia acumulada en las zanjas del barrio para evitar inundaciones; se bombea el agua y luego el mismo arroyo la saca fuera del club. Alguna vez se quejó la Municipalidad porque el problema del agua aparece ahora en el barrio de Santa María de los Tigrecitos, pero hubo un par de reuniones entre la gente de la intendencia y la nuestra, y de alguna manera el asunto se solucionó. Sería lo mismo que echarle la culpa a Córdoba por las inundaciones de Santa Fe. Hubo que hacer una pequeña obra, poca plata. La última inversión importante fue en baños químicos, que se hicieron imprescindibles a partir de que las mujeres coparon la cancha. Un hombre, apremiado por la necesidad, puede orinar en cualquier parte. Detrás de un árbol, contra unos arbustos. Hasta en una cancha de golf. Una mujer no.

Nuestra cancha se resiembra todos los años. No en todos los clubes lo hacen. La mayoría resiembra sólo las salidas de cada hoyo. *Pencross* en los *greens* y bermuda en los *fare ways*. La resiembra, sumada al costo de las máquinas, al personal involucrado, a los sistemas de riego y desagote, etcétera, hacen que el costo de mantenimiento de la cancha de golf sea uno de los renglones más abultados de nuestro presupuesto. Los tenistas se quejan. Hay pica entre quienes practican uno y otro deporte. Dicen que el club invierte mucho más dinero en golf que en tenis, y que todo sale de las mismas expensas y de los mismos bolsillos. Pero invertir en la cancha de golf no es sólo una cuestión deportiva. Los socios pueden caminar por la cancha, tomar algo en la terraza del hoyo 9 frente a un paisaje envidiable, escuchar música mirando una puesta de sol sobre el hoyo 15, hacer safaris fotográficos para retratar distintos tipos de aves. La Comisión de Medio Ambiente hizo un muy buen trabajo de divulgación y en cada hoyo hay un letrero de madera con la foto de cada especie de pájaro que puede avistarse y sus características principales. Pero más allá del placer que cada uno pueda sacarle a nuestra cancha, hay un importante factor económico, y eso lo sabemos todos. El valor de nuestras casas está relacionado directamente, en un porcentaje indeterminado pero sin duda significativo, con su cercanía a un buen *link* de golf. La misma casa, en un barrio sin cancha de golf, no valdría lo que vale.

Hace años, jugar al golf era algo muy exclusivo. En otros países lo sigue siendo. En la Argentina ya no. Es caro, pero el uno a uno acortó muchas distancias, y caro y exclusivo dejó de ser lo mismo. En el bar del golf hay plaquetas de madera con los nombres de quienes ganaron los torneos anuales del club. Y los apellidos tallados, a medida que corren los años, van perdiendo prosapia. En 1975 ganó un Menéndez Behety. En 1985 un Mc Allister. Y en 1995 un García. Y no García Moreno. Ni García Lynch. Ni García Nieto. García a secas. Los miércoles la cancha se llena de japoneses. Los jueves se alquila a empresas. Cuando llaman coreanos el *starter* tiene la instrucción de decir que no queda lugar o de mentir el valor del *green fee*, el derecho que deben pagar quienes no son socios para poder jugar. Dicen que los coreanos no son bienvenidos en ninguna cancha, no sólo en la nuestra. Los golfistas se quejan de que gritan, se pelean, revolean palos y apuestan monstruosas sumas de dinero que generan violentos episodios. Pero más allá de los coreanos, ya para comienzos de los noventa se veía que el golf iba camino a dejar de ser un deporte de caballeros. Cada vez son menos los que se preocupan por llevar remera de cuello tipo chomba o pantalones pinzados. Hay socios que también gritan. Y socias que pretenden jugar en musculosa. Hay socios que revolean un palo porque hicieron un golpe de más en el hoyo que definía un torneo. Hay quien juega lento y no cede el paso, o quien se queja a los gritos porque el lento no lo deja pasar y hasta le lanza una pelota intimidatoria. Hay quien no presenta una tarjeta con más golpes que los esperados para mantener un *handicap* social deseado. A esa clase de golfista no le importa jugar bien o mal sino poder decir que tiene 10 o menos de *handicap*. Hay, por el contrario, quien no presenta tarjetas con pocos golpes porque intenta mantener un *handicap* alto para luego sacar ventaja en algún torneo. En definitiva, hay cada vez más socios que mienten en la tarjeta donde se anotan los golpes. Hay de todo. Pero el colmo fue lo de Mariano Lepera. En la Copa del Club hizo un «hoyo en uno» y lo negó para no pagar la vuelta de champán a todos. Le pegó a la pelota en la salida del hoyo 6 y la bola después de describir una órbita perfecta cayó en el *green,* rebotó tres veces, rodó y se metió en el hoyo marcado por la bandera. Un solo tiro, certero. No hicieron falta más golpes. Sólo uno. En cualquier cancha de cualquier lugar del mundo quien hace un hoyo en uno debe, por cortesía y ley que no está escrita pero nadie objeta, pagar una bebida a todos los que están en la cancha en ese momento. Generalmente champán. A veces whisky. Todos, en cada línea, del hoyo 1 al 18. Mariano Lepera le preguntó al *starter* cuánta gente había sacado esa mañana e hizo un cálculo rápido: 120 jugadores a un promedio de cinco pesos cada uno, seiscientos pesos. «Yo no pago eso ni muerto», y se fue antes de que nadie pudiera cobrarle la deuda. Eso no se hace. O no se hacía. No pasa nada, no hay sanción, pero no es de caballero. Para eso existe el seguro de hoyo en uno. Lo hace cualquier aseguradora. A la mayoría de nosotros nos lo ofrecen cuando aseguramos la casa. Incendio, robos y hoyo en uno, por unos pocos centavos más al mes. Se asegura un particular siniestro que no es ni un incendio, ni un robo, ni un daño a terceros. En realidad se asegura una alegría, porque quien mete una pelota en el hoyo a casi 150 yardas de un solo golpe es alguien verdaderamente afortunado. No en vano hay en el país un registro donde puede anotarse todo quien haya tenido la suerte de hacerlo. Aunque la mayoría elige anotarlo en el registro de los Estados Unidos, para darlo a conocer a nivel internacional. Un trámite sencillo, una carta, unos formularios. Es una picardía no asegurarlo y disfrutarlo como corresponde. En toda una vida es baja la probabilidad de hacer un hoyo en uno, pero la de dejar de ser un caballero, no.

13.

La primera vez que me citaron del colegio de Juani fue un shock. El Lakelands. Abrí el cuaderno rojo y debajo de la nota invitando a un acto por el Día de la Bandera, y antes del recordatorio para el pago de la cuota, habían pegado una citación oficial, en hoja con membrete. El membrete del Lakelands es un escudo con cuatro palabras en inglés alrededor. Nunca me acuerdo qué palabras exactamente. *«In God we Trust»*, dice Ronie que dice y no se ríe de su chiste. Señores padres, los esperamos el día lunes 15 de junio a las nueve horas en la Dirección del Colegio para hablar acerca de, puntos suspensivos completado a mano: Juan Ignacio Guevara. Juani. Nunca antes me habían citado tan formalmente para hablar de mi hijo. Me preocupé. Juani estaba en quinto grado. Firmaban el citatorio la directora y la psicopedagoga.

La citación la recibí un viernes. Estuve inquieta ese fin de semana. No se me ocurría por qué podían querer hablarme. Le pregunté a Juani. Él tampoco tenía idea. No se había perdido ningún recreo, no había ido a la dirección ni había firmado el libro de disciplina. Lo seguía por toda la casa. «¿No le pegaste a nadie?, ¿no dijiste una mala palabra?» Entré al baño mientras se duchaba y volví a preguntarle. «Basta, mamá.» Terminó llorando. Llamé a una amiga a ver si ella también había sido citada. No, nadie la había llamado. Llamé a otra. Tampoco. Luego no llamé más, no quería que todo el mundo se enterara de no sabía bien qué. Igual se enteraron, en el torneo de tenis del fin de semana Mariana Andrade me dijo mientras cambiábamos de lado: «¿Así que te citaron del colegio para el lunes?». Y agregó: «En cualquier momento me citan a mí por la nena», refiriéndose a Romina, con quien Juani pasaba mucho rato. «¿Cómo supiste?» «Me contó Leticia Liporacce, me la encontré en el súper.» Y mientras yo pensaba quién se lo habría dicho a Leticia Liporacce, Mariana me metía un *ace* en el ángulo de la línea de saque, una pelota floja, fofa, tonta, casi un globo, pero que yo ni siquiera vi pasar.

El lunes a las nueve en punto estaba ahí. El Lakelands está a dos puentes de Altos de la Cascada. En algún momento fantaseamos con trasladarlo adentro de nuestro barrio, como en otros *countries* donde los chicos pueden ir al colegio en bicicleta o patines. «Sería tan lindo poder recuperar esa cosa de barrio de cuando éramos chicos», dijo Teresa Scaglia en la reunión de padres donde se presentó el proyecto. Pero hubo mucha resistencia, el colegio tenía ya demasiadas familias de otros barrios cerrados, y si bien ninguno aportaba tanto alumnado al Lakelands como nosotros, la matrícula de todos ellos juntos era una cifra que el colegio no se podía dar el lujo de perder. El edificio principal es donde funcionan la primaria y la administración. A un costado está el edificio de secundaria, y atrás el *kinder*. El colegio es virtualmente mixto. Virtualmente, porque si bien van mujeres y varones, no comparten ni las aulas ni el patio. Hay divisiones para niñas y divisiones para varones. Sólo en el *kinder* están juntos. El patio tiene un sector delimitado por una doble línea amarilla, como las que en la ruta indican «prohibido adelantarse», más allá de la cual no pueden pasar los varones hacia un lado y las niñas hacia el otro. Juani solía sentarse de un lado de la raya y Romina del otro, y hablaban con las señas del idioma de manos que usan los sordomudos. Una maestra malinterpretó un gesto de Juani y le prohibieron el intercambio con su amiga a través de la raya bajo amenaza de suspensión. Pero ni siquiera entonces me citaron, fue una comunicación por cuaderno, escrita en inglés, que tuve que pedirle a Dorita Llambías que me la tradujera. Cuando fui a inscribir a Juani por primera vez, le pregunté a la directora si la división se debía a alguna teoría pedagógica acerca de la psicología evolutiva y el aprendizaje de un sexo y otro. «Algo así», me dijo, «en el 89 tuvimos que incorporar varones, porque si no a las familias con muchos hijos se les complicaba el tema del traslado, ir y venir, los actos patrios superpuestos, y se perdían el descuento por hermano; los juntamos y ya, pero enseguida nos dimos cuenta de que fue un error, nos faltaba experiencia, las nenas se empezaban a sentar con las piernas abiertas, mostraban lo que no tenían que mostrar, decían malas palabras, y todas esas cosas típicas de varones. A los dos meses del inicio de las clases los habíamos separado y pintado la doble raya. Nos gusta jactarnos de tener muy buena capacidad de reacción para esas cosas».

Los tres edificios son de ladrillo a la vista, con amplias ventanas. Las medidas de seguridad se ven en cada detalle: todo en planta baja para evitar escaleras y ventanas en alto, picaportes redondos, vidrios de alta seguridad, aire acondicionado y calefacción central. Tiene tres canchas de rugby y dos de hockey, gimnasio, un quincho, salón de actos circular con gradas, una sala de video, laboratorios, salón de arte y de música. La biblioteca fue quedando chica, el colegio en su crecimiento le fue mordiendo pedazos para armar nuevas aulas, pero hay un proyecto de agrandarla en cuanto se pueda. Esperé sentada en la recepción. Los sillones de pinotea me resultaban duros. La secretaria me acercó un café y me pidió disculpas por la demora. Ronie no me quiso acompañar. «Debe ser una estupidez, Virginia, no me hagas cancelar mis cosas para ir a charlar con una psicopedagoga.» Y sus cosas eran algún proyecto o negocio millonario que no terminaba de concretarse, mientras yo cancelaba dos citas de la inmobiliaria que podrían haber producido una comisión que pagara las facturas de los servicios del mes. Terminé mi café, miré el reloj. Apenas habían pasado cinco minutos de las nueve cuando se abrió la puerta de la dirección. Las mujeres me sonrieron y me hicieron pasar, pero a pesar de sus sonrisas no parecían relajadas sino todo lo contrario. Dijeron dos o tres cosas de forma y luego fueron al punto. Tenían una reunión de docentes a continuación de la mía y no querían retrasarse. Me miraban de un modo tal que sentí, antes de que hablaran, que me compadecían. «Es un tema delicado, Virginia», dijo la directora, «prefiero que te explique Silvia, que te lo va a contar mejor que yo». Y la psicopedagoga me explicó. «Juani está inventando historias muy raras. Estamos preocupadas.» No entendí. «Historias... de connotación sexual, por llamarlas de alguna manera», trató de aclarar la directora. Quedé confusa. «Probablemente por influencia de algún tipo de sobreexcitación no adecuada para la edad», explicó otra vez la psicopedagoga. «¿Podrían ser más gráficas?» Lo fueron. Abrieron el cuaderno de Juani y me pidieron que leyera yo misma. Se trataba de una redacción. Su maestra le había pedido que escribiera bajo el título «Mis vecinos». Y Juani había escrito acerca de los Fernández Luengo. «Los para el lado de las canchas de tenis. Los de la Path Finder negra y el Alfa Romeo Azul», los llamaba en su composición llena de faltas de ortografía. Contaba que sabía que tenían dos hijos que iban a su colegio aunque no se acordaba de los nombres. Y un perro del que sí sabía cómo se llamaba: Kaiser. «Así le gritan, ¡Kaiser, salí de ahí!, ¡Kaiser, dejá eso o te rompo el *(beep)* a patadas!» Me alegré de que hubiera puesto *beep* y no culo, pero la alegría me duró poco. A Mónica, la mujer de Fernández Luengo, ni la nombraba. Se concentraba en él. En Fernández Luengo padre. «Yo al que más conozco es al papá de la familia porque es al que más veo. Me levanto y lo miro por mi ventana que está frente a su escritorio», decía. Contaba en su composición que lo veía siempre trabajar hasta tarde en la computadora, que siempre estaba prendida, de día y de noche. Y seguía: «A veces Fernández Luengo se saca la ropa y se vuelve a sentar delante de la compu sin nada. Deja la ropa tirada en el piso, hecha un bollo». Se quejaba de que en esa casa se pudiera mientras que a él lo obligábamos a ponerla en un tacho en el baño. Y remataba en el último párrafo: «Cuando está desnudo ya no agarra el *mouse,* baja las manos y se las mete entre las piernas. Yo lo veo de atrás o medio de costadito. Se toca y se toca. Se mueve como una hamaca y al final se queda quieto. Una noche mientras hacía eso entró Kaiser y le empezó a ladrar y mi vecino le tiró un zapatazo. Otra vez, en vez del zapatazo, se le tiró él encima, a Kaiser, y no lo largaba. Fin». Debajo había una ilustración de un señor gordo y desnudo montado arriba de un perro.

Quedé demudada. Las mujeres me miraban. No sabía qué decir. «¿Juani está viendo mucha televisión solito?» Sí, siempre miró televisión solo, desde chico. «¿Puede ser que haya visto algún canal condicionado sin que ustedes se enteraran?» «No estamos abonados.» «¿Acostumbra mentir con cosas así o es la primera vez?» «No sé.» «¿Revisan el historial de la computadora?» «¿Qué es el historial?» Ellas tampoco sabían bien, pero la profesora de computación les había sugerido que me preguntaran. «¿Puede haber tenido acceso a páginas pornográficas?» «No sé, en casa no tenemos computadora, yo tengo la de la inmobiliaria.» «¿Y en casa de algún amigo?» «¿Toma mucha Coca-Cola antes de ir a dormir?» «¿Alguna situación familiar que pudiera estar influyendo?» Estaba mareada. Presión baja, confusión, desconcierto, algo de todo eso, o todo eso junto me estaba nublando la vista y haciendo perder el equilibrio. «¿Un vaso de agua?» «No, gracias.» Me aconsejaron hacer una consulta con una psicóloga. Más que un consejo fue casi una orden. «Dado lo delicado del tema, tenemos que actuar cuanto antes. El tiempo es fundamental en una cosa así, tenemos que resolverlo lo más rápido posible, antes de que nadie venga a quejarse.» «¿A quejarse quién? ¿Fernández Luengo?» «No, Fernández Luengo no se va a enterar.

Cómo le vamos a decir una cosa así. Ni a él ni a nadie. Pero algunos de los compañeros de Juani vieron el dibujo. Y no
podemos asegurar que ellos no lo comenten. Los padres
sienten miedo ante estas cosas, sienten que puede haber algún tipo de amenaza sobre sus hijos, y nosotros les tenemos que dar la seguridad de que sus chiquitines no corren
ningún riesgo.» ¿Chiquitines, dijo? «¿Y qué riesgo pueden
correr?» «Por el momento nosotros creemos que ninguno
que no podamos controlar, si no Juani ya no pertenecería
a este colegio.» La enunciación de esa posibilidad fue un
cachetazo. «Avisanos en cuanto tengas el informe de la psicóloga. ¿Alguna otra duda?» Di las gracias y me fui. «Estale un poco más encima», me aconsejó la psicopedagoga antes de salir. Y me vino a la cabeza la imagen garabateada de
Fernández Luengo encima de su perro.

Ese día no fui a trabajar. Por momentos me sentía
culpable, por momentos avergonzada. Por momentos sentía bronca. Sacaba el papel donde Juani había hecho lo
que había hecho y no lo podía creer. Conseguí el nombre
de una psicóloga, pero no llegué a llamarla. No sabía cómo empezar a contarle. Ni siquiera a Ronie. Llamaba y
cortaba. Por momentos no me acordaba si tenía que con-
sultar a una psicopedagoga o a una psicóloga. Comí sola
con Juani, Ronie volvía tarde. No pude hablarle tampoco
a él del tema. Lo miraba y me preguntaba qué habría hecho mal yo. O Ronie. O los dos. Seguramente muchas cosas. Juani se fue a acostar. «Estale más encima.» Y lo cierto era que últimamente estaba poco encima de Juani,
trabajaba todo el día, hasta tarde, mostrando casas, ala-
bando terrenos, consiguiendo hipotecas, y el chico se iba
criando «a la buena de Dios», como diría mi madre. Es
cierto que «la buena de Dios» en lugares como Altos de la
Cascada difiere sustancialmente de «la buena de Dios» en
otras partes. Acá se puede dejar a los chicos más solos sin
preocuparse por los peligros que inquietan a madres puertas afuera. No hay posibilidades de que alguien te secues-

tre dentro del barrio; ni de que nadie se meta en tu casa a robarte; un chico de la edad de Juani puede ir y venir del *club house* a cualquier hora en bicicleta, solo; si se quedan en el salón juvenil siempre hay un profesor cuidándolos y los guardias haciendo su ronda; están acostumbrados a entrar a la casa de cualquier vecino, aunque apenas lo conozcan, o a subirse a cualquier auto. Es un ambiente de mucha confianza. La frase «no hables con extraños» acá no funciona. Si alguien vive en Altos de la Cascada no es un extraño, o no lo será en el corto plazo. Y si vino de visita fue chequeado en la barrera de acceso y eso da cierta seguridad. O ilusión de seguridad. A medida que avanzaba la última década del siglo nosotros nos protegíamos con más vehemencia rejas adentro. Cada vez más requisitos para autorizar que alguien ingrese, cada vez más personal de seguridad en la puerta, cada vez armas más grandes exhibidas a quien quisiera verlas. Desde hacía un par de meses se pedía, confidencialmente, el prontuario de todo jardinero, albañil, pintor y demás trabajadores que entraran con regularidad al *country,* a partir de que se descubrió que un electricista contratado en mantenimiento había purgado una condena por una violación diez años atrás y nosotros ni enterados. Incluso estaba previsto cambiar el alambrado perimetral por un sólido paredón de tres metros de altura. Primero se había evaluado la posibilidad de doble alambrado, uno de púa en el exterior y otro más coqueto en la parte interna, pero a la mayoría de los socios no les pareció suficiente. Una pared, para que nadie pudiera no sólo pasar sino tampoco vernos, ni ver nuestras casas, ni nuestros autos, eso era lo que todos queríamos. Y que nosotros tampoco viéramos hacia afuera. Aunque el paredón todavía no estaba aprobado, por una cuestión estética. Discutían si ladrillo o bloques de concreto hacía más de cinco meses.

Lo que sí era cierto era que Juani miraba mucha televisión solo, y tomaba litros de Coca-Cola.

En cuanto llegó Ronie, le conté. Empecé por el principio. No me dejó terminar, no llegué a contarle ni de las dudas de la directora, ni de la consulta que me aconsejaron, ni de la cafeína de la Coca, ni del perro. Mucho menos del perro. «¡No me digas que Fernández Luengo se pajea delante de la computadora!», se rió, y empezó a comer.

14.

Carmen Insúa anotó en la planilla el nombre de las participantes y cobró los diez pesos de la inscripción. Hizo un esfuerzo y les sonrió a las próximas. No quería estar ahí. No se aguantaba sentada, casi inmóvil. El cuerpo le pedía caminar de una punta a la otra, fumar un cigarrillo, tomar café. Había pensado inventar una excusa y no aparecer. Pero no podía. Nadie faltaba al torneo anual de burako de Altos de la Cascada. Era a beneficio del comedor que apadrinaba el barrio. Y menos ella, que era no sólo una de las organizadoras sino una de las fundadoras de «Las Damas de los Altos».

Encontró un momento entre la inscripción de dos parejas, y marcó el número del celular de Alfredo. Estaba apagado. Sus piernas se movían inquietas debajo de la mesita que hacía de escritorio. La pateó sin querer y Teresa Scaglia tuvo que sostener las planillas y las lapiceras para que no terminaran en el suelo. «Te pido que no me hagas jugar contra Rita Mansilla», se acercó a decirle una participante. «Nos acabamos de insultar mal en el último torneo de tenis.»

Apenas si escuchó lo que le decían. Si al menos ella también estuviera jugando al burako su mente se ocuparía en otra cosa. Le gustaba jugar. Al burako y al rummy. Aunque ese día no habría podido armar ni una pierna. A Carmen le gustaba armar escaleras. Si era posible, rojas. No le importaba tanto ganar como hacer escaleras, lo más largas posible. Pero esta vez ella no jugaba. Marcó otra vez el número de Alfredo. Seguía apagado. Pidió un cigarrillo. Hacía varios años que había dejado de fumar, pero lo necesitaba como si nunca lo hubiera abandonado. Pensó en una copa de vino, pero no era el lugar apropiado. Mientras esperaba que alguna pareja terminara su partido, sacó de la cartera el resumen de la tarjeta de Alfredo y lo volvió a revisar, con la esperanza de haberse equivocado. Hotel Sheraton, trescientos dólares, 15 de agosto. Sintió el mismo vacío en el estómago que había sentido esa mañana cuando lo había descubierto. Sobre la mesa de luz de Alfredo, al alcance de cualquiera. Después de eso lo leyó una, diez, veinticinco, mil veces. Y siempre decía lo mismo. Hotel Sheraton, trescientos dólares, 15 de agosto. Justo cuando ella había viajado a Córdoba a un torneo de burako a beneficio ya no se acordaba de qué o quién. Lo había llamado esa noche y no había contestado nadie. Los chicos estaban en Pinamar los padres de unos compañeros de colegio, y la mucama de aquel entonces había renunciado inesperadamente. Alfredo dijo que se había acostado muy temprano porque se moría de dolor de cabeza. Claro que no había dicho ni dónde ni con quién. Ella le había creído. Ese fin de semana se jugaba el torneo de golf más importante del club, y Alfredo no se lo hubiera perdido ni por la mujer más seductora del mundo. O sí. «Anotanos mil quinientos setenta puntos. ¿Ahora contra quién nos toca?» Carmen revisó la planilla. No encontraba dónde mirar. Se le cruzaban los nombres de las parejas. Anotó. «Te toca con la pareja nueve, cuando terminen de jugar en la mesa diez», dijo, no demasiado segura. Teresa la observaba, le sacó la planilla donde había anotado el puntaje. Tachó donde Carmen había escrito trescientos. «¿Mil quinientos setenta, dijiste?», les preguntó a las jugadoras antes de que se fueran. Carmen se paró. Teresa la miró y ella no supo qué hacía ahí parada. «Me voy a fumar un pucho afuera», dijo, y salió con el celular y el resumen de la tarjeta.

Desde la terraza que da al hoyo 9 llamó al hotel. Dijo que era la secretaria del señor Alfredo Insúa. «El señor Insúa dice que el importe que le debitaron de trescientos dólares no es correcto y que quiere un detalle de los gastos», mintió. Le dijeron que le iban a mandar una copia de la factura por fax. Carmen dio el teléfono de su casa, cortó y se sentó otra vez junto a Teresa. «¿Todo bien?», le preguntó su amiga. «Sí, todo bárbaro», contestó ella.

Una mujer que jugaba en la mesa frente a la ventana que da al jardín de invierno se quejó de que las contrarias se hacían señas. Las otras se enojaron. Discutieron. El resto miró, pero nadie intervino. Carmen llamó otra vez al celular de Alfredo. Una de las mujeres se paró y se fue. El celular esta vez sí sonaba. La compañera de la mujer enojada trató de detenerla. Alfredo dijo «hola», Carmen no supo qué decir y cortó. Se terminaron yendo las dos, la enojada y su compañera. Alfredo iba a saber que era ella la que lo había llamado. Las participantes abandonadas se acercaron a la mesa. Carmen estaba sola, Teresa había pasado del lado del té a organizar la entrega de premios. «Increíble la desfachatez de estas mujeres, ¿vos las viste?; anotá que ganamos por *walk over*. En esto hay *walk over* como en el tenis, ¿no?» Sonó el celular de Carmen y ella atendió sin llegar a contestarle a la mujer. Era Alfredo. «Sí, se cortó, se ve que acá no hay buena señal.» Alfredo le dijo que llegaba tarde, que no lo esperara despierta. Carmen tachó a la pareja que se fue de la planilla. «Sí, bueno, igual yo acá tengo para un rato, y después tenemos que organizar la recaudación... Sí, nos fue bárbaro...»

La pareja ganadora se llevó dos collares de plata y circones que había donado la joyería Toledo. Las demás aplaudieron. Teresa y Carmen las ayudaron a abrochárselos en el cuello. Las mujeres posaron para la foto, una vez solas y otra vez con ellas. El té se le hizo interminable. Carmen llamó a su casa y habló con la empleada; hacía varios meses que trabajaba para ella, pero después de que Alfredo hizo echar a Gabina, su empleada de toda la vida, no encontró otra que le resultara confiable y por distintos

15.

El año 98 fue el año de los suicidios sospechosos. El del que había pagado las coimas del Banco Nación, el del capitán de navío que había intermediado en las ventas de armas al Ecuador y el del empresario de correo privado que había retratado el fotógrafo asesinado. Pero ninguno de estos hechos tuvo alguna incidencia ni en nuestras vidas ni en la de Los Altos, más que impresionar por un rato a quien leía el diario a la mañana o miraba el noticiero.

Nosotros seguíamos hablando de nuestras cosas. De Ronie Guevara, por ejemplo. Para esa época todos nos habíamos dado cuenta, pero a Virginia le llevó más tiempo, como el marido engañado que siempre es el último en enterarse: Ronie ya no volvería a aportar a la economía familiar más que algunas ilusiones cargadas de gastos. El sostén familiar era ella, y mantener su inmobiliaria en la clandestinidad no hacía más que perjudicarla. Algunos confundían su trabajo con «favores», y en más de una oportunidad hubo quien se mostró asombrado y hasta ofendido cuando ella intentaba cobrarle una comisión. «Si yo al dueño de la casa también lo conozco, ¿por qué te tengo que pagar una comisión?» O aquel que en lugar de pagarle se le apareció con una cartera de su propia fábrica, que no alcanzaba ni a cubrir los gastos de Virginia, «y para colmo fea», como dijo Teresa Scaglia. «Ese día, en que hay que poner sobre la mesa los billetes, el "amigo" ingresa directo a otra categoría a la que todavía no le encuentro nombre adecuado», escribió después en su libreta roja. El precio de los terrenos subía con la euforia de bienestar de los 90, y Virginia no quería perderse la euforia. Nadie se motivos todas le duraban poco. «¿No te llama dir señal de fax?... *Okey*... si te llaman y te p quedás parada al lado del teléfono y cuando termina de pasar el papel, lo cortás, lo doblás y lo ponés en el cajón de mi mesita de luz. ¿Entendiste? A ver, repetímelo, por favor...» La empleada repitió. Carmen no pudo escuchar una parte porque se acercó una participante a pedirle el vuelto que le debía. Cortó. Buscó el vuelto. Le faltaban dos pesos. «Dejá, dejalo para el comedor.»

Un rato después, el salón quedó vacío y con olor a cigarrillo. Dos mujeres de la limpieza barrían y acomodaban las mesas. Teresa y Carmen contaban la plata. Sonó el celular de Carmen. Era su empleada, había llegado el fax, se había quedado parada al lado mientras salía el papel, no... los chicos no estaban, lo había cortado, doblado y guardado en el cajón de su mesita de luz. Carmen se apuró a guardar lo recaudado en la cajita de metal y cerrarla con llave. Era más de lo que esperaban. Un poco más de lo que había gastado su marido aquella noche. «Ver que hay tanta gente generosa te levanta el ánimo, ¿no?», dijo Teresa. «Sí», contestó ella, «hay mucha gente generosa».

Apagaron las luces y salieron. Estaba por meterse en el auto y dudó. Se acercó al de Teresa. «¿Querés ir a comer algo? Hoy Alfredo llega tarde.»

la quería perder. Todos especulábamos con cuánto aumentaba día a día el precio de nuestras casas y hasta dónde podía llegar. Cuando multiplicábamos la superficie de nuestros inmuebles por el valor de los metros cuadrados sentíamos un placer que pocas otras cosas producían. El placer provocado por un algoritmo. Porque no pensábamos venderle nuestras casas a nadie. El cálculo, esa simple multiplicación, era la que producía el efecto.

Había llegado el momento de que Virginia pusiera una inmobiliaria en serio. El reglamento de Altos de la Cascada no nos permite a los socios desarrollar actividades comerciales dentro del predio, y aunque muchos las desarrollan, es un acuerdo tácito hacerlo de forma no evidente. En estos lugares la envidia termina en denuncia, y la denuncia en multa. Poner en su casa un cartel que dijera «Mavi Guevara, Inmobiliaria» hubiera ido contra las normas en forma evidente. Pero la etapa de la clandestinidad ya no la conformaba. Tenía que poner ese cartel fuera del alambrado perimetral, lo suficientemente cerca como para que lo vieran quienes venían a buscar su lugar en Altos de la Cascada y eso ayudara a hacer crecer el negocio.

Ronie estuvo de acuerdo, y por ese entonces se lo oía hablar entusiasmado en rueda de amigos del futuro del negocio inmobiliario de la zona y de las perspectivas de crecimiento de su mujer. Pero su compromiso llegaba hasta ahí, y no la acompañó en la búsqueda del local que la ayudara «a dar el salto». Ella se subió al auto y recorrió las manzanas cercanas a Los Altos en busca de lo más parecido a un local comercial que pudiera encontrar. Todos vamos y venimos por esas calles, a veces más de una vez por día, pero no las miramos de verdad hasta que necesitamos sacar algo de ellas. Por primera vez Virginia las observó detenidamente. La periferia de Altos de la Cascada, en las manzanas más cercanas al barrio, es bastante diferente de un barrio comercial. Terrenos baldíos. Algunos con el pasto crecido. Otros con construcciones interrumpidas antes de completar la altura de las paredes, y de las que, tiempo y abandono mediante, la gente se fue llevando lo que servía. Tres quintas, en hilera una al lado de la otra, abandonadas a fuerza de robos y gastos de mantenimiento que superaban las expectativas de uso. En diagonal a la entrada de La Cascada, un chalet discreto, de un matrimonio joven que no tenía presupuesto como para vivir del otro lado de las barreras, construido especulando con un crecimiento alrededor de Altos de la Cascada que hasta ese entonces no se había producido, y a la sombra de una casilla de seguridad que, aunque miraba para otro lado, los tranquilizaba.

Un poco más lejos, por el camino que lleva a la ruta, empieza Santa María de los Tigrecitos, un barrio de casas sencillas de distinta calidad de construcción, casi todas viviendas levantadas por sus propios dueños, o sus parientes o amigos. Quienes viven allí dependen del trabajo que les proveemos en Altos de la Cascada. «Barriada satélite» la llaman en los informes de la Comisión de Seguridad, donde aconsejan apoyarla, ya que sus oportunidades de trabajo fluctúan de acuerdo con la tasa de crecimiento de nuestro barrio, y eso influye directamente, según el informe, sobre nuestra propia seguridad.

Las casas en Santa María de los Tigrecitos crecen tan desparejas como los arbustos de Altos de la Cascada, pero no por una oculta intención estética, como sucede con nuestros jardines. En Los Tigrecitos hacen lo que pueden, las levantan sin ninguna relación la una con la otra, y en algunos casos ni siquiera hay relación entre un ambiente y otro. A las casas se les notan las etapas, la ventana que se abrió después de construir un cuarto y que no respeta la medianera, el segundo piso que se levantó sobre una losa que parecía definitiva, el baño que finalmente se pudo hacer pero sin ventilación adecuada. Una reja puede estar pintada de violeta y la pared lindera de rojo, o azul rabioso. Y al lado otra casa de ladrillo sin revocar. Las casas más importantes tienen una entrada para los autos, y las menos, piso de tierra en todos los ambientes mientras esperan que llegue el trabajo que pague el cemento.

Un pequeño mercado, una carnicería, una panadería, el pool-bar-metegol. Santa María de los Tigrecitos no son más de seis cuadras construidas antes de llegar a la ruta, sobre una calle asfaltada que pagamos nosotros con una cuota extraordinaria en las expensas, casas que van esfumándose en densidad y confort hacia ambos lados del asfalto, en calles laterales de tierra que se inundan cuando desborda el arroyo que viene entubado hasta la salida de La Cascada.

En la calle principal, la que lleva a la ruta, hay veredas. En algunas casas sí y en otras no, porque no las pagó la Municipalidad sino cada vecino, algunas rotas, otras reparadas con baldosas de distinto color. Delante de la carnicería, junto al pizarrón negro donde se anuncian las ofertas de cortes vacunos que los que vivimos en Altos de la Cascada no consumimos, los vecinos se juntan a tomar mate sentados en banquitos de madera. Una cuadra más allá, otros vecinos, también sentados, esperando algo. O nada. Y en la mano de enfrente otros. Miran pasar los autos. Algunos saben a la perfección quién viene por el modelo y la chapa. «Usted es el del BM azul 367, ¿no?», le dijo una vez el ayudante del carpintero a Ernesto Andrade, quien llevó el tema al Consejo de Administración para que analizaran el asunto en la Comisión de Seguridad de Altos de la Cascada.

En el medio del barrio, funcionando como un centro cívico, la cancha de fútbol, la escuela, una capilla que depende de la misma parroquia que la capilla que está adentro de Altos de la Cascada y donde da misa el mismo cura. Un poco más allá, el centro sanitario, con dispensario de vacunas y guardia pediátrica. Y en medio de todo, desordenadas, como hongos que salen después de la lluvia, otra vez las casas. Más casas. Muchas casas para tan poca cuadra. Casas de familias numerosas en las que al menos un integrante, todos los días, recorre las diez cuadras que lo separan de las barreras para hacer su trabajo de jardinero, *caddie,* personal doméstico, albañil, pintor, cocinera.

En la cuadra siguiente al dispensario había un local chiquito, que alguna vez fue video club, con cartel de entrecasa que decía «Dueño alquila» sobre un viejo póster de una película de Stallone al que le pintaron bigotes de tinta azul. Por las características de superficie y estado del lugar, Virginia podría haber instalado su inmobiliaria ahí. Dicen que lo pensó, hasta casi da una seña. Pero Teresa Scaglia la hizo recapacitar. «¿Vos pensás que alguien con los autos que tenemos se va a parar ahí y se va a animar a bajar?» Cualquiera de nosotros le habría aconsejado algo parecido. Tal vez con un lenguaje menos directo, tal vez con eufemismos, o en voz baja, sin la impunidad con que dice esas cosas Teresa. Pero era cierto que ese lugar no iba a funcionar. Es raro que los de Los Altos nos detengamos en Santa María de los Tigrecitos. Pasamos tan rápido como nos lo permiten los lomos de burro. No hacemos las compras allí, los negocios abastecen a la misma gente que los rodea. Las calles de tierra, la falta de lugar adecuado para estacionar, pero sobre todo la distancia que los separa de la casilla de seguridad de entrada a Altos de la Cascada nos hace mantenernos alejados. Dicen que en Los Tigrecitos hay robos todos los días. Algunos dicen que se roban entre ellos, ellos dicen que vienen de otros barrios. Difícil saberlo.

Finalmente, un golpe de suerte resolvió la situación. El marido de la mujer que vivía en el chalet en diagonal a la entrada, de espaldas a la casilla, la abandonó. La mujer, con tres hijos chiquitos, prefirió mudarse con su mamá, y Virginia le alquiló el chalet casi por los gastos, con la promesa de que en cuanto apareciera un comprador se lo dejaba. Un comprador que ella misma le buscaría, en cuanto encontrara otro lugar mejor donde poner su inmobiliaria. El chalet estaba habitable, una cocina digna, dos cuartos que anularía por el momento, y el living comedor donde instaló la oficina. Un escritorio, tres sillas, un sillón y una mesa ratona que Teresa Scaglia tenía en desuso y le regaló, un ropero con cajones que convirtió en archivero. Con una alfombra que ya no usaba y un par de jarrones étnicos le dio un «toque La Cascada». Antes de mudarse cambió bombitas quemadas, le hizo dar una mano de pintura blanca a la oficina y cambió la vieja cocina por un anafe eléctrico. Lo único que no pudo arreglar antes de la inauguración fue la puerta de entrada, una puerta pesada de madera, hinchada de humedad, que no lograba cerrar sino a fuerza de golpes.

16.

Finalmente, un día, cuando ya nadie lo creía posible, apareció el buen rival para el Tano Scaglia. Gustavo Masotta. Estacionó frente a mi local recién estrenado en diagonal a la entrada de La Cascada, fuera de horario, en el preciso momento en que, a puro golpe, me esforzaba por que cerrara la puerta principal hinchada de humedad. Un procedimiento que repetía todas las tardes, dar un golpe seco al picaporte y una patada a la base, casi simultáneamente, y luego vuelta a la llave que entonces giraba suave como si la dificultad nunca hubiera existido. Lo hacía automáticamente, como un ritual, y de repetido ya casi no me importaba que el carpintero nunca hubiera aparecido para cepillar la madera sobrante. De alguna manera me terminó gustando. Como cuando uno conoce un defecto de sí mismo y le produce cierta fascinación mantener el secreto con los demás, engañarlos. Hasta esa tarde el engaño había funcionado, y me había cuidado muy bien de no patear la puerta delante de un cliente. Por eso me llené de malhumor cuando me di cuenta de que Gustavo Masotta estaba ahí. Lo vi en el momento en que se acercó a ayudarme a juntar las cosas que había depositado en el piso para dedicarme con comodidad al ritual de la puerta. Mi libreta roja, una pila de carpetas, el celular, papeles sueltos, llaves de casas en alquiler o a la venta, sobres de servicios por pagar de clientes y míos, una crema de manos, no soporto tener las manos resecas, el yogur que no había tenido tiempo de comer. Una muestra despareja pero inequívoca de mi natural desorden. «Está hinchada», dije señalando la puerta y sin saludar. Él tampoco saludó. «Necesito alquilar una casa por un año o dos», dijo mientras levantaba mis cosas del piso.

«Una comisión inmobiliaria, por mínima que sea, es lo suficientemente deseada, aleatoria e imprevisible como para no atarse a horarios», dice mi libreta roja en el capítulo dedicado a «Comisiones y otros padecimientos». Pero esa tarde estaba citada en el colegio de Juani, y eso me había tenido preocupada todo el día. A fin de año no me habían querido aceptar la reinscripción, Juani pasaba a octavo grado y la psicopedagoga del colegio consideraba que no estaba lo suficientemente preparado como el resto de sus compañeros. No había sido clara, ni había dicho exactamente qué lo diferenciaba. Creo que de alguna manera el episodio de años atrás, aquel dibujo de Fernández Luengo arriba de su perro, pesaba en la carpeta de antecedentes de mi hijo. Aunque ella no se hubiera atrevido a mencionarlo. Tendría que haberle hecho caso a Ronie en aquel momento. Él insistía con que había que ir al colegio y contar la verdad de aquella historia, pero yo me opuse. Lo que hiciera Fernández Luengo dentro de su casa era cosa de él, y que Juani lo espiara a través de su ventana no era justificable. Eso le dije, a Ronie. Pero en realidad no era eso. Tenía miedo. Sabía que no era fácil meterse con mi vecino. Lo tenía anotado en la ficha de su casa con letras rojas. Era un tipo poderoso, uno de los abogados que más sabía en el país de contrabando. De cómo no caer en la cárcel acusado de contrabando. Conocía a todos en la aduana que fuera y en el juzgado federal que fuera. Pensé que si se llegaba a enterar de lo que había hecho nuestro hijo podría hacernos daño. No sabía qué, si yo ni siquiera compro en el *free shop,* pero estaba asustada. Tal vez difamarme y que no pudiera vender una casa más en La Cascada. O hablar mal de Ronie y que las pocas posibilidades que tuviera de hacer alguno de sus negocios se esfumaran. O inventar algo malo acerca de Juani. Hacer victimaria a la víctima. Lo convencí de no decir nada. Si de todos modos Juani no volvería a hacer lo que había hecho. Nos ocupamos de explicárselo muy bien. «Volvés a dibujar a alguien, a quien fuera, en bolas, y te parto la cara», le dijo Ronie. Y lo cambiamos de cuarto. A uno más chico, pero que daba a nuestro parque. Sacando aquel episodio, no había antecedentes concretos para negarnos la reinscripción, aunque ése tampoco lo fuera. Sus notas de castellano no eran brillantes pero tampoco merecían un castigo. En inglés sólo tenía problemas con geografía e historia. Debo reconocer que durante el año no le había dado demasiada importancia, nunca sospeché que saber qué rey reemplazó a qué otro en Inglaterra, o cuál es el clima en el norte de Irlanda fuera tan importante para su desarrollo. Pero quedarse fuera de ese colegio sí lo era, porque, malo o bueno, era quedarse fuera del mundo en el que vivíamos. Técnicamente no lo podían hacer repetir porque en castellano había aprobado, así que a fin del año pasado y con muchas vueltas me sugirieron que lo cambiara de colegio «para no pasar ni él ni ustedes por el sacrificio de hacerlo estudiar tanto en las vacaciones». Ni Ronie ni yo estuvimos de acuerdo. Lo hicimos estudiar geografía e historia inglesa todo el verano. Se negó a que le pusiéramos una maestra particular y lo ayudaba Romina, la hija de los Andrade, que para sorpresa de su madre era una de las mejores alumnas de la división de las nenas. Se habían hecho muy amigos desde que la chica apareció por el barrio y el colegio. «Dios los cría», me dijo un día la madre y yo no tuve la valentía de pedirle explicaciones. Ese día, el día que apareció Gustavo Masotta en la puerta de mi oficina, me iban a dar una respuesta definitiva acerca de la reinscripción. Una respuesta que yo venía esperando con más ansiedad que la concreción de cualquier operación inmobiliaria. Era consciente de que el hecho de haberme atrasado tantas veces con las cuotas no iba a ayudar. Pero finalmente siempre pagué, y con sus intereses. «La espero», dijo Masotta. «Es que no tengo ni idea de cuánto tiempo me va a llevar esa reunión», dije. Aunque en realidad lo que me acobardaba no era la demora sino el humor con el que volvería. No soy de humores fáciles, pero sí predecibles. No iba a aceptar que Juani se tuviera que cambiar de colegio, ya me sentía lo suficientemente distinta de nuestras amistades como para agregar circunstancias. El Lakelands se jactaba de ser «el colegio que garantiza el mejor inglés de la zona». Yo quería que Juani tuviera tan buen inglés como el resto de los chicos que lo rodeaban, y todos esos chicos iban al Lakelands. Muchas veces me había preguntado si la dificultad de Ronie para reinsertarse en el mercado laboral no habría tenido que ver con su falta de manejo del idioma. Yo tampoco sabía una palabra de inglés, pero para vender casas no me hacía falta. Y no quería que mi hijo terminara vendiendo casas: Para mí estaba bien, a mí me gustaba, pero para Juani no. Para Juani había imaginado otro futuro, no sabía cuál, pero uno distinto del mío.

Gustavo me extendió la última carpeta. Tenía las uñas mordidas, lo que desentonaba con el cuidado de su aspecto general, hasta le sangraba el costado del dedo mayor, como si recién se hubiera arrancado un padrastro. «En serio, puedo esperar, necesito resolver este tema», y dudé a qué se refería cuando decía «este tema». No parecía que se refiriera sólo al alquiler de una casa. Pero mi tema me importaba más. «¿Por qué no armamos una reunión para el fin de semana? A esta hora casi no hay luz y Altos de la Cascada con luz es otra cosa. La luz artificial no alcanza para darse cuenta de lo que es este lugar; este lugar es único.» Le extendí mi tarjeta sin darle opción a otra alternativa que dejar el encuentro para mejor ocasión. Me subí al auto y me fui.

Sabía que lo más probable era que hubiera perdido un cliente, pero si no lo había perdido en ese momento, lo perdería a mi regreso, sumergida en el fastidio que me producía, por aquel entonces, que me marcaran mis imperfecciones o aquellas de las que me sentía responsable. Las de mi hijo. Con el tiempo y la supuesta gravedad de esas imperfecciones, el fastidio se convirtió en dolor, pero no en dolor emocional, en dolor real, físico, una puntada en el medio del pecho como si el esternón estuviera a punto de ser partido al medio. Y luego el dolor en callo. Y el callo en nada. Tal vez en una amputación.

Busqué a mi cliente reflejado en el espejo retrovisor del auto. Seguía ahí, parado frente a la inmobiliaria pasándose la mano por la cara de una manera especial, como si a él también algo lo fastidiara, algo más importante que mi negativa a atenderlo. Tomé la curva que me llevaba al Lakelands, y ya no lo vi más.

Tardé una hora y media. Me hicieron esperar y hablaron más de lo que tenía previsto. Juani había aprobado los exámenes que le habían tomado, y yo estaba a punto de morirme de alegría cuando escuché la palabra «pero». Me dijeron que Juani era un chico que podía considerarse de «la media», y que el nivel del resto del grupo era tan alto que ellas consideraban que la exigencia iba a ser demasiado fuerte para él, «porque octavo año tiene en este colegio un régimen muy estricto, muy exigente, y el Lakelands no tiene apoyo personalizado a esa altura de la escolaridad. Ya no son chicos. Nosotros nos basamos en el propio esfuerzo, el que llega, llega, y el que no, es mejor que intente en otro colegio menos exigente. Es como una selección natural que dejamos que ocurra sola, ¿me entendés?». Y yo entendía. «No nos sirve que un alumno promueva porque uno tiene en cuenta que es diferente de sus compañeros; necesitamos elemento parejo», me dijo la directora con una sonrisa. «Quiero que Juani lo intente», insistí. «No sé si es lo más acertado.» «Nadie lo puede saber hasta que lo haga, y yo le quiero dar la oportunidad.» «No me parece.» Me fastidié. «Ponga por escrito qué no le parece y los motivos, y entonces no insisto más, quiero tener algún papel que pueda presentar... en alguna parte», dije.

La directora firmó la reinscripción. Salí de la reunión ansiosa por contarle a Ronie que habían aceptado que su hijo siguiera en el colegio. Pero busqué mi celular y no lo encontré. Cuando llegué a la entrada de La Cascada me detuvo un guardia. «La está esperando ese señor.» Y señaló hacia donde estaba Gustavo Masotta. «Dice que encontró su celular pero no quiso dejármelo, se lo quiere dar en mano.»

Estacioné y me bajé del auto. Gustavo a lo lejos levantó el celular y lo movió en el aire para que lo viera. Era el mío. «Al rato que se fue, me di vuelta y casi lo piso, quedó ahí en la vereda. Debe haberlo dejado cuando cerró la puerta», dijo e imitó mi ritual de patada en la base. «No sabía si era seguro dejarlo acá en la guardia.» «Si no es seguro estamos listos, le pagamos fortunas a esta gente. Lamento que se haya tomado esta molestia.» Hubo un silencio. Los dos quedamos como esperando un paso del otro. Finalmente él habló. «Bueno, entonces, ¿nos tendremos que ver el fin de semana, no?»

Le mostré lo que quería esa misma noche. Mi humor era muy bueno gracias a la reinscripción de Juani, él me había esperado más de una hora y media para darme el celular en mano, y sentí que lo menos que podía hacer era mostrarle un par de casas y aliviarle esa urgencia que no trataba de disimular. Sospeché que fuera un recién separado, apurado por encontrar un nuevo lugar donde dormir. Aunque es raro que separados elijan vivir en Altos de la Cascada a menos que tengan chicos y no sepan qué hacer con ellos el fin de semana. O que la separada sea una mujer abandonada a su suerte en la casa que figura como bien de familia. Nuestro barrio no es un lugar que elige gente sola. La Cascada es un lugar, sin duda, aislado, y eso no es necesariamente malo, tal vez hasta sea todo lo contrario. Pero hay que reconocer que está alejado de otros mundos, y lo que para unos puede ser la mejor virtud, para otros se convierte en una pesadilla.

Sin darme cuenta, habíamos pasado la barrera y empecé a tutearlo. «¿Buscás algo de qué tamaño? ¿Tenés chicos?», dije mientras nos internábamos por las calles de La Cascada. «No, somos dos, mi mujer y yo. Hace cinco años que estamos casados pero todavía no tenemos hijos.» «A lo mejor acá se entusiasman, este lugar es ideal para disfrutar con chicos.» No contestó, bajó la ventanilla y se perdió por alguna de nuestras calles. Mientras el auto avanzaba me puse a recordar cuándo fue que acepté no tener más hijos que Juani. Antes de casarnos fantaseábamos con tener por lo menos tres, pero a partir de que Ronie se quedó sin trabajo, las preocupaciones se concentraron más en cómo seguir manteniendo lo que teníamos que en ninguna otra cosa. Y lo que teníamos se medía en metros cuadrados, viajes, confort, colegio, auto, posibilidad de hacer deporte; no en hijos. Siempre que hubiera por lo menos uno que confirmara la familia.

«Uh, acá, ya la veo a tu mujer con la panza. Altos de la Cascada es como una burbuja fértil.» No sé si me escuchó. En varios momentos de la recorrida tuve la sensación de que Gustavo no me escuchaba. Estaba decidido a alquilar una casa esa misma noche, recorría las casas observando detalles a los que yo no les hubiera dado importancia, y estaba claro que cualquier cosa que dijera a favor o en contra de algún inmueble no modificaría en absoluto su decisión. «A Carla no le gustan las paredes pintadas con colores oscuros», «Carla odia el vidrio repartido», «a mi mujer no le gusta el piso plastificado», «si Carla ve la cerámica del baño principal, se muere», eran algunos de los argumentos que usó para descartar posibles viviendas.

Al fin apareció una. «Me parece que le va a gustar ésta», dijo cuando le mostré la casa de los Garibotti. Era una casa toda en planta baja, chica para el promedio de Altos de la Cascada, pero con detalles de buen gusto: carpintería de madera, pisos de pinotea, herrajes antiguos. Una casa definitivamente no estilo *country*. Más bien una casa bostoniana. «Tengo otra para mostrarte, más o menos en el mismo precio, un poco más moderna y con un jardín mucho más grande.» «No, este jardín es suficiente. Alquilo ésta, ésta está bien. ¿Cuánto te tengo que dejar de seña?» «¿Pero no querés que antes la vea tu mujer?» «No», dijo y me miró con una ambivalencia en la que se desafiaban su fuerza y su debilidad. Buscó algo más que decir, como si un «no» tan rotundo necesitara explicarse. «No quiero que sepa, es una sorpresa, un regalo sorpresa.» Era evidente que mentía. «Ah, una sorpresa. Tu mujer va a estar chocha», también mentí. En mis años en La Cascada había visto muchos regalos sorpresa y había perdido mi capacidad de asombro. La camioneta Mercedes Benz que le regaló Insúa a Carmen en la noche que nos invitó a varios amigos a cenar a su casa y que apareció en medio de la cena atravesando el parque manejada a campo traviesa por un chofer, con moño blanco y todo. La camioneta, moño blanco, el chofer, sin moño. La productora que le montó Felipe Lagos a su segunda esposa, cuando terminó el curso de cine que estaba haciendo. El viaje de compras a Miami para Teresa Scaglia y una amiga que le pagó el Tano en su último cumpleaños, con crucero incluido. Pero alquilar una casa, a cincuenta kilómetros del domicilio actual, sin consultarlo con la mujer, no me sonaba posible. Si la hubiera comprado, todavía, pero alquilada, de ninguna manera.

Mientras preparaba los papeles de la reserva, lo observé caminando por el parque; respiraba profundo, como si quisiera tomarse todo ese aire. Un hombre solo, que acababa de elegir la casa que iba a compartir con su esposa, que no necesitaba convalidar con ella su decisión, pero a la vez absolutamente pendiente de que fuera de su agrado hasta en el último detalle.

Entró en la casa y se desplomó en una silla junto a mí. Firmamos la reserva, le tomé una seña y le informé cuánto era mi comisión. Quiso pagarla en el momento, le dije que no, que yo recién esa noche o al día siguiente me comunicaría con el dueño y que si estaba todo en orden la semana próxima podrían firmar el contrato de alquiler, y cancelar el resto. «Me quiero mudar este fin de semana.» «Bueno, hay que terminar el papelerío, limpiar la casa a fondo, el dueño tendrá que sacar algunas cosas.» «Yo me ocupo de la limpieza. Y que deje lo que quiera, a mí no me molesta.» «Voy a hacer lo posible.» «Me tengo que mudar cuanto antes.» No fue un ruego. Lo dijo con firmeza. Me hizo recordar aquella firmeza con la que el Tano Scaglia me había dicho años atrás que quería el terreno donde hizo su casa y no otro, ningún otro. Pero, aunque firmes, los dos tenían actitudes muy distintas. Gustavo no tenía la misma calma, no estaba seguro de que conseguiría lo que quería. En su firmeza había desconfianza y dolor. En la del Tano no. Sin embargo, había algo en Gustavo Masotta que me hacía acordar al Tano Scaglia, algo que los hacía acercarse como imanes, parecerse a pesar de ser distintos. «De casualidad, ¿jugás al tenis vos?», le dije de camino a la salida. «Jugaba, mucho, antes de casarme, fui federado.» «Entonces, cuando te instales avisame, que tengo alguien para presentarte, el Tano Scaglia, un socio que juega un tenis espectacular y no encuentra rival a su altura.» «Espero no defraudar sus expectativas», dijo, y me sonó a falsa modestia. «Me va a venir bien, necesito conocer gente nueva.» «Sí, cuando te venís a vivir acá siempre necesitás conocer gente nueva. A todos nos pasó. Los demás, los amigos de antes, quedan demasiado lejos.» Me miró, sonrió, y luego otra vez se perdió con la mirada a través de la ventanilla. Yo lo miraba de reojo y me preguntaba si realmente me habría olvidado el celular o si habría sido todo una escena montada por Gustavo, que necesitaba alquilar una casa esa misma tarde. Y no tuve dudas de cuál era la respuesta.

17.

Eran las once de la mañana y Carmen seguía en la cama. No juntaba fuerzas para levantarse. Se había dormido con las imágenes del noticiero que mostraba el avión que no podía levantar vuelo, correteaba por la costanera y se estrellaba contra el *driving* de la Asociación de Golf. El mismo *driving* donde juega Alfredo todos los viernes, había pensado. Cerca de cien muertos, le pareció escuchar. Terminó durmiéndose, pero la perspectiva de enfrentar esa mañana se le venía encima con todo su peso. La mucama, otra, la que la servía en ese momento, golpeó en el marco de la puerta y desde el pasillo dijo: «¿Le traigo el desayuno, señora?», por tercera vez en lo que iba de la mañana. Carmen se dio por vencida, se levantó y se fue a bañar. «Alcanzame una copa de Rutini al baño.» Otra vez estaba intentando dejar el cigarrillo, y en lugar de comer más, como le pasó cuando lo dejó por primera vez, no podía levantarse sin tomar un vaso de vino. Menos esa mañana. Abrió la ducha y se metió bajo el agua caliente. Las primeras gotas le dolieron sobre el cuerpo. Por la ventana se veía el jardín, el sol ya había derretido la escarcha de la mañana. Pensó a qué dedicaría el resto del día. No se le ocurrió nada demasiado atractivo. Lo único que había aprendido a hacer en sus años en La Cascada era jugar al burako, antes no sabía, y le encantó hacerlo, pero desde hacía un tiempo ese juego ya no la divertía. No le interesaba más armar escaleras. Como el tejido para otras mujeres, colocar las fichas sobre la mesa le sonaba a engaño, la inutilidad disfrazada de otra cosa por tener las manos ocupadas. Durante años fue postergando distintas actividades, convenciéndose de que las haría cuando sus hijos fueran todo el día al colegio. Creía que entonces se tomaría revancha y tendría la oportunidad de llevar a cabo sus propios proyectos. Pero los mellizos estaban a punto de terminar el secundario y todavía Carmen no terminaba de definir qué proyecto encarar primero. Le gustaba la decoración de interiores, pero los cursos que se daban en institutos terciarios a Alfredo le parecían «de poco vuelo, tirar la plata». Le gustaba dibujar y pintar. Tal vez fuera el momento de anotarse en las clases de pintura de Liliana Richards. O tal vez fuera mejor dejarlo para dentro de unos meses. No estaba segura. También le gustaba psicología. Nunca se había analizado, pero le había empezado a interesar el tema después de charlar en un par de sesiones con una psicóloga cuando la vaciaron. Histerectomía total, había dicho el médico, y ella nunca había escuchado esas palabras, pero sabía de qué le estaban hablando. Desde la operación no había vuelto a ayudar en el comedor de Santa María de los Tigrecitos. «Andá, te va a hacer bien», decía Alfredo. Pero ella no volvió. Le hubiera gustado ser psicóloga. O estudiar *Counseling,* una carrera más corta, como Sandra Levinas. Eso a Alfredo le parecería bien. A su marido le caía bien Sandra Levinas, decía que era «mona». Pero para cualquiera de las opciones, antes tenía que rendir las materias que le habían quedado del secundario, y como nadie sabía que no lo había terminado, ni siquiera Alfredo, era muy difícil hacerlo sin levantar sospechas.

A las doce bajó al jardín. Puso una reposera frente al sol, y se tiró a leer la revista de decoración que le llegaba todos los meses. A las doce y media apareció la mucama y preguntó: «¿La señora qué va a almorzar?». Carmen pidió una ensalada de lechuga y berro. «Traémela acá», le gritó cuando la mujer ya casi entraba en la casa. La mucama volvió a los diez minutos con la bandeja. Llevaba una ensaladera de tamaño mediano con las verduras elegidas condimentadas con oliva y aceto balsámico, «como le gusta a la señora», los cubiertos, una servilleta de tela, una copa, una jarra de agua, y un plato con un churrasco «por si le vienen ganas». Carmen le devolvió el churrasco; le pareció impertinente que se metiera con su alimentación, ella no era Gabina, ella apenas la conocía. «Traeme el Rutini que tomé esta mañana, la botella», dijo con un tono severo y la empleada se fue con el churrasco y volvió con el vino sin más objeciones.

Después de almorzar se quedó dormida al sol. Soñó. Pesado, dulce, caliente como el sol que la iba sedando. Un sueño que la atrapaba y no la dejaba volver a la superficie. Soñaba rojo. Pero sin imágenes, sin historia. La despertó la mucama con el teléfono. «La llama la señora Teresa Scaglia», dijo. A un costado de la reposera, la copa estaba caída y los restos de vino habían manchado la revista. Carmen atendió. La invitaba a un seminario de Feng Shui que daban en una hora en el colegio de sus hijos «a beneficio de un hogar de chicos carenciados, ¿no te enteraste?». Carmen preguntó si era para el comedor de «Los Trigrecitos». «No, otros pobres, no los nuestros.» A Teresa le sobraba una entrada. La convenció: «A vos te encanta la decoración, y te digo que las entradas me salieron cien mangos cada una, así que más allá de la beneficencia debe ser algo de nivel».

Carmen se cambió. Mientras lo hacía, intentó comunicarse con Alfredo. Estaba en una reunión, no la pudo atender. Siempre, cerca del mediodía, Alfredo decía estar en reuniones y apagaba su celular. No había encontrado más pistas en los resúmenes de la tarjeta, pero no hacía falta, cada vez era más evidente que Alfredo la engañaba con alguien, y que no le importaba que ella supiera. A lo mejor hasta quería que supiera, pensó. Pero qué quería que hiciera, no iba a ser ella quien blanqueara la situación. Insistió con el teléfono, necesitaba que le trajera una chequera nueva, se había quedado sin cheques. La secretaria tampoco estaba. «Deben estar en un telo», pensó mientras se maquillaba frente al espejo.

A las tres de la tarde Teresa Scaglia tocó la bocina de su cuatro por cuatro. Carmen salió. «Vienen Lala y Nane Pérez Ayerra también», le dijo entusiasmada cuando se subía a la camioneta. A Carmen le sorprendió que a Nane le gustara ese tipo de actividades, era muy deportista, se la pasaba jugando al tenis o en el gimnasio. «No, no tiene ni idea de qué se trata, pero está con un tirón en la pierna que la tiene parada y se prendió.»

El auditorio del Lakelands School estaba repleto. Carmen contó, sólo tres hombres entre el público. El resto, todas mujeres. Los aromas de los perfumes importados se mezclaban en el aire y sintió un sopor parecido al de su siesta. Pero no era dulce, ni rojo. El orador entró al escenario rodeado de aplausos. Carmen también aplaudió. No tenía rasgos orientales, seguramente no era chino. Se definió como «un maestro de Feng Shui de Palo Alto, California», según la traducción simultánea que recibió Carmen en su oído derecho. Miró a su alrededor y notó que muy pocas mujeres tenían puesto el audífono, ni siquiera Teresa, que apenas si sabía algo de inglés gracias a sus viajes a Miami. «Lo que voy a enseñarles no es el Feng Shui tradicional como se conoce en Oriente, sino un Feng Shui occidentalizado», dijo, e hizo una pausa, casi un suspenso de final de bloque de programa de televisión antes del siguiente comentario: «No me atrevería a transformar las maravillosas casas que he visto por la zona en pagodas». El auditorio rió, halagado. «Tomemos del Feng Shui lo que nos sirve, y dejemos el resto para los otros.» Carmen se colgó de la palabra «otros» y se perdió la siguiente frase. Pensó si los otros serían los chinos, o los que no estaban allí escuchando al maestro, o su padre, que desde que su madre lo había dejado había vivido solo en un departamento de un ambiente en Caballito que mantenía Alfredo, y que ahora descansaba en la parcela del Memorial comprada por Alfredo. Los otros también podrían ser la secretaria de su marido, en su versión «la otra». O su madre, con la que no hablaba desde el entierro de su padre y a la que consideraba más muerta aún que a él. Las mujeres que participaban de los torneos de burako que ella organizaba en otra época con Lala o Teresa no eran «los otros», porque estaban allí, y la saludaban. «Otros» que nunca fueron definidos, o que tal vez se perdieron en la traducción simultánea. Pero que no eran ellos.

La segunda frase que la hizo desoír las siguientes fue «la vivienda es como la segunda piel del ser humano». Carmen se estremeció. Se frotó los brazos, tenía la piel erizada. Sintió frío y calor todo junto, como cuando era chica y tenía fiebre. Como cuando se le ponía la piel de gallina y su mamá la corría para ponerle un buzo. Como las primeras veces con Alfredo. Buscó a los tres hombres en la platea. Juzgó que ninguno valía nada. Tener un amante por la zona implicaba, en el mejor de los casos, salir con el arquitecto que llevaba la reforma de la propia casa, y en el peor con el jardinero. En el medio: los profesores de tenis, los *caddies*, algún *personal trainer*, el profesor de piano del hijo de alguna amiga, y no mucho más de lunes a viernes en Altos de la Cascada y sus alrededores. Siempre que una no estuviera dispuesta a salir con un vecino casado —en Altos de la Cascada todos los vecinos son hombres casados—, lo que traería ciertas complicaciones que Carmen no estaba en condiciones de sobrellevar. La peor de ellas, que si la cosa salía a la luz, alguno de los involucrados o ambos tendrían que mudarse. Como cuando Adán y Eva fueron echados del Paraíso, pensó, ajena a lo que hablaba el maestro de Feng Shui. Alfredo sí había tenido una historia dentro del barrio, pero con una mujer «en vías de separación», que había alquilado la casa de los Urovich durante un verano, y a la que el otoño se llevó otra vez a la ciudad, y ya no hubo necesidad de que Carmen tuviera que seguir fingiendo no darse cuenta de nada.

«Habitar una vivienda significa: estar en casa, sentirse bien, permanecer en un ambiente familiar, que en gran medida ha sido diseñado por uno mismo.» Carmen confirmó la frase en silencio. La plata la había puesto Alfredo, pero era ella la que había diseñado su casa; cada orden a los arquitectos la había dado ella, cada mueble lo había elegido ella, cada color había sido su decisión. Así que si se sentía bien o no con el resultado, era responsabilidad suya. Ya no era una nena. Hacía tiempo que había aprendido que quejarse o llorar no dan alivio, ni resucitan muertos, ni devuelven úteros. El maestro de Feng Shui acababa de decirlo, lo de la casa, lo de sentirse bien adentro. Ese otro adentro, no el que ella tenía vacío. Alfredo casi no había participado en el diseño. Sólo se había ocupado de su escritorio y de la bodega. Allí sí fue preciso. Él mismo eligió los humidificadores, los termómetros y la ubicación de cada uno de los estantes. Alfredo fue el que le enseñó a oler el vino, a esperar el aroma, a rechazarlo cuando no estuviera en su punto justo. «Y ahora se queja», pensó. «Las alteraciones en el sueño, la falta de equilibrio, las crisis matrimoniales y hasta las enfermedades pueden originarse en un Feng Shui negativo», escuchó decir al maestro, a cuenta de alguna otra frase que ya se había perdido entre el sopor que le provocaban los perfumes del auditorio.

A las cinco y media sonó su celular. Varias mujeres abrieron la cartera para verificar que no fuera el de ellas. Carmen se enredó con el cable del audífono para la traducción y tardó en atender. Una mujer que estaba sentada delante de ella se dio vuelta para mirarla con mala cara. El maestro de Feng Shui aprovechó para decir que no se les ocurriera cargar las baterías de sus celulares en las mesas de luz porque eso atrae ondas negativas al dormitorio. Era Tadeo, uno de los mellizos, la estaba esperando para que lo llevara a comprarse ropa, como habían quedado. Carmen se disculpó: «Me surgió un inconveniente a último momento, ¿no te avisó la chica?». Tadeo se enfureció. «Si querés tomate un remís y andá con ella.» Tadeo estrelló el tubo de teléfono contra la base y ella volvió al auditorio donde el maestro estaba diciendo algo en inglés de lo que sólo entendió «Bill Clinton». Se calzó otra vez los auriculares y llegó a escuchar que «el Salón Oval de la Casa Blanca tenía una distribución negativa de los muebles que le trajo muchos problemas maritales al presidente americano». Hubo sonrisas en la platea. Sintió que era demasiado obvio pensar en la ubicación de los muebles de la oficina de su marido. Pero no pudo evitarlo.

Uno de los tres hombres se paró y se fue. El maestro lo siguió con la mirada. Quiso dar un golpe de efecto a quien lo abandonaba y dijo, con tono de verdad revelada: «Expertos de Taiwán, Hong Kong y Singapur han sido consultados por responsables de grandes imperios económicos de Occidente para garantizar el éxito de sus emprendimientos». Carmen se acordó de su abuelo paterno, un gallego comunista que llegó a la Argentina escapando, de polizón, y se preguntó qué pensaría él del Feng Shui occidentalizado. Miró a sus costados y se dio cuenta de que no sabía quiénes habían sido los abuelos de ninguna de las amigas que la acompañaban, de la mayoría ni siquiera conocía a sus padres. Ella tampoco había mostrado a su padre mientras vivía, prefería visitarlo en su departamento, una vez al mes, cuando le llevaba la plata para el alquiler. Dicen que el padre de Nane alguna vez estuvo preso por estafa. Pero nadie conoce detalles que garanticen la veracidad del rumor. Lo cierto es que la casa del *country* está a nombre de su madre. O al menos eso le dijo Mavi Guevara, en confianza. Nane pidió la palabra para confirmarle a la audiencia que «en la empresa de mi marido, hicieron una revisión de todas las instalaciones con un asesor de Feng Shui, y terminaron construyendo un Ta Ta Mi en la terraza para equilibrar la energía negativa». El maestro se mostró complacido con «una interrupción tan oportuna y ejemplificadora». «Habría que hacer revisar la casa de los Guevara, ¿no?», dijo Nane, y Teresa y Lala se rieron, aunque Lala agregó: «No seas guacha, que si Martín no consigue trabajo pronto la que voy a tener que terminar reformando la casa voy a ser yo». «O laburando», se burló Teresa. «Eso ni lo sueñes», se rió Lala. «Lo tuyo es pasajero, pero ¿cuánto hace que los Guevara viven de lo que aporta Virginia? A lo mejor Ronie no consigue laburo por el Feng Shui», insistió Nane. «No estaría mal que probaran algún cambio de muebles», remató Teresa, «en esta vida hay que probar de todo». Carmen pensó que en esta vida le gustaría probar marihuana; de chica no se había atrevido y ahora no sabía cómo conseguirla. En la televisión, una tarde de lluvia que se la pasó en la cama sin poder levantarse, había escuchado a un chico en un *talk show* contando que fumaba porros porque le producía más o menos el mismo efecto que el vino, pero sin la resaca. Y ella estaba un poco preocupada por sus resacas. Sus hijos la habían visto un par de veces, ya que la empleada nueva no sabía manejar el tema como Gabina y cada vez que apenas se tambaleaba corría a buscarlos para que la ayudaran.

Hubo un *break* de media hora donde se sirvieron vinos y quesos. Carmen no tomó. Era el colegio donde iban sus hijos. Tenía miedo de sí misma. El vino era un Valmont que Alfredo tenía prohibido que entrara a su bodega —«vino berreta, doce mangos para abajo es todo berreta»—. En medio de *bries* y *roquefort,* el maestro era abordado por mujeres que le mostraban dibujos a mano alzada de sus casas. Carmen pensó que el experto en Feng Shui podría acceder a una categoría aún más alta que la de un arquitecto en el ranking de amantes posibles de la zona. No por atractivo, sino por exótico. Los organizadores repartían folletos de nuevos eventos para el resto del año: «Cómo cultivar orquídeas», para el mes de septiembre; «El arte de catar vinos», para octubre; «Nietzsche, una aproximación a su obra» e «Iniciación a la ópera», para noviembre; «Los límites y los hijos», como cierre del año, en la primera semana de diciembre, con la participación del mismo psicólogo que conducía el *talk show* donde Carmen había visto al chico que fumaba marihuana. Miró a su alrededor, la gente se movía con las copas casi sin beber. El líquido bordó se mecía al compás de risas y charlas. Y pensó que tal vez, si apenas se mojaba los labios. Pero no se atrevió. Cinco minutos antes de reanudar la conferencia los mozos empezaron a recoger las copas. Casi todas tenían restos de vino, algunas ni se habían tocado. Carmen decidió que esperaría a que entraran todos y entonces se tomaría media copa en el baño. Estaba decidida a hacerlo. Pero Teresa la agarró de un brazo y la llevó adentro del auditorio otra vez. «Interesante, ¿no?», dijo Teresa, mientras mordía un pedazo de *gruyère*. «Interesante», le respondió Carmen sin poder dejar de pensar en las copas a medio tomar que quedaban sobre la mesa.

En el resto del seminario el maestro de Feng Shui se dedicó a analizar supuestas casas. Con *slides* de última generación fue mostrando distintos planos. En todos había una leyenda inferior que decía «Orientación Pa Kua», una frase que se había repetido varias veces durante la charla y que, aunque se esforzó, Carmen no pudo recordar qué quería decir. El maestro explicaba qué representaba cada rincón de la casa, mientras señalaba en el aire con un puntero de madera. Habló del lugar reservado a la Carrera o Profesión, del rincón de los Conocimientos, del de la Familia, del de los Hijos. Cuando explicó el lugar reservado a la Riqueza, Nane dijo: «No ves que mi arquitecto era un pelotudo, y todavía se queja de que no le pagamos los adicionales. ¡Justo en el rincón de la riqueza puso un *closet* que está siempre cerrado con llave!, ¿podés creer?». «Lo vas a tener que tirar abajo o hacer un Ta Ta Mi en la terraza», le sugirió Lala. «¿Por qué no probás primero dejando la puerta abierta?», dijo Teresa. «Meterte a hacer obra en tu casa con lo linda que está y lo impecable que la tenés, sería una pena. ¿Les dije que a la mía le vienen a hacer fotos del suplemento de arquitectura de *La Nación* este viernes?» «¿En serio?»

Con el último *slide,* el maestro de California ilustró en detalle el rincón que el Feng Shui le atribuye a la Pareja y el Matrimonio. La parte posterior de la casa, a la derecha. Justo donde Alfredo había hecho construir la bodega. Habló de la importancia de que en ese lugar la energía sea positiva, yin y yang, pero positiva, que fluya, que no haya obstrucciones, que se neutralicen efectos negativos con espejos, caireles y cañas de bambú. Y que se evite bajo cualquier circunstancia la presencia de *chi* o energía vital estancada, o sea, *chi* que no pueda fluir, zonas donde el movimiento y la salida sean difíciles, lugares húmedos, llenos de cosas, poco aireados, con polvo, oscuros, sin vida. Como una bodega.

Cuando Teresa Scaglia la dejó en su casa eran casi las diez de la noche. El auto de Alfredo no estaba, demasiado temprano para que estuviera. Carmen sabía que sus hijos estarían encerrados en sus respectivos dormitorios chateando, y la mucama leyendo la Biblia en el cuarto de servicio. «Las empleadas evangelistas lo que tienen de bueno es que no roban, se los prohíbe su religión, ¿sabías, no?», le había dicho Teresa cuando se la recomendó unos meses atrás. Pero ella seguía prefiriendo a Gabina. Pasó por la cocina, agarró una copa y un sacacorchos y fue a la bodega. Abrió la puerta. Estaba más húmeda y fría que la noche misma. Recorrió las botellas, no daba lo mismo cualquiera. Pasó por alto el Rutini. Se detuvo en un Finca La Anita. Sacó la botella. Cosecha 95. Dudó. Lo devolvió a su lugar y seis botellas más adelante se decidió por uno de los tres Vega Sicilia Único cosecha 79 que Alfredo había traído de Madrid en su último viaje. El viaje al que quiso ir solo porque tenía que cerrar una operación muy importante y no quería distracciones. Todavía tenía la etiqueta con el precio, doscientos setenta euros. Casi tanto como aquella noche en el Sheraton, esa que quedó para siempre grabada en el resumen de la tarjeta de crédito de su marido. Aquella que pasó con alguien, tal vez con la misma con la que compró en España ese vino. Tal vez otra. Lo descorchó. Iba a servirse en la copa pero se arrepintió. Levantó la botella, brindó a la salud de los chinos y del Feng Shui, y tomó un trago que duró hasta que tuvo que respirar.

18.

El Tano, antes de pegar, levantó la vista. Como
una sombra, miró a su adversario desplazándose hacia la
izquierda. Recién cuando la pelota vencía la inercia y empezaba a caer, en ese mínimo instante en que parece detenida en el aire, le pegó. Un golpe profundo al vértice derecho de la cancha, casi tocando el fleje. Donde no había
nadie. Un golpe preciso, sin violencia, pero veloz y con
efecto, que hacía inútil cualquier esfuerzo del jugador que
cubría el fondo de la cancha por llegar a la pelota. Entonces Gustavo festejó. Siempre festejaba igual, aplaudiendo
sobre la raqueta. A todos nos gustaba ver un partido de
dobles donde jugaran el Tano y Gustavo Masotta, era como ver una coreografía. Siempre había público cuando jugaban, siempre alguno de nosotros para contarle al resto
una nueva hazaña. «Grande, Tanito, la especialidad de la
casa», decía Gustavo. El festejo del Tano era mucho más
sobrio, casi imperceptible, una mueca que sólo advertían
los que lo conocían.

El Tano y Gustavo jugaban en pareja todos los sábados a las diez de la mañana. Físicamente era rara la dupla
que habían armado: el Tano morrudo, bajo, de piel casi
transparente, con un pelo crespo que alguna vez fue rubio;
Gustavo alto, estilizado, morocho. Se conocieron poco después de la mudanza de Gustavo. Los presentó Virginia
Guevara. Ese día jugaron un *single*. Se mataron, y ninguno
de los dos quiso nunca decir quién ganó ese primer partido.
La leyenda cuenta que lo suspendieron en el tercer set cuando iban empatando cinco a cinco, para que no quedara claro quién era el ganador. El saque lo tenía Gustavo, y cuan-

do Gustavo sacaba, ganaba. Su golpe de saque, desde su altura y con su fuerza, era de temer. Pero por algo aceptó no dejar en claro quién era más que el otro. A partir de ese día se hicieron compañeros de dobles inseparables. El Tano se levantaba temprano y reservaba la cancha. Después llegaba Gustavo, sobre la hora o unos minutos tarde. Los contrincantes fueron rotando a lo largo de los años, pero ellos no, siempre jugaban juntos. Ninguno de nosotros nos hubiéramos atrevido nunca a pedirles armar pareja, hubiera sido como pedirle la mujer más linda del *country* a un marido celoso. Se llevaban bien, había un respeto mutuo que limaba cualquier diferencia, y ni en la cancha ni fuera de ella se notaba que el Tano era casi diez años mayor que Gustavo. Cada uno con su estilo, aportaban a la dupla elementos que la convertían en una pareja difícil de batir. El Tano era precisión, sangre fría, infinidad de partidos jugados, golpes armados en forma impecable, piernas incansables; su táctica se basaba en aprovechar el error del otro más que en su propio juego, era pura estrategia. Jugaba un partido de tenis como si fuera una partida de ajedrez. El estilo de Gustavo era más atolondrado, pero más lucido; algunos, los que se atrevían, o los que estaban seguros de que el Tano no oiría ni nadie iría a contarle, decían que Gustavo era el mejor jugador de Altos de la Cascada. Tenía un físico naturalmente privilegiado para ese deporte, ponía garra y era capaz de dar vuelta el resultado más adverso. Sus especialidades eran el saque y correr a la red y *smashear* directo a los pies del adversario, donde dejaba al jugador contrario impedido de contestar, pero también donde la violencia del golpe asustaba pero reducía sus posibles efectos negativos sobre el otro a la mínima expresión. Aunque se notaba que este cuidado era estudiado, controlado, impuesto sobre el mismo deseo. Con el tiempo, el control sobre su propia violencia fue disminuyendo y cuando Gustavo golpeaba cerca de la red lo único que hacíamos era taparnos con la raqueta para no salir lastimados.

En la terraza que daba a las canchas de tenis, después de cada partido, seguía la ceremonia. Tomaban algo con los rivales y conversaban. Siempre pagaba el Tano, aunque quienes perdían se quejaran, porque quien «pierde, paga». El mozo que llevaba las bebidas sabía que no tenía que aceptarle el dinero a nadie que no fuera el Tano Scaglia, él mismo le había dado la orden. Y una orden del Tano no se desobedecía sin consecuencias. Mientras esperaban la bebida, el Tano se cambiaba la remera sudada por una seca y elongaba sobre la baranda de madera. Gustavo ni elongaba ni se cambiaba la remera, se quedaba así, como había caído sobre la silla, disfrutando de ese cansancio victorioso. El Tano tomaba agua mineral y Gustavo gaseosa. Y hablaban de negocios, de la venta de YPF a Repsol, de autos por vender o por comprarse, de los gastos superfluos de sus mujeres que criticaban pero a la vez les servían para mostrar su propio nivel de consumo, de algún torneo de tenis que se estuviera jugando en ese momento en alguna parte del mundo, o del ranking de la ATP. Pero el Tano siempre se veía más atento a la conversación que su compañero. Gustavo acompañaba, pero era evidente que muchas veces pensaba en otra cosa. Cada tanto se quedaba con la vista perdida y cuando alguien se lo hacía notar, se excusaba en el cansancio. Pero no era cansancio. Parecía que a Gustavo lo perturbaba algo, que por su mente se cruzaban pensamientos que lo llevaban a un lugar que no le gustaba. En ese entonces nosotros no sabíamos adónde. Ni siquiera sospechábamos. En La Cascada no es raro no saber del otro, de lo que fue antes de venir a vivir acá, incluso de lo que es en el presente, en la intimidad, una vez que se cierra la puerta de su casa. Ni siquiera el Tano sabía de Gustavo. Ni Gustavo del Tano.

Casi siempre a la hora de la charla se les sumaba Martín Urovich. Martín había sido el compañero del Tano hasta que llegó Gustavo a Altos de la Cascada y había aceptado el desplazamiento como algo natural; él no jugaba al nivel de ellos. No se trataba de un tema de estilo de juego, sino de necesidad de ganar. El Tano y Gustavo necesitaban ganar y ganaban, estaban programados para eso. Martín Urovich estaba «programado para el fracaso», como una vez le gritó la mujer delante de algunos de nosotros. Pero eso fue bastante después, cuando pasó el tiempo y Martín seguía sin conseguir trabajo, cuando Lala se convenció de que no lo conseguiría, muy cerca de aquel jueves de septiembre del que no hablamos, a menos que nos pregunten.

19.

Los Urovich vienen de una familia fundadora de
Altos de la Cascada. Martín Urovich es hijo de Julio Urovich, y en aquella época, cuando esto no era más que un
casco de estancia loteado entre amigos, nadie preguntaba
de qué religión era el otro. Era Julio Urovich y punto. Pero con el tiempo, y aunque no se dijera en voz alta, la religión se convirtió en un aspecto más a tener en cuenta a la
hora de aceptar un nuevo socio de La Cascada. Ésa debe
ser una de las pocas cosas que nunca me atreví a escribir
en mi libreta roja: que los judíos no son bienvenidos por
algunos de mis vecinos. No lo escribí, pero lo sabía y eso
me hace cómplice. No es que hablen de ellos mal abiertamente, pero si alguien hace un chiste, por duro que sea, se
ríen y festejan la gracia. Tal vez yo tampoco lo tomé en serio durante mucho tiempo. No soy judía. Ni coreana. Recién cuando Juani empezó a tener problemas empecé a
darme cuenta de qué se siente al ser distinto para la mirada de los demás.

Los Urovich, después de tantos años, pasaron a
cumplir un rol fundamental dentro del barrio: ser ese amigo judío que garantiza que no discriminamos. Además
Martín se había casado con Lala Montes Ávila, una chica
de toda la vida del *country,* de familia católica, muy católica, tanto que varios socios amigos, cuando se enteraron
de que se casaba con el hijo de Urovich, más que felicitar
a los padres les daban el pésame. «No le hagas la contra
porque va a ser peor.» «Si la dejás correr, quizás en dos
meses se pelean y esto no es más que una anécdota.» «Man-
dala a estudiar a los Estados Unidos.» «Cagala a trompa-

das.» Pero Lala y Martín se casaron y ya nadie dijo más nada, en público.

La misma tarde que cerré la operación con los Ferrere supe que la cosa iba a terminar mal. Los dejé en el *club house,* se veían contentos, querían tomar algo y disfrutar un poco más de Altos de la Cascada, el lugar que habían elegido para vivir. Yo me fui a mi casa, también contenta, haciendo cálculos mentales del importe exacto de la comisión que me correspondería. Les acababa de vender un terreno de dos mil metros, en esquina, el lote que los Espadiñeiro pusieron a la venta cuando decidieron divorciarse. Al lado de los Laforgue. Estaba entrando y sonó el teléfono. Era Lila Laforgue, una mujer de unos sesenta años que vivía en forma permanente en Altos de la Cascada, «socia de toda la vida», como a ella misma le gustaba presentarse, algo pretenciosa teniendo en cuenta que todos sabíamos que su casa y la acción del club estaban a nombre de ella porque su marido estaba inhabilitado y sospechado de quiebra fraudulenta. «Decime, ¿son paisanos?» El término me desubicó. En una libre y errada asociación de ideas, fui de «paisanos» a «gauchos», y de gauchos a «gente de campo», y de gente de campo a «campesinos», «estancieros», «ganaderos», «vacas», «toros», «La Rural», «tractor», «caballos»... «Rusos, Virginia..., ¿son rusos?» El «rusos» me ubicó como un chaparrón en el medio de una calle desierta. «¿De la colectividad?», le pregunté. «Porque, no es que yo tenga nada en particular, si nosotros somos íntimos de los Urovich, pero es la densidad lo que nos preocupa, unos años más y esto va a terminar pareciendo Macabi. Y justo al lado de casa.» «No creo, se llaman Ferrere.» «Sefardíes. Yo conocí un Paz que era, un Varela que era. Te engañan con esos apellidos, y te terminan haciendo meter la pata.» «Parecen gente macanuda, un matrimonio joven, con un nene chiquito», me atreví a interrumpirla. «Sí, los vi, ella tiene una pinta de rusa que se viene abajo. Decime, ¿eso del porcentaje no corre más?»

En Altos de la Cascada, años atrás, cuando todavía el lugar funcionaba más como club de campo de fin de semana que como vivienda permanente, existía una disposición que limitaba a un diez por ciento el porcentaje de los integrantes de cualquier colectividad que quisieran comprar una casa o un lote. Cualquier colectividad. Dicen que hasta el mismo Julio Urovich estaba en el Consejo cuando se aprobó la disposición, yo nunca me atreví a preguntárselo. O sea que si la cantidad correspondiente a una colectividad específica sobrepasaba el diez por ciento, el próximo interesado de ese grupo en ingresar en Altos de la Cascada debía ser rechazado. El objetivo explícito era que el club no se convirtiera en el «reducto exclusivo» de ninguna colectividad predominante. Pero, de hecho, los únicos casos rechazados por aquella época fueron judíos. Nunca se llegó, ni por asomo, al diez por ciento de negros, de japoneses, ni de chinos, por nombrar colectividades con portación de cara. Y no creo que a nadie le hayan preguntado si era musulmán, budista o anglicano. Al menos yo no. Pero vaya uno a saber por qué, en algún momento de la historia de Altos de la Cascada esta disposición se derogó. «¿Estás segura que se derogó?», insistió Lilita. «¿Cómo no avisan esas cosas? ¿Y no hay acá un comité de selección o algo así? Debería haber. No te digo solamente por los judíos. A mí no me gusta discriminar, te digo en general, porque sería bueno poder elegir un poco la gente. Esto no es una propiedad horizontal donde te cruzás en el ascensor y nada más. Acá compartís muchas cosas, hay una actitud más integradora y a mí no me gusta que me obliguen a integrarme con gente de la que yo naturalmente no sería amiga. ¿Me entendés? No digo que sean buenos ni malos, pero no es la gente que yo elijo. Y yo tengo derecho a elegir, ¿o no? Éste es un país libre.» Esperó que dijera algo, pero, ante mi silencio, siguió. «Yo estoy segura de que en otros clubes hay algún tipo de mecanismo de selección. Aunque no te lo blanqueen; ellos te dicen que es una selección natural, pero no. Andá a buscar en los padrones a ver si encontrás un Isaac o una Judith.»

«Un Isaac o una Judith.» Acá tenemos a Julio Urovich y su descendencia, a la mujer de Paladinni que creo que se llama Silberberg, a los Liberman, y a los Feigelman. Pero es cierto, en otros clubes no. Tengo amigas, colegas de otras inmobiliarias, que trabajan en esos otros barrios que dice Lilita, ellas me cuentan. Cuando se presenta en la inmobiliaria un matrimonio con apellido judío lo primero que intentan es desalentarlo para ahorrarse todos, los que quieren comprar y ellas, un mal rato inevitable. Lo pasean por delante de la capilla del barrio, aunque no esté de camino, le cuentan que todos los chicos van a tal o cual colegio católico, le muestran casas incomprables, o fuera de su presupuesto. Si hace falta, terminan diciendo frases del tipo «éste es un club laico, obviamente, pero las familias que vienen son en su gran mayoría católicas». Se complica cuando el cliente es un matrimonio mixto y es la mujer la que pertenece a la colectividad judía; la cosa suele pasar inadvertida hasta el día del boleto. Entonces mis colegas gastan a cuenta de las comisiones, festejan, se ufanan, y cuando van a cerrar los papeles y aparece el nombre de la mujer, se enteran de que perdieron lo que nunca habían tenido. Y tienen que optar entre seguir adelante y que finalmente le rechacen la compra con rodeos de distinto tipo, o enfrentarlos con la verdad impúdica. Casi nadie opta por la verdad, y esperan que los acontecimientos decanten solos ante la versión oficial del rechazo, que es siempre ambigua e inimputable. Asegurarse de antemano un ciento por ciento es imposible. Quién se atrevería a preguntarle a un posible cliente «disculpe, señor, ¿su señora es judía?». A veces hay indicios que ayudan para un lado o para el otro: cruces de plata, rosarios vascos, determinados nombres elegidos para los niños, cantidad de hijos, escuela donde piensan anotarlos. Y siempre hay gente con un sexto sentido para estas cosas, cazadores, como Lila Laforgue. «Litman, no Pitman... con ele... de Laura», me corrigió la señora Ferrere el día del boleto. «Laura Judith Litman», completó.

Escribí Litman sin levantar la cabeza. Sentí que un calor me subía por la cara mientras se repetía en mi cabeza, involuntariamente, «ni un Isaac, ni una Judith». Calor de verdad impúdica. «Estoy muy contenta de venirnos a vivir a Altos de la Cascada», me dijo y tuve que mirarla. Me sonreía.

Unos meses más tarde me volvió a llamar Lila Laforgue. «Te dije que eran paisanos.» «¿Ah, sí?», me hice la desentendida. «Lo vi al nene bañándose en la pileta, desnudo. Tiene el pito cortado.»

20.

La llaman a comer cien veces. Pero no baja. Ramona no baja, porque ella se llama así, aunque se lo hayan
cambiado por Romina. No en el documento, ahí no pudieron. Pero hasta la anotaron en el colegio así. Romina
Andrade. Todos le dicen Romina. Menos Juani, porque
ella se lo pidió. Le contó que cuando nació le pusieron
Ramona, su mamá, de quien casi no puede recordar la cara. Juani le dice Rama, una mezcla, para que «mamá»,
la que ahora la obliga a llamarla así, no se dé cuenta. Se ve
que le gusta llamar a las cosas por lo que no son, piensa
Romina. Ni yo soy Romina ni Mariana es mi mamá. Las
dos lo saben, aunque Mariana la obligue a contestar «sí,
mamá», o «no, mamá». Ni siquiera le permite contestar
como todos los chicos «sí», o «no», o mover la cabeza. Mariana terminó consiguiendo la respuesta completa a fuerza de cachetazo. Pero el cachetazo no es lo que más le duele. Le duele más que le haya robado a Pedro. Pedro ya no
sabe quién es Ramona. Tampoco quiere que ella le cuen-
te nada de lo que se acuerda, hasta le molesta. «No me
mientas más, nena», le dice, y sale pateando su pelota de
rugby. Y ella lo quiere igual, más que a nada en el mundo,
aunque él no sepa quién es.
    Si Romina llevara un diario no lo escribiría todos
los días, de eso está segura. Un diario diario sería la muerte de aburrido, piensa. Hay días en que en este lugar (y mi
vida transcurre en este lugar) no pasa nada: «Me levanté,
desayuné con la mujer que me adoptó, que se iba a un torneo de tenis, me contó que llevaba dos raquetas por si le
saltaba el encordado con su potente *passing shot,* tuve dos

exámenes, una hora libre, me indispuse en el tercer recreo, volví a casa con la mamá de Valeria, que jugó el torneo con la que se dice la mía (le saltó nomás el encordado) pero volvió antes porque quedó eliminada en cuartos de final, miré tele, mi hermanito me rompió las bolas, cené sola en mi cuarto, me fui a dormir, fin». Nadie puede perder el tiempo escribiendo la nada. Eso no quiere Romina. La nada. Romina no sabe qué quiere, pero eso no. «La nada que la escriba otro.» Y a sus catorce años, o quince, el juez nunca supo bien su fecha real de nacimiento, ya tiene claro que no es lo mismo contar que vivir. Es más difícil contar. Vivir se vive y ya. Para contar hay que ordenar y a ella le está faltando eso, ordenar, por dentro, las ideas, lo que le pasa. El cuarto por suerte se lo ordena Antonia. Pero en el resto de su vida siente que todo está mezclado. Se siente parada sobre una bomba de tiempo. Y una bomba de tiempo algún día estalla.

Anoche casi estalla. Fue a una fiesta en el *country* de Natalia Wolf. A dos puentes de Altos de la Cascada. Tomó cerveza, mucha cerveza, toda la cerveza. A las cuatro de la mañana vomitó. Varios vomitaron, no fue la única. Juani no, se había ido temprano. Llamó a Carlos, el remisero «de confianza», el único al que «mamá» la deja llamar. Carlos la tuvo que subir al auto. No era la primera vez. Romina iba en el asiento de atrás, hacía calor y el olor a vómito la volteaba. Le pidió a Carlos que prendiera el aire, no funcionaba, se sacó la camisa, «total un corpiño es como una bikini», pensó. Tiró la camisa por la ventana para que no siguiera dando olor. Se miró. «Más grande que una bikini en este caso», pensó. «Y el tipo mira para adelante, y a quién le importa si tengo dos tetas que no existen.» Se quedó dormida. Cuando llegaron a las rejas de entrada, el guardia se asustó y llamó a su padre. Le dijo que estuviera atento, «la señorita Andrade ingresó al *country* y va en viaje a su unidad, desnuda y, aparentemente, drogada». «No me drogué», les dijo Romina cuando Mariana y Ernesto la increparon. «El guardia dijo que entraste drogada y desnuda.» «En corpiño sí, drogada no.» «El guardia dice que sí.» «El guardia es un pelotudo que nunca vio de cerca un porro.» Ernesto le dio un cachetazo. Tambaleó. Pero no estaba drogada. Había tomado mucha cerveza. Eso sí. Pero ella no se droga. Fumó dos o tres veces marihuana, pero la última le había pegado mal, y no volvió a probar. Con la cerveza alcanza, no necesita más. El gin también le gusta. Menos, pero le gusta. Sobre todo el que esconde Ernesto en el *dressoir* del living. Vodka, a veces, muy pocas veces. Otra cosa no.

La llaman a comer otra vez. Antonia le dice que baje, que «mamá está furiosa». Y «mamá» furiosa mete miedo.

21.

Un tiempo después de haberse mudado a Altos de
la Cascada, Carla aceptó la sugerencia de Gustavo y se
anotó en el curso de Bellas Artes que se dictaba en el *house* del club, los miércoles a las dos de la tarde. Gustavo venía insistiendo desde hacía un tiempo. No le preocupaba
que su mujer desarrollara ninguna habilidad especial para la pintura, que por otra parte no tenía, sino que lograra
integrarse, «hacer amigas para ir armando una vida social
nueva», según sus propias palabras. Una vida social diferente de aquella de la que venían huyendo. El Tano le había pasado el dato del curso. Carla hubiera preferido ir a la
Capital y terminar su carrera inconclusa, arquitectura, pero Gustavo no estaba de acuerdo. «Vas a hacer un sacrificio tremendo, a vos siempre te resultó muy difícil la carrera. Y cuando tengamos el primer hijo largás todo, yo te
conozco.» Ella sabía que el hijo era una promesa que él no
podía hacerle. Pero terminar la carrera era una promesa
que ella tampoco estaba segura de cumplir.
Mientras Carla apenas si conocía a dos o tres mujeres de amigos de Gustavo, él ya estaba totalmente integra-
do. Para Gustavo era más fácil, le gustaba el deporte, y eso
en Altos de la Cascada allana el camino a la amistad. También los hijos allanan el camino. Pero hijos no había. Carla era muy distinta de Gustavo. Tímida, retraída, casi te-
merosa de los demás. Varias veces conocidos de Gustavo
intentaron integrarla invitándola a distintos eventos, pero
ella siempre encontraba una excusa. Le quedaban sólo dos
amigas de su época del colegio, una vivía en Bariloche y la
otra no sabía dónde, porque desde que Gustavo había dis-

cutido con violencia con su marido ya ni se acordaba por qué, no habían vuelto a verse. Y los demás, siempre fueron relaciones de Gustavo. La tendencia a la reclusión de Carla se acentuó después de que perdieron un embarazo de cinco meses, la vez que más duró un hijo dentro de su cuerpo, y de lo que ninguno de los dos quería hablar.

El miércoles a las dos de la tarde Carla partió hacia su primera clase de pintura. La profesora, Liliana Richards, que también vivía en Altos de la Cascada, le presentó al resto del grupo. Parecía que se conocían de toda la vida, aunque con el tiempo Carla supo que la mayoría de ellas no llevaba en La Cascada más que dos o tres años. A algunas de las mujeres las conocía de vista. Las debía haber cruzado en la proveeduría, o en el restaurante del *house,* ya que otros lugares del barrio ella no frecuentaba. Con algunas creía haber estado cenando una noche, en casa de los Scaglia. Liliana hizo para Carla una breve introducción sobre las técnicas que estaban aplicando, y se encargó de aclarar que lo que se hacía en su taller no eran «pátinas, ni *decoupage,* ni esténciles, ni ninguna de esas técnicas menores». En su taller se hacían «cuadros». Y a Carla le sorprendió la palabra utilizada. Carmen Insúa interrumpió: «Ah, hablando de cuadros, tenés que venir a ver el Labaké que me compré, Lili».

Cuando terminó la clase, una de las mujeres se ofreció a llevarla hasta su casa. Carla era la única que había ido a pie. Su casa estaba a unas pocas cuadras y le hubiera gustado hacerlas caminando, pero le pareció descortés rechazar el ofrecimiento. Su compañera le pidió disculpas por cierto desorden que había en el auto, y le contó que tenía tres hijos, y que en cualquier momento se decidiría a tener el cuarto. «¿Y vos? ¿Cuántos tenés?» «No, nosotros todavía no tenemos», dijo Carla. «Bueno, no esperes tanto que una nunca sabe cuánto trabajo le va a dar quedar embarazada», sentenció.

El miércoles siguiente Carla empezó a dibujar sobre la tela. Al fin estaba entusiasmada, en pocos días Gustavo cumpliría años y pensó que su primer cuadro sería un regalo muy significativo para él. La profesora dijo que en una primera etapa dejara salir lo que quisiera. Y Carla sólo pudo dibujar rayas. El miércoles siguiente también fueron sólo rayas. Unas rayas negras, de distintos grosores, que sus compañeras miraban sin hacer comentarios. A su lado, Mariana Andrade pintaba un bodegón. Era una mesa iluminada sobre la que había un mantel, una jarra volteada de la que no chorreaba ningún líquido, unas manzanas, una botella, algunas uvas. A Carla le sorprendió que alguien pudiera dibujar una manzana tan parecida a una manzana. Dorita Llambías, que hasta ese momento trabajaba sobre su tela aparentemente ajena a lo que hacía su compañera, dijo: «¿Qué estás copiando hoy, Mariana, un Lascano?». Mariana la miró con fastidio y recién entonces Carla vio la lámina que tenía sobre el regazo y que le servía de modelo. Liliana se acercó a la lámina. «Eso no es un Lascano. Es una mala copia.» Carla sintió algo de pudor por haber pensado que la manzana de Mariana era tan perfecta, cuando para la profesora ni siquiera el modelo copiado lo era. Dorita la llamó desde su caballete. «Carla, a ver, vos que no conocés mis cuadros anteriores, decime qué te parece esto.» Carla se acercó y vio una especie de llanura, a la que para su gusto se le notaban demasiado las pinceladas, con un cielo lleno de nubes, a las que también se les notaban demasiado las pinceladas. Entre las nubes podían adivinarse formas de pies y manos de distintos tamaños. Lo dijo así, tal como lo veía. «Sí, es fatal, siempre me aparece lo mismo. A mí me sale todo para el lado del surrealismo. Porque no necesito copiar, ¿entendés?»

Carla entendió y volvió a sus rayas. Se quedó mirándolas. Se preguntó qué serían, y por qué le salía eso de adentro, y no pies y manos envueltos en nubes. No sabía siquiera si lo que pintaba tenía algún valor estético. Liliana le había dicho que por el momento no se preocupara por eso. Pero le empezaba a parecer que en realidad sí importaba y que estaba teniendo con ella una descarada consideración de principiante. Pensaba en esto cuando Mariana dijo: «Yo que vos, intento por el lado de los bodegones. O de las naturalezas muertas, o las frutas, algo por el estilo. No conozco tu casa, pero dudo que esto pegue con tu living». Se acercó y agregó en un tono más bajo: «Fijate lo de Dorita, mucho surrealismo, mucho surrealismo, pero lo que hace no lo podés colgar ni en el baño».

El miércoles siguiente era el té mensual «de las chicas de pintura». Tocaba esta vez en lo de Carmen Insúa, y no faltó nadie. La clase terminó cinco minutos antes para dejar todo listo y limpio antes de ir. Carla fue en el auto de Mariana, y se les sumó Dorita, que tenía la camioneta haciendo el service de los siete mil kilómetros. Hicieron las seis cuadras casi calladas. Carla sólo recuerda que una de las mujeres dijo: «Espero que el té sea té». Y la otra no le contestó, aunque hizo un gesto condenatorio.

Estacionaron detrás del auto de Liliana, y detrás de ellas las otras. Seis autos y nueve mujeres que estacionaron lo más cerca de la banquina posible para evitar que el personal de seguridad las interrumpiera en medio del té porque alguna impedía el paso.

La mesa estaba lista, impecable. Vajilla Villeroy Bosch sobre mantel de hilo blanco. Sándwiches, bocaditos, a un costado una mesa auxiliar con un *lemon pie,* y un *cheese cake.* Y un poco más allá una bandeja con copas y dos botellas de champán en hieleras de plata con el hielo picado, que Mariana se encargó de señalarle a Carla, con un gesto parecido al suspiro del auto, como si ella supiera. «¿No prefieren tomar algo fresco en vez de té?», dijo Carmen mientras se servía una copa de champán. Dorita y Liliana cruzaron miradas. «Che, me encanta el cuadro. Muy sobrio», dijo Mariana señalando el Labaké. Y Liliana, por lo bajo, le dijo a Dorita: «¿Dijo "sobrio", la boluda, no te puedo creer?». «¿Y a vos qué te parece, Lili?», preguntó Carmen, ansiosa. Liliana se tomó un tiempo y después dijo:

«Es una obra que está bien. Está bien». Carmen pareció aliviada y dijo: «¿Sabés que me dijo el *marchand* que ya vale un veinte por ciento más que cuando lo compré?». «Sí, puede ser, hay gente que no te explicás por qué les va tan bien con tan poco. Será que su virtud es ver la veta, ¿no?», dijo Liliana mientras se metía un bocadito en la boca. «¿Pero Labaké no ganó el último Salón Nacional de Pintura?», aclaró Carmen, algo preocupada, «eso me dijeron cuando lo compré». «¿Y te creés que eso no está arreglado? ¿Me pasás el té?», dijo Liliana.

Carmen parecía confusa. Como si quisiera decir algo más y el champán no la dejara terminar de procesarlo. Optó por no decir nada y servirse otra copa. Carla se paró y fue hasta el cuadro. Predominaba el color ocre, un ocre idéntico al de los sillones de Carmen, con una textura muy especial, trabajada con arpillera y otros relieves. A Carla le gustó, mucho, parecían tres árboles sin hojas, pero no secos, que hundían sus raíces en la arena, donde se encontraban con espigas cerradas, y una canoa muy pequeña, y dentro de la canoa una mujer, inmóvil, pero viva. Una mujer inmóvil. Y sobre la arena dos espigas abiertas, a punto de madurar. La mujer de la canoa le pareció mucho más difícil de dibujar que una manzana y, ante la certeza de que hay cosas que nunca podría hacer, le dieron ganas de llorar.

«Muchas gracias por el té. La próxima vez lo hacemos en la mía. Y el cuadro me encantó», le dijo Carla al despedirse. Mientras el auto de Mariana se ponía en marcha, Carla vio a través de la ventana cómo Carmen juntaba los restos de las copas en la suya y bebía. «Cada día está peor», dijo Dorita. Y Mariana suspiró. «¿Sabés que el cuadro lo compró vendiendo todas las joyas que le regaló Alfredo?», agregó Dorita. «No... ¿en serio?», dijo Mariana. «¿Qué le agarró?» «Qué sé yo, me dijeron que Alfredo casi la mata.» «No es para menos.» «A mí el cuadro me gustó», se atrevió a decir Carla. «No sé, yo de cuadros no entiendo. Pero de joyas sí. ¿Te conté que en casa vendo joyas? Tenés que venir», dijo alguna de las dos.

La siguiente clase Carmen no fue. Liliana preguntó si alguien sabía de ella. Nadie contestó, pero todas se cruzaron miradas. Hasta Carla, para no quedar afuera. Liliana dio por terminado su cuadro de rayas. Carla había empezado a ir al curso en auto. Al terminar la clase cargó el cuadro y manejó las cinco cuadras que la separaban de su casa, tensa, como con una preocupación que no terminaba de entender. Gustavo no había llegado. Llevó el cuadro al depósito de su casa y lo subió a una silla que hizo de caballete. Lo miró. El cumpleaños de Gustavo era en un par de días y Carla no estaba segura de que ese dibujo fuera lo que él querría recibir de ella. Y no quería que Gustavo se enojara. Ya no. Intentó dos o tres rayas más, pensó en darle un toque de color, pero nada la convencía. Lloró. Entró en la casa y buscó en su agenda el teléfono de Liliana. Le pidió una cita para la mañana siguiente. «Bueno, venite a casa a eso de las nueve, después de que dejes a los chicos en el colegio.» «No tengo chicos.» «Ah, ¿no?»

Carla fue en su auto hasta la casa de Liliana. Tocó el timbre y la empleada de los Richards la hizo pasar. La llevó al living y le sirvió un café. Unos minutos después apareció Liliana. «Mi marido cumple años. No tengo ganas de regalarle lo mismo de siempre, ropa que después no usa, libros que no lee, este año quiero regalarle un cuadro. Tuyo.»

Liliana se mostró sorprendida, nunca nadie le había comprado un cuadro en su vida. Ni siquiera un pariente. «Él me apoyó mucho con todo esto del taller, y me pareció una forma de agradecérselo.» «No sé si podré pagar lo que vale.» Liliana hizo un gesto de aprobación que le permitió disimular cierta vanidad. «Dejame que te muestre mi obra, después vemos cuánto me podés pagar.» Liliana la llevó a un cuarto exterior, vidriado, un antiguo jardín de invierno convertido en el *atelier* de Liliana. Cortinas pesadas protegían los cuadros del sol e impedían el desarrollo de las pocas plantas que quedaban. Le mostró unos veinte cuadros. La mayoría hechos en épocas lejanas. Algunos tenían retocada la firma en forma evidente. Carla se quedó mirando uno de esos retoques. Liliana se adelantó a la pregunta que Carla nunca habría hecho. «Antes de casarme era Liliana Sícari. Ahora soy Liliana Richards. La LS se convirtió en una LR. ¿Richards suena mejor para artista plástica, no?»

Sobre la pared del fondo había un caballete con un cuadro a medio hacer. Carla se acercó, corrió la tela que lo cubría y se encontró con un cuadro ocre, con arena, y una canoa larga y angosta, con tres mujeres dentro, unas espigas que crecían de la canoa y subían al cielo también ocre, dos árboles, pequeños, pero con raíces largas, que se hundían en la arena ocre. Y trozos de arpillera, en distintos lugares, empastada con el óleo. Firmaba LR, sin enmiendas, el cuadro era reciente. «Me gusta éste», dijo. Liliana se apuró a taparlo otra vez con la tela. «Ése no está terminado», dijo. Carla mentía, ella no lo hubiera elegido, era como comprarse el mismo vestido o el mismo traje de baño que Carmen, pero de segunda selección, y no haría eso. Revisó otra vez los otros y eligió un bodegón, que tampoco era exclusivo, pero sí validado por tanta copia: estaban los bodegones de Liliana, los de Mariana, los de Lascano, los del afiche que copiaba Mariana, y seguramente muchos más que ella no conocía, copiados infinitamente por mujeres que ella tampoco conocía. Además, estaba convencida de que Gustavo coincidiría con ellas en que un bodegón queda bien en cualquier pared. «No sé, si es para Gustavo, dame unos trescientos dólares y todo bien, ¿te parece?» Pagó, lo cargó en el auto y salió.

Carla llevó el cuadro al depósito, bajó su cuadro de rayas de la silla y puso el de Liliana. Tomó los pinceles, y con mucho cuidado y pintura negra, transformó la LR en un CL, de Carla Lamas. Pero después se arrepintió y lo cambió por CM, de Carla Masotta, no quería que su apellido de soltera trajera una discusión con Gustavo. Se sintió orgullosa de la enmienda, fue un trabajo prolijo. Ella siempre fue prolija.

La noche del cumpleaños de Gustavo lo esperó con la cena servida en el comedor que sólo usaban para recibir gente cuando Gustavo insistía y Carla no podía más que aceptar a sus invitados. Cenaron con candelabros, música, y el cuadro colgado en la pared del fondo. «¡Me encanta!», le dijo él, y la besó. «¿Y cómo va ese taller?» «Ahí lo podés ver.» «Me refiero a la gente, ¿qué tal? ¿Se puede hacer relaciones?» «Sí, creo que ya soy parte del grupo.» Gustavo levantó su copa por un brindis. Ella levantó la suya, las chocaron y brindaron por el cumpleaños de Gustavo, y por la amistad.

22.

El 8 de diciembre de cualquier año, día de María Inmaculada, todas las casas de Altos de la Cascada se visten de Navidad. Las luces blancas envuelven árboles, pérgolas y puertas de entrada. Los pinos se encienden y apagan a través de las ventanas de cortinas abiertas. Hay pinos de distintos tipos, pero todos grandes. Los colores de las bolas navideñas no se mezclan, o son todas amarillas, o todas rojas, o plateadas, o azules. Algunos cambian las bolas por moños rojos. O por manzanas. La administración se encarga de armar un pesebre en el bosque, con figuras de tamaño casi real. Y todos los años algún jardinero, *caddie* del golf o peón de La Cascada resigna la cena familiar por unos billetes que juntan entre los vecinos, se viste de Papá Noel y en el *trailer* de mantenimiento recorre las casas del barrio privado repartiendo regalos. De verdad, sólo falta la nieve.

Ese año, a pesar de ser la última Navidad del siglo, no se notó demasiado cambio en los decorados. Es que cuando uno hace tanta cosa siempre, hacer un poco más es casi imposible. El fin de año se notaba, más que en los pinos y pesebres, en algunas preocupaciones que flotaban en las conversaciones de Los Altos. Se hablaba de catástrofes informáticas de todo tipo y había desde el que hacía *back up* y copia de todas sus tarjetas, códigos y cuentas bancarias, hasta quien se traía todo el efectivo del banco para que pasara las fiestas en familia, temeroso de que su saldo del 1º de enero del 2000 apareciera en blanco.

La mañana del 24 Teresa se encargó de que, como todos los años, llegaran a la administración del barrio los fuegos artificiales que lanzarían después de las doce en el hoyo 9. El Tano donaba cada año cantidades de fuegos artificiales para compartir con sus amigos de Altos de la Cascada. No es que fuera fanático de los espectáculos pirotécnicos, ni que lo hiciera por el placer del espectáculo en sí mismo, pero su afán de perfección lo había convertido en un experto. Un año se le ocurrió hacerle ese regalo a sus amigos de Los Altos, llenar el cielo de Navidad de fuegos artificiales, y a partir de ahí cada año subía la apuesta. Investigó cuáles había que comprar y cuáles no, las normas de seguridad que debían cumplir, dónde se veían los mejores fuegos artificiales del mundo. Los de Sidney y Tokio estaban entre sus preferidos. Y trataba de imitarlos. Con lo mejor que se consiguiera acá, y hasta un año hizo una importación de Miami que hubo que sacar de la Aduana adornando a un funcionario que conocía Fernández Luengo, porque «la gente está descorchando y seguimos sin despacho».

Teresa volvió a su casa. La carpa estaba lista desde el día anterior. Los Scaglia siempre armaban carpa para eventos de más de treinta personas desde la comunión de su hija menor que, diluvio mediante, terminó siendo un enchastre de barro en los pisos de pinotea y en la moqueta del primer piso. Alquilaron vajilla, mesas y sillas vestidas de blanco, cada una con su centro floral de jazmines, y piso falso de madera para proteger el césped. La comida la contrató a un servicio de *catering* que Teresa tenía probado de cumpleaños y fiestas anteriores. A la empleada le había dado franco a partir de las cinco de la tarde. Hubiera querido que antes de irse repasara el baño en suite de su cuarto. Todavía no se había duchado, y recién lo haría después de envolver los regalos. Pero no tenía ganas de escucharla, seguía quejándose de que en las fiestas después de cierta hora los colectivos pasan más salteado y que la última Navidad había llegado a su casa cuando todos estaban brindando. La empresa del *catering* traía su propio personal de servicio. Y la vajilla se devolvía sucia como quedara. De verdad, y más allá del baño que sólo ella vería, a esa altura del día, no tenía mucho de qué preocuparse.

La empleada subió ya cambiada para irse. Teresa estaba en su cuarto envolviendo paquetes. «Señora, ¿necesita algo más?» «De camino, pasá por lo de Paula Limorgui y decile a Sofi que venga a más tardar a las siete para cambiarse.» «Sí, señora..., y feliz Navidad...» «Gracias, Marta, no te olvides la autorización que te dejé sobre la mesa para que en la guardia te dejen sacar el pan dulce.»

Ni bien terminó de envolver los regalos Teresa se apuró a llamar a la administración para que vinieran a buscar los paquetes. Sofía acababa de cumplir siete y seguía creyendo en Papá Noel. Matías, el de quince, decía que lo hacía por temor a perderse los regalos, pero Teresa aseguraba que no, que ella también era así de inocente a esa edad y hasta más grande. Al rato tocaron el timbre, era Luisito, el chico que regaba las canchas de tenis, el «canchero». A él le había tocado ser Papá Noel ese año. No estaba muy convencido, pero la mujer insistió, la plata la necesitaban, y si no brindaban a las doce brindarían en otro momento. Teresa le dijo que subiera a ayudarla a bajar la casa de las Barbies para Sofía. Luisito le pidió permiso para dejar los zapatos con polvo de ladrillo al pie de la escalera. A Matías le había comprado una *sand board*, pero la tabla no hacía falta que se la entregara Papá Noel en mano. Es más, Matías la mataría si así lo hacía, con el humor que tenía últimamente, pensó.

Los invitados llegaron puntualmente a las nueve. El Tano no, él llegó nueve y veinte, se demoró en el golf verificando que los fuegos estuvieran distribuidos adecuadamente y listos para las doce. Estaban el padre del Tano con su nueva mujer y la hermana de Teresa con su marido e hijos, los únicos de la familia. El resto, gente de Altos de la Cascada, vecinos que como ellos preferían pasar las fiestas entre amigos. Gustavo Masotta y su mujer, los Insúa y algunos más. Los Guevara habían sido invitados pe-

ro prefirieron pasarla con los padres de Ronie. Y los Urovich festejaban Navidad con la parte católica de la familia.
Los mozos iban y venían con bandejas de saladitos, fiambre
y champán. En cada mesa había un pequeño menú que indicaba cada plato. Entrada: vittel toné. Plato principal:
pato a la naranja. Postre: helado con salsa de arándanos.
Y más abajo: mesa de frutos secos, confituras y pan dulce.

Cuando ya habían terminado de servir la entrada, Teresa se dio cuenta de que Matías no había bajado.
Miró la ventana de su cuarto, la luz estaba encendida. Le
pidió a Sofía que fuera a llamarlo. Sofía salió corriendo a
cumplir con el encargo. Manoteó la puerta del cuarto de
su hermano, estaba cerrada. Golpeó. «¡Dice mamá que bajes ya!» Matías no contestó. Golpeó otra vez. «Dijo mamá
que bajes o...» Matías abrió la puerta. «¡Pará, loca!» «¿Qué
es ese olor?», preguntó ella. «¿Qué olor?», dijo él y fue a
abrir la ventana. Salió del cuarto empujándola. «Dale, ne
na, caminá.»

Cada tanto, en medio de la charla de la cena sonaba algún cohete. «¿La gente no entiende que los fuegos
son a las doce?», dijo el Tano. «La gente no entiende cada
cosa tan sencilla, Tanito, no te vas a estar preocupando
por eso», le contestó Alfredo Insúa mientras miraba im-
piadosamente a su mujer, que charlaba con Carla aferrada
a la botella de vino y empezaba a reírse de lo que fuera.

A las once y media tocó el timbre Luisito. Teresa
se sobresaltó, se asomó por detrás del aromo y vio el traje
rojo. Empezó a los gritos: «¡Ahí está Santa, vamos!». Sofía
salió corriendo detrás de su mamá, pero el resto de los jóvenes presentes, todos mayores que ella, se levantaron con
poco entusiasmo. Matías fue el primero en acercarse.
«Qué hacés, viejo», le dijo y le dio una palmada en la espalda. Teresa lo miró mal. «Correte, Mati, que Sofía quiere ver a Santa.» Matías se corrió a un costado y Sofía, que
estaba unos pasos más atrás, quedó frente al Papá Noel
que le habían traído. Lo miró detenidamente. Luisito se

sintió incómodo, pensó que tal vez tenían razón en la administración, que tendría que haber aceptado decir «Jo, jo, jo», pero él ya se sentía demasiado pelotudo vestido de rojo como para agregar sonido. Miró a la chica que no le sacaba los ojos de encima y supo que había fracasado. Aun así siguió haciendo su tarea, bajó con esfuerzo el regalo de Sofía de la camioneta y lo acercó a la casa. Teresa se esforzó por que Sofía se enganchara con el espectáculo y hacía preguntas en un tono demasiado alto. «¿Viene de lejos, Santa?» «¿Está cansado?» Luisito no quiso sumarse al papelón y no dijo palabra. Matías fingió ir a ver los paquetes que todavía llevaba en el *trailer*. Los sobrinos de Teresa volvieron a la mesa y los mellizos de Insúa pateaban una pelota que encontraron olvidada debajo del aromo. Luisito miró a Sofía una vez más y sintió necesidad de pedirle perdón. Pero ella ya estaba demasiado entusiasmada con la casa de las Barbies como para fijarse en él. «¿No le das un beso a Santa?», dijo Teresa mientras Luisito se subía a la camioneta. Sofía dejó por un instante su regalo y se acercó a él. Esperó a que terminara de acomodarse el gorro y la barba y luego lo besó. Cuando Luisito ya se había ido, Sofía se acercó a Matías. «Papá Noel tenía el mismo olor que tu cuarto», le dijo. «¿En serio?», se sorprendió su hermano. «¿Qué es?» «Salí, nena, metete en lo tuyo.» «¿Son los cohetes?» «Metete en lo tuyo.»

A las doce brindaron. Todos menos el Tano. Se había ido diez minutos antes para estar no bien empezaran los fuegos. Él era el responsable de que todo saliera bien. Doce y cinco partió hacia el golf el resto de la comitiva. Teresa y sus hijos fueron caminando para volver con el Tano en el Land Rover. Por el camino vieron estallar en el cielo los primeros artificios de colores, con lo que Teresa supo que otra vez había llegado tarde para el discurso de su marido. Cuando entraron al golf todos se acercaron a saludarlos. De alguna manera, los Scaglia eran los anfitriones, ellos pagaban los fuegos. Se sentaron con el resto a contemplar. Teresa eligió la primera fila, junto al Tano y su padre. Matías se fue a un costado, debajo de un eucalipto bien apartado, casi sobre el camino. Un lugar que le aseguraba estar tan solo como en su cuarto, nadie elige un árbol frondoso para sentarse a ver fuegos en el cielo. Metió la mano en el bolsillo y tanteó el porro. Se recostó sobre el pasto y cerró los ojos. Entre las hojas podía ver el cielo cubierto de luces que cambiaban de color y forma con cada detonación. La gente aplaudía. Primero fue una flor azul que cubrió casi todo el cielo. La siguieron tres flores rosas, más chicas pero más elegantes. Más tarde una catarata dorada e interminable. Después ya casi nadie se acuerda.

Luisito, ya cambiado, se iba para su casa y lo atrajeron las luces de colores, se detuvo un minuto a mirar, total cuando llegara sus hijos ya iban a estar dormidos. Casi pisa a Matías, sentado debajo del eucalipto. Se quedaron un instante así, uno parado y otro en el piso. «¿Querés?», le preguntó Matías, extendiendo el porro. Luisito no contestó, pero agarró el cigarrillo encendido y dio una pitada profunda.

23.

Terminó de acomodar las cajas llenas de papeles en el baúl de su Land Rover. Ahora sí que era «su» Land Rover. Cuando sus amigos de Altos de la Cascada decían «qué impresionante tu Land Rover, Tano», él no los corregía, pero sabía que no era suyo. La camioneta de Teresa sí, pero el Land Rover no. Finalmente lo fue, el Tano se quedó con el auto como parte del arreglo de desvinculación de Troost, la aseguradora holandesa para la que había trabajado desde enero del 91, hasta ese día, esa tarde de fines del verano del 2000, hasta hacía exactamente cinco minutos, cuando terminó de vaciar los cajones del escritorio que ya no sería suyo. Los dueños de la empresa, accionistas holandeses con los que se reunía una o dos veces al año, habían decidido bajar el nivel de su inversión en la Argentina y aumentarlo en Brasil, donde veían más posibilidades de rentabilidad a corto y mediano plazo. El Tano no había sido consultado, ni siquiera informado con anticipación a pesar de que era el Gerente General de la empresa. Lo supo cuando ya era una decisión tomada y comunicada, antes que a él, a los abogados que se ocuparían de su despido. Los holandeses, tres de ellos, los que manejaban la mayoría accionaria, le hablaron en conferencia telefónica. En la Argentina sólo dejarían una base administrativa, con empleados de nivel medio o bajo, y toda la operatoria se manejaría desde San Pablo. No tenían nada que reprocharle, el Tano había cumplido siempre con las expectativas de ellos y de los accionistas que representaban, le agradecían sus servicios y su dedicación, pero no tenían ningún puesto para ofrecerle. En la nueva estructura todo le quedaría chico. Hablaron de *over skilled,* de *down sizing,* de *deserve more challenges.* Hablaron en un inglés con acento holandés que el Tano entendió a la perfección. Cómo no iba a entender si usaron palabras universales. El Tano habló poco. Cuando ya no tenían nada más que decir, él dijo: «Creo que es una decisión acertada, yo hubiera hecho lo mismo». Y ese mismo día se puso a organizar su salida con los abogados que estaban esperando su llamado.

No hubo fiesta de despedida. El Tano no quiso. Además, él seguiría vinculado a la empresa como asesor externo un par de meses. Podría usar el teléfono, imprimirse nuevas tarjetas reemplazando el «Gerente General» por «Asesor», o *Chief Staff,* lo que él prefiriese, pedirle pequeñas tareas a la que había sido su secretaria, instalarse *part time* en una de las oficinas. No en la suya, en otra, más pequeña pero digna, para evitar dobles mensajes al personal que quedaba, según le dijeron. Desde allí manejaría su reinserción en el mercado. Todo eso fue también parte de la negociación. «Es más fácil conseguir trabajo teniendo trabajo», dijo el abogado. Y el Tano sabía que era así, siempre fue así. Él mismo, cuando tenía que elegir a alguien para su empresa, desconfiaba de los que no tenían trabajo, se preguntaba sobre los verdaderos motivos de su renuncia o despido, más allá de la versión oficial. Su padre, un inmigrante que llegó a tener una fábrica metalúrgica de cierta envergadura, siempre decía: «No consiguen trabajo los que no quieren o los que les falta capacidad». Y el Tano era capaz, y había estudiado muy duro, y le gustaba su trabajo. Era ingeniero industrial. Su padre lloró por primera y única vez delante de él el día que le dieron el diploma. Y ésta era la primera vez en la vida del Tano en que dejaba un trabajo sin tener otro. Y que sentía ganas de llorar. Él. Pero no lloró.

Sacó el Land Rover de la cochera y recorrió el camino hacia la rampa como había hecho los últimos ocho años. Cuando llegó a la barrera de salida, el custodio lo saludó. «Que tenga buenas tardes, ingeniero Scaglia», dijo. El mismo saludo cordial de siempre. Pero el Tano lo sintió diferente. Quizá fue la mirada. O el tono. Tal vez apenas una respiración diferente. No sabía qué. Lo que sí sabía era que fue distinto, fue otro. No podía no ser otro. Porque ese custodio tenía algo que él ya no tenía. Y los dos lo sabían.

Como todas las tardes, tomó Lugones, General Paz, Panamericana, y recién ahí sintió que el aire empezaba a cambiar. Pasó por todas las FM y no se enganchó con la música. Cambió a la AM. «El presidente declaró estar muy preocupado por las inundaciones en Santiago del Estero y Catamarca.» El Tano cambió el dial y lo sintonizó en las apreciaciones de un analista político sobre las futuras elecciones para la jefatura del gobierno de la Ciudad de Buenos Aires. Recordó que en pocos días tendría que votar; a pesar de que hacía años que vivía en La Cascada, nunca había hecho el cambio de domicilio, seguía votando en Caballito, como toda la vida. Escuchó las declaraciones de un ex ministro de Economía en carrera para ocupar ese puesto. El Tano pensó que lo votaría. Los capitales extranjeros le tienen confianza, pensó, y a él eso le convenía porque tal vez entonces su empresa, o la que había sido su empresa hasta esa tarde, volvería a apostar a esta plaza. Y si no era esa empresa, podía ser otra, lo importante era que afuera siguieran creyendo en el país, siguieran invirtiendo. Estaba seguro de que no le llevaría demasiado tiempo conseguir otro trabajo. La cosa no estaba fácil pero él tenía muchos contactos, un *master* afuera, un currículum impecable y una edad todavía manejable: cuarenta y un años. Apretó un botón y otra vez el analista político, pero ahora entrevistando a un candidato que todas las encuestas daban como seguro perdedor. El Tano se quedó pensando en él. Alguien seguro de su fracaso, fingiendo. Lo pensó con su mujer y sus hijos si los tuviera, no sabía si los tenía, lo pensó queriéndose dormir y no pudiendo, lo pensó yendo a votar, lo pensó hablando en algún programa que no hubiera conseguido a un candidato con más posibilidades, simulando ignorar la certeza de su derrota.

Todavía no le diría nada a Teresa. No hacía falta, si la realidad era que él seguiría yendo a la empresa, casi como hasta entonces. Si esperaba un tiempo hasta podría decírselo con una oferta de trabajo concreta, o quizá con un trabajo nuevo. Teresa se altera de nada, pensó. La indemnización les permitiría mantener la misma vida que habían llevado hasta entonces sin tocar sus ahorros. Tampoco era bueno que se enteraran los chicos. Y Teresa no sabía guardar ese tipo de secretos. Otra vez tocó el dial. «El presidente dijo que la situación en las zonas inundadas es muy grave.» Buscó cualquier música en una FM.

Cien metros más adelante ya se veía la entrada a La Cascada. Puso la tarjeta frente al lector de la barrera, que se abrió dándole paso. Saludó al guardia de seguridad apostado en la entrada. Y ya adentro, se sintió relajado, por primera vez en la tarde. Por primera vez desde que escuchó: «*I'm so sorry but... business are business*». Los árboles seguían de un color verde intenso, a pesar de que era otoño. En pocos días, la arboleda que recorría lentamente con su Land Rover enrojecería y se mancharía de amarillo. Bajó las ventanillas y se sacó el cinturón para disfrutar más aún de esas cuadras que lo separaban de su casa. Era una tarde serena y cálida. Antes de cenar saldría a correr, como todos días. Y no le diría nada a Teresa. Era lo mejor. Avanzaba por la calle principal bordeando la cancha de golf sobre la que empezaba a caer la tarde, algunos adolescentes paseaban en bicicleta, una empleada luchaba con un chico que no quería pedalear en su triciclo. Se cruzó con Carla Masotta, que salía del club. A Gustavo tampoco le contaría por el momento. A nadie. Tal vez en unos días, Gustavo estaba relacionado con algunos *head hunters* y era un buen contacto a quien tirarle un par de currículums. Pero por el momento no. Dejó perder su vista en el verde que lo rodeaba a un lado y al otro del camino. Supo que allí nada había cambiado. La Cascada era la misma que había dejado esa mañana, cuando salió para ser Gerente General de Troost S.A. por última vez.

Definitivamente, no tenía por qué contarle a nadie.

24.

En otoño la hierba bermuda se pone amarilla. No se seca, no se muere, sólo se guarda en reposo para el verano, cuando el pasto se pone verde otra vez, y se reinicia el ciclo. Mientras tanto hay dos opciones. Al menos en Altos de la Cascada manejamos dos opciones. La primera es buscar el color en otro lado: liquidámbares dorados y rojos, robles amarronados, gingkos biloba amarillos, *rhus typhina* color fuego. Pero si el intento no logra ser más que eso, y es vano, y es estéril, si la mirada se posa una y otra vez sobre la bermuda descolorida y eso altera a quien con templa, lo irrita, o hasta lo deprime, entonces no cabe la primera opción. Y la segunda es el *ryegrass,* un pasto que dura una temporada, de un color falso de tan intenso, como las manzanas de frigorífico, o los pollos engordados a fuerza de luz eléctrica. Pero impecable; más que pasto, una alfombra.

Ese año no era un año para el *ryegrass* en casa de los Urovich. Avanzaba el 2000, habíamos cambiado de presidente. En diciembre de 1999, en su discurso de asunción del cargo, según dicen el primer discurso que le escribió uno de sus hijos, había puesto énfasis en controlar el déficit fiscal y prometido que una vez controlado bajaría el desempleo por las nuevas inversiones. Llegó el otoño pero no las inversiones ni el empleo, y Martín seguía sin conseguir trabajo. Lala, casi llorando, se lo dijo a Teresa una tarde en que había ido con sus peones a sacar plantas marchitas de su cantero. «No lo aguanto más, ¿sabés lo que es tenerlo metido todo el día en casa?» Teresa entendía, pero sabía que todo iba a ser peor si además el pasto se ponía amarillo. Se la llevó a un costado, lo suficientemente lejos como para que no escuchara el peón que desmalezaba arrodillado en la tierra. «Hacé como te parezca, Lala, pero en tres semanas la bermuda se seca y te arruina todo el parque.» Y volvió junto al peón: «¡No..., mi Dios... José, eso no es un yuyo! ¡Eso es un *penissetum*!». Teresa lo corrió y peinó con los dedos la planta. Lala se acercó a ver al *penissetum*. Teresa le sonrió y dijo por lo bajo: «Es una lucha, se lo explicás veinticinco veces y no hay caso».

Las mujeres recorrieron el cantero. El peón quedó unos pasos más atrás, desmalezando. Teresa hizo cuentas. «Mirá, vos debés tener unos mil quinientos... dos mil metros de parque.» «Mil setecientos», precisó Lala. «Por eso, a un kilo por cada treinta metros cuadrados, con la semilla que puede estar, qué sé yo, uno ochenta o dos dólares el kilo, con toda la furia, ¿cuánto da eso?» «No sé... yo, sin calculadora...» «No, si yo tampoco... siempre fui rebestia para los números, pero vas a gastar algo de cien... ciento cincuenta dólares... porque eso me acaba de pagar Virginia, que tiene un parque más o menos como el tuyo.» «¿Virginia resembró?», preguntó Lala. «Sí, habrá cobrado alguna comisión interesante.» Teresa se agachó y deshizo un terrón de tierra, lo examinó. «Gordita, a este *border* le falta agua», le dijo mientras le mostraba la tierra desgranada y seca.

Teresa fue a buscar la manguera. Lala se quedó esperándola. Hacía años que Teresa le mantenía el jardín y sabía muy bien dónde estaban todos los elementos de jardinería. Los Urovich fueron unos de sus primeros clientes apenas terminó el curso de paisajismo de tres años, en un vivero en San Isidro. Hasta que ella y otras mujeres empezaron a estudiar y a dedicarse un poco al tema de las plantas, no se conseguía por la zona otra cosa que algún hombre desocupado de Santa María de los Tigrecitos que de experto en changas se dijera jardinero, o parquista. Los «cortapastos», como los llaman en La Cascada, venían en bicicleta, arrastrando una cortadora, en el mejor de los casos eléctrica, una bordeadora, una tijera de podar, y cloro para mantener la pileta transparente todo el año si no querían quedarse sin trabajo. Lo que ella hacía era otra cosa. Cambiar las flores en cada estación; lograr que los colores combinaran, que los tamaños se compensaran, que las espesuras fueran las adecuadas; controlar que no hubiera nada marchito, nada apestado; elegir las plantas con mejor aroma para rincones cerca de la casa, las más sucias alejadas de la pileta. «Tenés que tener una vena artística para dedicarte a esto», le gustaba decir de sí misma. Y todo por un precio levemente superior al que cobraba un cortapastos. «Cuando todos los parques estén impecables, con ese verde espectacular del *ryegrass* te vas a querer matar, ¿o no? Vas a venir con el auto... verde... verde... verde... amarillo, ¡huy, llegamos a lo de los Urovich! No, un horror.»

Teresa dejó la manguera a un costado y trató de acomodar un papiro que se inclinaba demasiado hacia el lado del sol y descompensaba la simetría del *border*. Lala se agachó a ayudarla. «Qué ojo, gorda, yo sé que el flaco está sin laburo, y toda la pálida, pero eso es coyuntural. No te dejés arrasar por el bajón de él.» Teresa largó el papiro y se incorporó. «Esto va a haber que atarlo porque si no no se va a quedar. Está como rebelde. ¿Para qué tiene uno los ahorros, si no? Para estas emergencias.» Teresa sacó un carretel de piolín color ocre de su bolsillo y con la ayuda de Lala ató la planta. «Hilo sisal reciclado, no dejes que te metan en el jardín un material que no sea degradable.» Lala la ayudó a atar la amarra del papiro. «Te imaginás, pasan los siglos, pasamos nosotros, y el plástico sigue ahí. Hablando de plástico, ¿vos no te ibas a hacer las tetas este año?» «Sí, pero voy a esperar un poco que a Martín se le pase esta fiebre de la guita para no ponerlo nervioso.» «Con las siliconas esperá, pero con el pasto no. En un par de meses él va a tener laburo de nuevo y vos vas a tener el parque a la miseria.» Teresa desenrolló la manguera del carrito automático, puso el pico adecuado en el extremo, el que permite una lluvia persistente pero suave, le hizo un gesto a su peón para que fuera a abrir el grifo y, cuando salió agua, regó. «Yo sé que uno dice "gastarme esta guita todos los años, para que en noviembre el *ryegrass* se muera", y sí, es así, pero bueno... son elecciones... nos pasamos la vida eligiendo.» «Vos me conocés, yo lo voy a hacer, pero tengo que manejar qué le digo a Martín.» «¿Y por qué le tenés que decir?» «Desde que le pasó eso con el trabajo se puso muy obsesivo. No le digas a nadie, *please,* pero lleva una planilla de gastos en la computadora y me vuelve loca.» «¿Por qué no lo mandás a terapia?» «¿Martín a terapia? ¿Con lo que cobra un analista? Ni loco va, está hecho un miserable, te juro. Me prohibió hasta el té Twinings, ¿podés creer?» «Con tipos así te queda una sola opción, mentirle. Y sin culpa, porque es por su bien. ¿O a él no le va a gustar ver el parque verde cuando mire por la ventana?»

Teresa le pasó la manguera a Lala. «Tené, regá un poquito, voy a la camioneta a buscar un poco de hierro para ese jazmín que lo veo medio mustio, ¿no?» Teresa se fue y Lala se quedó regando. Mientras la lluvia caía pareja sobre las hojas verdes, Lala se convenció de que el pasto amarillo, definitivamente, no iba a ayudar a mejorar el humor de su marido.

25.

Romina y Juani llegan a la plaza una noche. Ya no son chicos, pero siguen yendo a la plaza. Allí se conocieron. Se sacan los rollers. De la mochila sacan la cerveza. Dos botellas de medio litro cada uno. O tres. A veces la de litro. Lo que consigan. Toman. Se ríen. Pasa un guardia. Lo saludan. Esperan que pase. Toman más cerveza. Se ríen. «¿Empezamos?», dice ella. «Dale», dice Juani. Romina busca una rama, gruesa, que sirva de lápiz. Dibuja en la arena una línea con curvas y contracurvas. «Una víbora», dice Juani. «No soy tan obvia.» «Un fideo tirabuzón», dice él. Ella se ríe. «No, boludo.» «La rama de un sauce llorón eléctrico.» «No.» «Un resorte.» «No, dale, poné un poco de onda.» Juani piensa, la mira. Se queda mirándola. «Tu pelo, no, tu pelo es lacio», se lo toca. Deja su mano sobre el pelo de ella. «Me rindo», dice él. «¿Qué es?» «Lo que tengo dentro del estómago; no sé cómo se llama, pero es así», dice Romina y vuelve a trazar la línea serpenteante sobre la arena. Se miran. Toman cerveza. Se miran mientras toman cerveza. Juani se acerca y la besa. La boca de Romina tiene todavía el sabor de la bebida. Ella le acaricia la cara. «Nosotros somos amigos», dice ella. «Amigos», dice él. «No quiero ser como ellos», dice Romina. «No sos como ellos.» «Tengo miedo de que si dejamos de ser amigos..., ¿entendés?» «Sí», dice él. «Ahora te toca a vos», dice ella y le da la rama. Él dibuja un círculo y dentro del círculo dos puntos. «Un botón.» «No.» «La nariz de un chancho», grita ella segura de que acertó. «Ni ahí.» Romina observa el dibujo desde distintos ángulos. «¿Un enchufe?» «Perdiste.» Ella espera una explicación. «Somos nosotros dos», dice Juani señalando los dos puntos, «detrás de la pared». «¿Detrás o frente a la pared?», dice ella. «Es lo mismo.» «No, no es lo mismo, ¿viste ese dibujo que te muestran y tenés que decir si ves una mujer vieja o una mujer joven?» «Sí, yo vi la joven», dice él. «La pared de La Cascada es lo mismo», dice Romina y recorre el círculo con la rama. «Uno puede mirar lo que la circunferencia deja adentro o puede mirar lo que deja afuera, ¿entendés?» «No.» «¿Cuál es el adentro y el afuera?» Juani la escucha, pero no dice nada. «¿Nos encerramos nosotros, o encerramos a los de afuera para que no puedan entrar? Como lo cóncavo y lo convexo.» «¿De qué hablás, borracha?», Juani la empuja con su botella casi vacía. Romina se ríe. Toma cerveza. «Sos muy bestia, Juano. Una cuchara, ¿no viste una cuchara?», pregunta y muestra su mano imitando la forma de la cuchara en el aire, «¿una cuchara es cóncava o convexa?». Juani se ríe, se le cae la cerveza de la boca. «No tengo la más puta idea...» «Depende de qué lugar la mires», aclara ella, y señalando palma y dorso de la mano dice: «cóncavo... convexo». Juani dice: «Ah...», y se ríe porque no entendió. Ella también se ríe, vacía una botella en su boca y la tira a un costado. Borra la circunferencia con la palma de la mano, se para y va a hamacarse. Juani la sigue y se hamaca junto a ella. Cada vez más alto. Se ríen. Sus pies descalzos se elevan sobre sus cabezas. Se miran cada vez que llegan arriba. Miden quién llega más alto. Un poco más alto todavía. Juani dice: «Ahí voy», y se tira. Cae y se levanta. La espera sobre la arena. Romina se hamaca una vez más. Se tira también. Cae en la arena de rodillas junto a él. Cae sobre una botella de cerveza vacía. La botella se parte. Romina grita. La sangre empieza a salir y se mezcla con la arena. La arena se mezcla con la sangre. Juani no sabe qué hacer. Los dos tienen miedo. Él la levanta sobre su hombro. Abraza sus muslos con fuerza y siente la sangre de Romina sobre su pecho. Romina grita y llora. Se abraza al cuello de Juani, la cabeza colgando sobre su espalda, su pelo negro bamboleándose mientras él corre cargándola. Corre descalzo. Busca ayuda tan rápido como puede. Siente su camisa tibia y húmeda pegada al pecho. Sigue corriendo. Empieza a quedarse sin aire. Se agita. Aminora la marcha y se da cuenta de que no sabe hacia dónde está yendo.

26.

Fueron en dos autos. Lala había propuesto ir juntas, charlando, pero Carla prefirió ir por su lado. Estaba apurada, tenía que ir al súper, un trámite que cada día la deprimía más, pero la heladera estaba vacía y Gustavo se iba a volver a quejar. No le gustaba cuando se quejaba, tenía miedo de que no pudiera parar. Y ella lo conocía cuando no podía parar. Cada vez que no pudo parar terminaron mudándose. Además, necesitaba mantener el humor de Gustavo de los últimos tiempos, porque ella tenía que decirle cosas importantes, cosas que a él no le iban a gustar. Tenía que decirle que había decidido volver a trabajar, en lo que fuera, salir de la casa. Ya había empezado a hacer llamados, mandar *mails,* pero no se lo había dicho. Pronto se lo diría. Por eso no era bueno que se enojara por algo que nada tenía que ver con ella. Y sospechaba que el trámite con Lala le llevaría más tiempo que el que ella podía perder. De camino a la veterinaria Carla escuchó en la radio que el vicepresidente de la Nación acababa de renunciar. Sintió pena, a ella le gustaba, pero no lo decía porque sabía que a muchos en Altos de la Cascada no. Le daba ternura que tuviera dificultad para pronunciar la erre. Había renunciado porque no se investigaban los sobornos en el Senado de la Nación. O eso parecía. No es tan fácil atribuir un solo motivo a quien renuncia a algo, pensó.

Llegaron al estacionamiento de la veterinaria casi juntas. Lala había ido con Ariel, su hijo mayor, de diecisiete años. El chico parecía fastidiado. Tal vez no le gustara que su madre pidiera prestada una tarjeta de crédito para comprarse un perro en cuotas, pensó Carla. A ella le fastidiaría. Pero ella no tenía madre desde hacía tanto tiempo que con tal de tenerla se lo hubiese perdonado. Como le hubiese perdonado el abandono a su suerte con ese padre que descargaba en ella lo que no podía descargar sobre la mujer que lo había dejado. O haberse casado con Gustavo siendo tan chica, casi sin conocerlo, sólo para escapar de quien había escapado ella.

Todavía no entendía cómo había dicho que sí tan rápidamente cuando Lala la llamó. «¡No sabés lo que es! A Ariana le encantó y se lo quiero dar por su cumple», le había dicho Lala antes de pedirle la tarjeta. «Yo le dije a Martín todo junto no podemos, pero en seis cuotas ni lo vamos a sentir. Y estuvo de acuerdo pero me dijo que justo había habido no sé qué error con la tarjeta y el banco y la tenemos suspendida. Según Martín lo arreglan de un momento a otro, pero se pasan los días y nada. Los del banco son así. Claro, ellos no tienen apuro, a ellos qué les importa.» A Carla tampoco le importaba, pero ahí estaba. Cuando se lo dijo a Gustavo casi la mata. «Si fuera para remedios o comida, pero para un perro... Carla, ¿tanto te cuesta decir que no?» Y él sabía que sí. Porque él la había escuchado decir muchas veces no, y basta, y no sigo más, pero seguía. «¿No sabés que Martín está quebrado?», le había dicho Gustavo, y ella no sabía, y estaba segura de que Lala tampoco sabía. «No puede no saber, es la mujer», dijo Gustavo. Y eso qué tiene que ver, pensó ella, pero no se lo dijo. Gustavo le contó que desde hacía unos meses los Urovich sólo pagaban lo imprescindible, las compras del día a día, los servicios que te pueden cortar por falta de pago, luz, gas, teléfono. Que la obra social se la pagaba el Tano Scaglia desde que tuvo el garrón de bancar la operación de apéndice de Ariana, «pagarle todos los meses la cuota le sale más barato». Las expensas del club hacía rato que no las pagaban. El colegio de los chicos sí, aunque el Tano le había aconsejado que no lo pagara, «porque no te pueden echar a los chicos en la mitad del año, lo prohíbe no sé qué ley del Ministerio de Educación, vos pagás la inscripción, el primer mes si te parece, y después los mandás todo el año tranquilo que no puede pasar nada, eso es lo que hizo Pérez Ayerra un año que anduvo mal de guita y después terminó arreglando por la mitad». Pero Martín no quiso. «Para que Lala no se enterara», dijo Carla. «No se entera porque no quiere.» «Ella debe tener previsto de dónde va a sacar la plata, no me va a cagar.» «No intencionalmente, de pelotuda nomás, las minas cuando quieren hacerse las pelotudas...» Y Carla no lo escuchó más, ella ya había dicho que sí y en ese punto era mucho más fácil sacar la tarjeta y pagar que volverse atrás.

La veterinaria era un local muy amplio en la entrada de un *shopping*. Parecía un autoservicio, con góndolas donde uno podía servirse desde alimento balanceado hasta pelotitas con cascabeles, huesitos de cuero, correas de distintos materiales y colores, mantitas escocesas o placas de bronce para mandar a grabar el nombre de la mascota.

Carla y Ariel esperaron a un costado. Lala fue directo al canil donde estaban los cachorros de labrador y de golden retriever. Uno negro y uno dorado. «La mía es la dorada, ¿no es soñada?» Dijo Lala, entusiasmada, haciendo gestos para que se acercaran. «¡Ariana va a estar tan contenta!» «Mirá, mirá la cara que me pone éste», dijo refiriéndose a Ariel, que se mantenía inexpresivo, «es lo más insensible que hay, no es bichero como yo...». Alzó en brazos el animal que le alcanzaba el veterinario. «¿Sabés lo que me llegó a decir?», le dijo delante de él. «Que por qué no usábamos esta plata para que él se fuera a esquiar. ¿A vos te parece?» «¿Y qué?», dijo el chico y se alejó a mirar una iguana encerrada en una pecera. «Es un chico...», dijo Carla. «Sí, pero cuando tienen tan trastocados los valores, te da bronca, porque eso de la casa no es.» «Yo a su edad te habría dicho lo mismo.» «Vos tampoco sos muy bichera. Sabés lo bien que te haría a vos tener un gatito aunque sea, son una compañía. Y no te lo digo por el tema tuyo con los embarazos, ojo, los bichos les hacen bien a todos.»

Las mujeres fueron para la caja. Ariel se les acercó. Lala tenía en brazos al cachorro como si fuera un bebé. «Bueno, le tengo que hacer la libreta sanitaria. Los padres son perros de raza pura, pero el cachorro sale sin papeles, ¿sabía, no?» «Sí, más bien, yo no soy de las que pagan novecientos dólares por el árbol genealógico de un perro», se rió. «Eso dejalo para la gente que puede tirar la plata, ¿no?», dijo y miró a Carla buscando su complicidad. El veterinario empezó a completar la libreta sanitaria y a darle instrucciones sobre la vacunación. «¿Te molesta si hacemos primero la tarjeta que estoy un poco apurada?», logró interrumpir Carla. «No, para nada. Haceme la tarjetita, por favor.» «¿En cuántas cuotas lo hago? ¿En tres?», preguntó el veterinario. «En seis habíamos quedado el otro día», contestó Lala. El veterinario estaba por completar el cupón de la tarjeta, Lala lo interrumpió. «No, a ver, esperá un poquito, ¿qué comida tengo que llevar para esta cachorrita?» El veterinario salió de detrás del mostrador, se acercó a una de las góndolas y le señaló la comida indicada para la raza y el tamaño. Lala lo siguió, Carla se quedó en el mostrador, atenta. «¿Y cuánto me dura una bolsa de éstas?» «Y, unos veinte días.» «Bueno, agregame dos bolsas en la tarjeta.» Se acercó a Carla: «No sabés lo que comen estos bichitos». «No, no sé», contestó, mientras pensaba que Gustavo no tenía que enterarse por nada de que también había financiado el alimento del animal. Ariel volvió a internarse por entre las góndolas y ancló en la pecera de peces tropicales. «Bueno, ahora sí», le dijo Lala al veterinario. El veterinario sumó en una calculadora de mano. «Entonces son quinientos ochenta, una firmita acá por favor.» El hombre le acercó el cupón y ella a su vez se lo pasó a Carla. Carla firmó. «¡Me imagino la cara de Ariana cuando llegue hoy del cole!» Carla sonrió, y guardó su tarjeta. El veterinario continuó: «Bueno, entonces por cuarenta y cinco días, nada de pasto, por el moquillo...». Lala escuchaba atenta, Carla interrumpió: «Me puedo ir entonces, ¿no?». «Sí, ¿ya firmaste, no?» Carla asintió. «Andá tranquila, Carli. Nos vemos.» Cuando estaba por salir del local Lala le gritó desde el mostrador: «Y gracias, eh». Carla, con esfuerzo, sonrió otra vez. Buscó a Ariel con la mirada para saludarlo. Pero el chico no la vio, con las manos en los bolsillos miraba en un rincón cómo un hamster caminaba sin fin en una rueda.

27.

El día en que apareció Carla Masotta en la inmobiliaria coincidió con uno de los peores días de mi vida. Acababa de venir de una escritura, lo cual debería haberme puesto contenta ya que hacía meses que no concretaba una operación y esa comisión sería una tabla en medio de una tormenta que recién empezábamos a ver. Era el otoño del 2001. Paco Pérez Ayerra había vendido su casa, y alquilado otra a través de mi inmobiliaria. Estaba con problemas financieros, o mejor dicho su empresa estaba con problemas financieros. Había renunciado el ministro de Economía y el presidente había puesto otro que duró sólo quince días. Dio un discurso, pidió más ajuste, viajó a Chile y cuando volvió ya no tenía trabajo. El presidente lo había reemplazado por el pelado que había sido ministro de Economía del presidente anterior. Presidente de partido antagónico, ministro ya no se sabía de qué partido. Si vuelve el pelado a lo mejor las cosas cambian, porque afuera le tienen mucha confianza, me acuerdo que me dijo Paco, pero por las dudas prefirió no tener bienes registrables contra los que alguien pudiera accionar llegado el caso. Con ese argumento, «caso de fuerza mayor», insistió en que no correspondía que pagara comisión él sino sólo el comprador de su casa, cosa que por supuesto no acepté. «Yo trabajo de esto, Paco.» «Y yo qué culpa tengo», me contestó. Finalmente, de mala gana, los dos aceptamos una rebaja de mi comisión a la mitad. Pero lo que terminó de minar mi humor no fue esa quita sino que mientras contaba los billetes y anotaba la numeración de los dólares que iba recibiendo, Paco separaba a un costado los más viejos, los rotos, los sucios, hasta completar el importe de lo que me debía. Y con esos billetes me pagó. «Bueno, ¿todo aclarado, entonces?», dijo Nane, «no podemos permitirnos malos entendidos entre nosotros por cosa de dinero, ¿no?». Y yo le contesté: «Todo aclarado, Nane», mientras guardaba los billetes sucios de su marido en la cartera.

Carla entró decidida, pero se la notaba nerviosa. Se sentó delante de mí mientras yo terminaba una conversación telefónica, sin sacarse los anteojos negros. Yo hablaba con Teresa Scaglia, todavía no sabía para qué me había llamado porque daba vueltas sin decir nada. «Sí, acaba de entrar alguien, pero decime, no hay problema.» Teresa prefirió cortar. «Te hablo cuando estés más tranquila», dijo. Carla, mientras se movía en la silla, hamacaba una pierna cruzada sobre la otra y movía el escritorio involuntariamente. «Como prefieras», dije y corté. Miré a Carla, le sonreí. «Soy casi arquitecta», me dijo. Y yo tontamente dije: «Mirá qué bien», porque no sabía a qué venía ella ni su comentario y no quería incomodarla más de lo que estaba. «Necesito trabajar, necesito salir de mi casa, tener un proyecto.» No dije nada. «Necesito que me des una mano», completó antes de que se le quebrara la voz. Sonó el teléfono. Atendí, era otra vez Teresa. «No, no se fue la... clienta... pero decime si es importante.» No quiso, otra vez prefirió llamar más tarde. Volví a Carla, le pedí disculpas. «¿Y yo cómo te puedo ayudar?» «Pensé que podría colaborar con vos en la inmobiliaria.» Que me planteara eso en un año en que el mercado inmobiliario estaba prácticamente parado, si no fuera por operaciones como las de Pérez Ayerra, me hizo pensar que Carla estaba más desconectada del mundo exterior de lo que ella misma sospechaba. «Mirá, la cosa está muy dura, no sé si estás al tanto de cómo viene este mercado.» «No tengo mucho para ofrecer, por eso es que no ofrezco, pido...», lloraba detrás de los anteojos, «estoy pidiendo, y me cuesta, pero alguien me tiene que ayudar». No sabía qué decir, de verdad que no tenía resto para tomar a nadie. «Sin sueldo, no me importa cuándo me pagues, cuánto me pagues, ni siquiera me importa que me pagues. Podemos llegar al arreglo que quieras. Pero necesito trabajar.» Carla se sacó los anteojos y me mostró su ojo negro. «Gustavo...», no terminó la frase porque otra vez se le quebró la voz. No supe qué decir, y antes que lo supiera sonó el teléfono. Otra vez era Teresa y otra vez el día se fue para otro lado. «Sí, sí, decime, decime, Teresa», mentí que estaba sola, era mejor escucharla y terminar de una vez a que sonara el teléfono cada cinco minutos. «Yo sé que no es un tema para hablar por teléfono, pero tengo un nudo en el estómago desde que me enteré de esto...» «¿De qué?», dije pero no me escuchó, «... y yo hoy no estoy por Los Altos en todo el día, y mañana..., ¿viste que mañana se juega la Copa Challenger en...». «Está bien, Teresa, no te preocupes, decime.» «Jurame que te lo vas a tomar con calma.» «Hablá.» «Juani figura en la lista de Chicos en Riesgo.» «¿Qué lista?» «De Chicos en Riesgo.» «No entiendo.» «Una lista que hace la Comisión de no sé qué con la información que le pasan los vigiladores.» «¿Los vigiladores le pasan información a quién?» «A ellos, y ellos al Consejo, por eso lo sé, porque alguien del Consejo, que no me preguntes por favor quién es, se lo dijo al Tano confidencialmente y yo te lo tengo que decir, Vir, porque con qué cara te miro yo si no te lo digo.» Cada vez entendía menos. Carla frente a mí se sonaba los mocos con un pañuelo de papel. «Si hubiera sido al revés yo habría querido que vos me lo dijeras.» «¿Que te dijera qué?» «Que alguno de mis chicos está en la lista.» «Teresa, me decís de una vez por todas qué es esa lista, y qué son esos chicos en riesgo.» «Drogadictos, Vir, Juani está en una lista de drogadictos.» Me quedé dura. «Hola, hola... ¿estás? Yo sabía que tenía que esperar y decírtelo en persona. Contestame, Vir, no me dejes así que estoy a kilómetros de La Cascada... Vir...» Le corté. Me quedé frente a Carla Masotta en silencio, sin hacer un solo movimiento, petrificada. Sonó el teléfono. Levanté el tubo y lo estampé con violencia sobre la base. Volvió a sonar. Lo dejé que sonara hasta que se calló. Otra vez sonó. Carla se levantó y lo desenchufó. «¿Qué pasa?» «Mi hijo... está en una lista...» «¿Lista de qué?» «Una lista», repetí. Ella me esperó hasta que pude articular una oración completa. «Una Comisión hace una lista con todos los chicos que se drogan», me encontré diciéndole sin saber por qué se lo decía. A ella, con quien casi no tenía trato, una mujer que no era mi amiga, a la que su marido le pegaba hasta dejarle un ojo negro. Alguien que casualmente había entrado en mi oficina el día en que Teresa me decía por teléfono que mi hijo figuraba en una lista que yo no conocía. «¿Y tu hijo se droga?», me preguntó. «No sé.» «Pregúntaselo.» «¿Qué me va a decir?» «¿No le creés?» «Estoy confundida.» Nos quedamos un rato en silencio. «¿Y es legal?», me preguntó. «¿Qué cosa? ¿Drogarse?» «No, hacer ese tipo de listas», dijo y se paró a servirme un vaso de agua. «¿La Comisión tendrá Lista de Maridos que les Pegan a sus Mujeres?», preguntó. «No creo», le contesté, y las dos nos reímos en medio de nuestras propias lágrimas.

28.

Finalmente los Insúa se separaron. Carmen Insúa fue una de las pocas mujeres que luego de separarse siguió viviendo en Altos de la Cascada. No era fácil quedarse. La primera incomodidad que apareció después de la separación fue sentirse desubicada en reuniones y salidas adonde todos íbamos en pareja. Pero la incomodidad más profunda apareció más tarde. Porque al mudarse a Altos de la Cascada, Carmen, como otras, se había alejado de un mundo que siguió transcurriendo en otra parte, y al que sólo la unía el relato que su marido tejía al volver a casa. No es que nunca más hubiera ido a la ciudad, pero lo hacía como turista, visitando un lugar que no le pertenecía, como espiando detrás de una cortina. Cuando no hay marido que regrese trayendo a casa victorias o derrotas de aquel otro lugar, se acaba la ilusión de que la mujer también es ciudadana de ese territorio. Entonces se presentan dos opciones: salir otra vez a completar el mundo sesgado, o renunciar a él. Y Carmen Insúa, todos creíamos, había optado por la renuncia.

Lo primero que temimos cuando nos enteramos de que Alfredo la había dejado fue que su problema con el alcohol se agudizara, pero misteriosamente, ahora que encontrábamos justificativos para que se hubiera dejado llevar por la bebida y nos compadecíamos de ella, Carmen dejó de tomar. Dicen que lo primero que se llevó Alfredo de la casa fueron los vinos de su bodega, pero tal vez no para protegerla a ella sino a sus botellas, que podrían haber terminado estampadas contra una pared.

Al principio la mayoría de los habitantes de Altos de la Cascada nos solidarizamos con ella, la visitábamos, la

invitábamos a nuestras casas e intentábamos, tal vez terca-
mente, incluirla en programas absurdos. Como la fiesta de
disfraces en la casa de los Andrade, donde Carmen terminó llorando en un rincón detrás de su careta de Cleopatra
mientras todos bailaban el «Aserejé». O el fin de semana
largo que los Pérez Ayerra se empecinaron en que fuera
con ellos en su barco a Colonia Suiza, sabiendo que ella
vomitaba en cuanto abandonaba tierra firme.

Alfredo Insúa la había dejado después de veinte
años de matrimonio y varios de infidelidades estoicamen-
te soportadas por ella, sola, con dos hijos mellizos adolescentes que en cuanto terminaran el colegio también la
abandonarían. La dejó por la secretaria de su socio, para
no ser tan obvio. Todos empezamos diciendo «qué hijo de
puta, Alfredo». Pero pasaron las primeras semanas y algunos maridos que se seguían encontrando con él por negocios, un día replicaron «hay que escuchar las dos campa-
nas». «Hay que bancarse una borracha en la casa.» «A lo
mejor se emborrachaba para soportar las cagadas de Alfredo.» «¿Qué cagadas?» Al poco tiempo Alfredo volvía a Los
Altos a jugar al golf o al tenis con alguno de nosotros, o a
eventos en alguna casa donde ese día nos cuidábamos de
no invitar a Carmen. A los dos o tres meses de la separación sólo las mujeres decían «qué hijo de puta, Alfredo»,
mientras que los hombres callaban. Hasta que un día no
lo dijo nadie. Y otro día, en ruedas de hombres, mientras
fatigaban una pelotita de golf o tomaban algo después de
un partido de tenis, se empezó a escuchar: «Qué bien la
hizo Alfredo». Fue poco tiempo después de que presentó
a su nueva mujer en sociedad, una chica de menos de
treinta años, agradable, linda, simpática, «y con un par de tetas que rajan la tierra», bromeó alguno de nosotros. La llevó
un fin de semana a Colonia, en el barco de los mismos
amigos donde Carmen había vomitado unos meses atrás.
Y la nueva no vomitó. A partir de ese viaje, Alfredo y su
nueva pareja aparecieron cada vez más seguido en las reu-

niones de La Cascada, mientras Carmen se recluía en su casa. Hasta que casi no se la vio.

Fue entonces cuando todos empezamos a hablar de la depresión de Carmen. «No sé si no era mejor cuando tomaba.» Y Alfredo logró sin demasiado esfuerzo y con la excusa de la depresión que los chicos se fueran a vivir con él. Carmen quedó en esa casa sola. Una casa tan grande como siempre había sido, pero vacía de muebles, vacía de cosas en la heladera, vacía de voces y peleas. Regaló vajilla, cubiertos, varios muebles. Dicen los pocos que volvieron a entrar en su casa que en el living lo único que quedaba era un cuadro amarillo de una mujer desnuda en una canoa. Algunos temimos que si Carmen cometía una locura, recién nos enteraríamos cuando la casa despidiera olor a podrido. Porque las mucamas también la abandonaban. Más rápido que antes. Aunque Alfredo, que pasó a ser «pobre Alfredo», siempre mandaba a otra que le garantizara que no recibiría una noticia inoportuna.

Hasta que un día apareció Gabina. Gabina había trabajado con ellos en los primeros años de matrimonio, una paraguaya ancha, robusta y eficiente. Carmen no la habría despedido nunca, pero a Alfredo, cuando se mudaron a Altos de la Cascada, le empezó a fastidiar su aspecto. «No le pega a esta casa», decía. Y como Carmen se negó a despedirla después de tantos años de fidelidad, Alfredo exigió que cuando invitaran gente contrataran a una persona «con mejor *look*» para servir la mesa. Nadie le daba explicaciones a Gabina, y ella no las necesitaba. La enemistad entre empleada y patrón fue creciendo hasta que se hizo insostenible. Gabina renunció sin que la echaran, pero se dio un gusto antes de irse, lo miró a Alfredo y dijo: «Usted es un sorete, y la mierda se le va a venir en contra». Alfredo prohibió la entrada de «esa paraguaya a La Cascada a trabajar a la casa de quien sea», así que Gabina se tuvo que buscar trabajo por otro lado. Y ya no se supo de ella, excepto por el llamado que todas las Navidades le hacía «a la señora».

Cuando Gabina, después de la primera Navidad que Carmen pasó sola, intentó entrar otra vez en la casa, el encargado de seguridad lo consultó a Alfredo, aunque bien sabía que él ya no vivía más allí. Lo llamó a su celular. «Nobleza obliga», le contestó el encargado cuando Alfredo agradeció el llamado. Pero el hartazgo que le producían los problemas de su ex mujer era más fuerte que su enojo con Gabina y accedió con tal de que alguien «me saque esta mochila».

Lo primero que hizo Gabina fue abrir las ventanas. Y cuando abrió las ventanas entró la luz y se empezaron a ver la mugre, el polvo y las imperfecciones que ella misma se fue ocupando de arreglar una a una. Todos nos sentimos más relajados al saber que alguien cuidaba de Carmen. Y, liberados de la culpa, nos olvidamos todavía más de ella.

Estuvo otra vez presente en nuestras conversaciones el día en que volvió a salir. Salía a caminar por las calles de Altos de la Cascada con Gabina, iba al supermercado con Gabina, Gabina la acompañaba a la farmacia, a la peluquería. Y todos nos seguimos alegrando. «Se la ve mejor, pobre», era todo lo que decíamos de ella.

Pero una tarde Carmen se sentó con Gabina a tomar un café en el bar del tenis. Y Gabina no llevaba uniforme sino su ropa, una ropa que no llevaría ninguna socia de Altos de la Cascada. Y un sábado las vieron almorzar juntas en el restaurante del golf. Se reían. A Paco Pérez Ayerra le molestaron las risotadas de Gabina y se quejó con el mozo. «Che, ¿las domésticas pueden comer acá?» Y nadie encontró por escrito alguna norma que lo prohibiera, por lo que empezaron a tratar el tema en las reuniones del Consejo de Administración.

Fue más o menos para esa época cuando se empezó a escuchar: «¿Qué hacen éstas todo el tiempo juntas?, ¿Serán...?». «Ay, salí, no seas asqueroso», le contestó Teresa Scaglia a alguien que se le acercó a decírselo al oído mientras Gabina y Carmen pasaban trotando una mañana. «Si no hacemos algo, en cualquier momento nos encontramos con la paragua en el sauna del gimnasio», dijo Roque Lauría en una reunión de Consejo.

La noche en que Carmen y Gabina fueron a ver una película al auditorio, Ernesto Andrade llamó finalmente a Alfredo. Alguien jura que cuando Carmen lloró, Gabina le agarró la mano. «No te queríamos molestar, pero esto no da para más, viejo.» Entonces Alfredo prohibió otra vez que Gabina entrara a Altos de la Cascada. El problema era que esta vez Gabina ya estaba adentro. Se presentó el jefe de seguridad a hablar con Carmen. «¿Qué ley dice que ella tiene que salir de mi casa? ¿Tiene orden de algún juez?» «Tengo orden de su marido.» «Mi marido es el que tiene prohibido el ingreso a esta casa», dijo, y cerró la puerta. «Se volvió loca», empezaron a decir todos, «sin duda Alfredo, con los contactos que tiene, va a conseguir una orden judicial, un juez, algo. Pobre Alfredo».

Alfredo empezó a moverse. Lo primero que hizo fue dejar de pasarle dinero y de pagarle las cuentas. A los chicos no les contó, porque para esa época los dos estaban de viaje en los Estados Unidos y «una noticia así los derrumbaría». Se los diría cuando el problema estuviera solucionado. Le pidió al presidente del Consejo de Administración que fuera personalmente a hablar con Carmen, con la amenaza de que sería declarada «persona no grata» en el barrio. «Piense en nuestros chicos.» Ella lo mandó al carajo.

Las mujeres ya no salieron a la calle. Estuvieron un mes ahí adentro. Dos meses. Tres. Todos los que pasábamos por su casa mirábamos hacia adentro tratando de entender. Al principio siguieron recibiendo pedidos del supermercado o de la farmacia. «Ya se les va a acabar la plata», dijo alguno de nosotros. «Pero si Alfredo le cerró todas las cuentas, ¿cómo todavía pueden seguir comprando en el súper?» «Pagarán con la Paraguan Card.» «Ay, salí.»

Hasta que una mañana alguien se dio cuenta de que el auto de Carmen no estaba. Ni estuvo al día siguiente. Ni al otro. Las mujeres se habían ido una madrugada, juntas, por la barrera automática del *country*. «Usted me dio instrucción de que la señora Gabina Vera Cristaldo no podía entrar a Altos de la Cascada, pero nunca que no podía salir», le dijo a su superior quien estaba encargado de la barrera la noche en que se fueron. No alcanzó para que conservara su trabajo. Alfredo vino el fin de semana a abrir la casa. En los días entre el descubrimiento de la partida de las mujeres y la llegada de Alfredo fue aumentando nuestro temor acerca de qué encontraría adentro. Mugre cuando menos, evidencia de lo que esas mujeres hacían allí tanto tiempo solas, destrozos en lo que fue alguna vez su casa. Así que varios se ofrecieron a acompañarlo. Rompieron la puerta de entrada, Alfredo tenía llave pero no abría, Carmen había hecho cambiar la cerradura, «en la guardia tienen registrado el ingreso de un cerrajero hace un par de semanas», confirmó el jefe de seguridad. «Ni siquiera pensó en los chicos», dijo alguien. La luz que entraba no alcanzaba a dejar ver el interior de la casa. Alfredo apretó inútilmente la tecla de la luz que él mismo había dejado que cortaran por falta de pago. Alguien se acercó a correr las cortinas, y a medida que plegaba los paños la luz iba entrando y el grupo se congelaba en su avance, detenido por lo que veían. El cuadro de la mujer inmóvil en la canoa ya no estaba. En su lugar todas las paredes de la casa habían sido forradas de fotos. La más grande la de Alfredo, una ampliación de una foto del casamiento. Otras más pequeñas, la de Paco Pérez Ayerra, una de Teresa Scaglia arrancada de la revista *Mujer Country,* los Andrade en una foto chiquita de la última fiesta del club, el presidente de Altos de la Cascada, varias mujeres en una foto del último torneo de burako que había organizado Carmen, sus compañeras del grupo de pintura menos Carla Masotta, que había sido expresamente recortada del retrato, y algunos otros vecinos. Todas las fotos atravesadas con alfileres a la altura de los ojos. Alguna también en el corazón, como la de Alfredo. Y debajo de cada una, un altar. «Son trabajos», dijo uno de los guardias, y Nane Pérez Ayerra se agarró fuerte la cruz de oro que llevaba sobre el pecho. Trapitos atados, estampitas, ajos, plumas, piedras, semillas. Alfredo se acercó al suyo. Su altar era un plato Villeroy Bosch cubierto de mierda seca, sobre la que se había derretido una vela roja.

29

«No soy drogón, ¿qué decís, mamá?», dice Juani.
«No lo digo yo, lo dicen las listas de la Comisión de Seguridad.» «Esos pelotudos se creen que fumar un porro es ser drogadicto.» «¿Vos fumas marihuana?», pregunta Virginia llorando. Juani no contesta. «¿Fumaste marihuana, la puta que te parió?» «Sí... alguna vez.» «No te das cuenta de que de eso vas a pasar a la cocaína y de la cocaína a la heroína y de la heroína...» «Pará, Virginia», la frena Ronie. «¿Qué hicimos mal?», se lamenta ella. «Ay, mamá...» «No queremos que fumes, Juani», le dice el padre. «Fumé alguna vez, nada más.» «No lo vuelvas a hacer.» «Todos fuman, papá.» «¡Pero en la lista no están todos, estás vos!», grita la madre. «Pará, Virginia.» Virginia llora, golpea con el puño cerrado la mesa. «Mañana mismo empieza una terapia, y si hace falta lo internamos.» «Qué terapia, mamá, me fumé un porro nada más.» «¿Nada más?, nada más, la puta que te parió, y estás en una lista de drogadictos?» «¿Pero a vos qué es lo que te preocupa, que me fumé un porro o que estoy en esa lista?» Le da vuelta la cara de un cachetazo. Ronie la aparta. «Calmate, que así no vas a arreglar nada, Virginia.» «¿Y cómo mierda lo pensás arreglar vos?» «Todos los chicos fuman, mamá.» «No te creo.» «¿Por qué te creés que nos dicen los fumancheros?» «¿Que te dicen qué?» «A mí no, a todos.» «No te creo.» «¿Quién te la vendió?», pregunta Ronie. Juani no contesta. «¿Quién te la vendió, carajo, que quiero ir a cagarlo a trompadas?» «Nadie, papá.» «¿Y de dónde la sacaste?» «Me convidaron.» «¿Quién?» «Cualquiera, alguien, uno sale, compra, trae, y fumamos todos.» «A mí no me importa si fuman

todos, pero yo no quiero que vos fumes.» «Papá, fumé dos, tres veces, cuatro a lo sumo.» «No fumes más.» «¿Por qué?» «¡Porque vas a terminar internado por sobredosis!», grita su madre. «Porque no quiero», dice Ronie. Juani no dice nada, mira sus zapatillas, se mete las manos en los bolsillos. «Ya probaste, ya sabés qué es, ¿necesitás seguir fumando?» «No, si hace mil que no fumo.» «No fumes más.» *«Okey.»* «No fumes más, ¿así arreglás las cosas vos?», dice Virginia. «¿Y vos cómo las querés arreglar, gritando como una loca?» «¡Ahora lo único que falta es que la culpa de que se drogue la tenga yo por gritar!» «Yo no me drogo, mamá.» «Fumar marihuana es drogarse.» «Tomar Trapax también.» Virginia tira otro cachetazo que Juani esquiva en el aire y sube llorando las escaleras. Ronie se sirve un whisky. Juani agarra los rollers, se los pone. «¿Adónde vas?», le pregunta el padre. «A lo de Romina.» Se miran. «¿Puedo?» Ronie no contesta. Se va. Ronie sube a hablar con Virginia. La encuentra revisando. Revisa cada cajón del cuarto de su hijo, cada bolsillo, cada mochila, debajo de la cama, dentro de revistas, libros, en cajas de CD, detrás de la computadora. Ronie la mira, la deja hacer. Revisa ese día, y el que sigue, y el otro. «¿Hasta cuándo vas a seguir revisando?», le pregunta. «Siempre», contesta su mujer.

30.

El Tano consultó su correo electrónico. Un aviso invitándolo a un curso de «Gestión empresarial en el nuevo milenio», un mail de un ex compañero de facultad que le adjuntaba el currículum «en caso de que te enteres de algo», una cadena que no se podía romper y que rompió borrándola, un boletín de un servicio económico que explicaba cómo Standard & Poor's calculaba el índice de riesgo país, y dos o tres basuras más. Ninguna respuesta a las búsquedas en las que lo habían presentado los *head hunters*. En realidad una, «la búsqueda ha sido momentáneamente suspendida, nos mantenemos en contacto, gracias». Tenía algo de tiempo y leyó los titulares de los principales diarios. Una noticia, cualquiera, por emoción más que por razón, le hizo sentir que, a lo mejor, la cosa empezaba a cambiar. Y si cambiaba, si otra vez se generaba confianza, los holandeses confiarían, y volverían. Y si eso pasaba, probablemente lo volverían a contratar, porque en realidad no había nada en contra suya, él no había sido despedido por mal desempeño. Todo lo contrario, los holandeses estaban más que satisfechos con su *performance* en la empresa. Él no tenía la culpa. Nadie tiene la culpa de no ser necesario. Y si la cosa cambiaba, y si volvían a confiar, y si volvían, y si él volvía a ser necesario, y le ofrecían hacerse cargo nuevamente de Troost en la Argentina, y si todo podía ser como antes, no había motivos para decir que no. Y no es que no tuviera orgullo. Todo lo contrario. El orgullo se lo daba tener ese trabajo, no cualquiera, ése. U otro mejor. No uno igual, porque nadie cambia un trabajo por otro igual, como le había enseñado su padre.

Uno cambia para mejorar, para progresar, para seguir avanzando. Así había sido siempre. Y así tenía que ser. Para su padre, y para él.

A las ocho menos diez apagó la computadora y fue a desayunar. Teresa, en bata, le servía el café con leche a los chicos. Del desayuno se ocupaba siempre ella, mientras la empleada daba vueltas alrededor por si faltaba algo. «¿Alguien quiere una tostada más...?» Nadie respondió, pero Teresa puso igual dos rodajas más en la tostadora. Se acercó a la mesada y tomó un folleto. Una promoción para viajar a Maui, hotel cinco estrellas, *all inclusive*, opcional una noche en Honolulú. El Tano miró el folleto. No leyó, sólo vio. Celeste y verde. «Pedile a tu secretaria que nos averigüe un poco.» «*Okey.*» Guardó el folleto en su portafolio. «Estaría bueno... ¿no? La otra es que vayamos otra vez a Bal Harbour o Sarasota, pero me da ganas de conocer algo nuevo. ¿Cuántas veces fuimos a Miami ya?»

Los chicos subieron al Land Rover. El Tano los dejó de pasada en el colegio y siguió para la oficina. Como todas las mañanas. Un camión había volcado sobre la mano contraria, la que va hacia provincia. Ambulancia, grúa de la autopista, dos coches estrellados contra el camión, la policía, alguien que se agarraba la cabeza. La curiosidad de los que compartían con él la mano hacia Capital lo obligó a disminuir la velocidad y le llevó veinte minutos más que lo habitual llegar a la oficina. Dejó el auto en la calle. Ya no lo subía a la cochera, demasiado trámite por un par de horas que estaba en la empresa. Además le habían cambiado su cochera por una lateral, junto a la caldera. El auto entraba demasiado justo en ese espacio, la pared mostraba los raspones de quienes lo habían intentado. El Tano no. Y estaba el custodio de Troost, el que levantaba la barrera para que los autos entraran o salieran, que lo seguía mirando raro, como no lo miraba antes, pero no se atrevía a ponerle nombre a esa mirada. Prefería el estacionamiento de cortesía, sobre la vereda. Aunque fuera para visitas. Cerró el auto y entró. Caminó los cincuenta y ocho pasos que le tomaba recorrer el camino que se abría frente a él, desde que empujaba la puerta de entrada, hasta que llegaba a su nueva oficina. Esa más chica, pero digna. La que le habían asignado después de su retiro. Cincuenta y ocho y unos dedos. Los había empezado a contar poco después del día que dejó de ser el Gerente General de Troost. Nunca antes en su vida de adulto había contado sus propios pasos. Cuando era chico sí, sabía exactamente los pasos que separaban su cuarto de cada lugar de la casa. Pero de grande no, nunca. Antes tenía demasiado en qué pensar mientras caminaba, las finanzas de la empresa, los *due diligence* con la casa matriz, las regalías que les iba a girar a los holandeses, los bonos con que los holandeses le agradecerían las regalías. Sin contar que siempre se le cruzaba alguien en el pasillo con papeles para firmar, alguna consulta impostergable o un llamado en espera. Pero después de su retiro todo cambió. No fue el primer día, ni el segundo, algunas cosas cambian sutil y paulatinamente. Pero hubo un cierto día en que el Tano abrió esa puerta, miró, empezó a caminar esos pasos que todavía no había contado, y fue distinto. Buscó casi con desesperación en su cabeza, como si fuera un fichero, algo, un tema pendiente, un reproche, una reunión que debía cancelar, una reunión a la que no podía faltar, una preocupación concreta. Las fichas estaban en blanco, la gente a su alrededor hacía lo suyo, algún saludo al paso, una sonrisa, una mirada. Bajó la suya y se encontró con sus zapatos. Cincuenta y ocho pasos y cuatro dedos exactos, incluida la escalera. En esos últimos meses, sentado en su nuevo escritorio, mientras esperaba que el teléfono sonara, que alguien entrara e interrumpiera su paciente espera, o que un mail le dijera que otra vez era necesario para alguien, quien fuera, se preguntó muchas veces cuántos pasos habrán sido los que dio cada día de los últimos años desde que entraba en la empresa hasta el escritorio de su otra oficina, la que ya no era suya, la de Gerente General. Especuló que deberían ser más de sesenta y cinco y no más de setenta y uno. Sobre un papel, unos días atrás, había dibujado en escala la oficina completa y calculado los pasos aproximados. Pero no los había caminado. Porque ahora su camino, el que estaba andando esa mañana, llevaba a otro lugar. En el paso cuarenta y seis estaba el escritorio de Andrea, su ex secretaria, que hablaba por teléfono con alguien evidentemente muy insistente. El Tano la saludó, y en su afán de no interrumpirla ni interrumpirse, clavó la mirada en sus zapatos, cuarenta y siete, cuarenta y ocho, cuarenta y nueve, y no se dio cuenta de que Andrea, sin dejar de hablar al tubo, trataba de detenerlo con gestos que se perdían en el aire. Cincuenta y siete, cincuenta y ocho. Frente a la puerta de su nueva oficina, el Tano abrió su portafolio y buscó la llave. Revolvió entre sus papeles, era una de esas llaves chiquitas que no están pensadas para dar seguridad sino intimidad, y de la que Andrea tenía una copia. Tocó algo de metal, tal vez la llave pero no llegó a sacarla. La puerta se abrió desde adentro y le dio en la frente. El portafolio cayó al piso y se desparramaron los papeles. *«Oh, sorry!»*, dijo alguien en un inglés aprendido. La puerta quedó abierta y el Tano pudo ver adentro a otros tres hombres instalados en su escritorio. El escritorio estaba lleno de papeles desplegados. Pocillos de café. Calculadoras. Una notebook. Los hombres trabajaban. Alguno dijo algo en holandés, y los otros rieron. No hablaban de él. Ni siquiera lo habían visto. Sólo el que lo había golpeado. *«I'm so sorry.»* El Tano se agachó a juntar los papeles y se chocó con Andrea, que ya los estaba juntando detrás de él. «No tuve tiempo de avisarte.» El holandés también se agachó a ayudarlos. Los tres quedaron en cuclillas. «Son los nuevos auditores de Troost en Holanda, y me pidieron de Casa Central que los ubique en una oficina.» *«Nice place»*, dijo el que lo había golpeado mientras levantaba del piso el folleto de Maui y se lo alcanzaba al Tano. «Yo les dije que no había ninguna libre, pero insistieron, y llamó el abogado, dijo que te diga que habían arreglado por unos meses y pasó más de un año... tengo tus papeles en una caja... Si tenés que hacer llamados te dejo un rato mi escritorio. En serio, mirá que no hay problema.»

«*Nice place*», volvió a insistir el holandés con el folleto de Maui todavía en la mano.

31.

La primera invitación formal de los Llambías a los Urovich fue poco después de que Beto Llambías se enterara de que Martín estaba desempleado y con graves problemas económicos. Los invitaron a comer un chivito que él mismo había hecho traer del campo para la ocasión. Y los Urovich fueron puntuales: nueve y media estaban tocando el timbre de una de las casas más grandes y llamativas de Altos de la Cascada, con dos grandes columnas en la entrada, escalera de mármol que se ve a través de la puerta vidriada, y balaustrada en todas las ventanas. El chivito lo hizo un asador, y durante toda la noche dos empleadas acercaron y retiraron cosas de la mesa con la naturalidad de un actor que repite la misma obra durante varias temporadas. «Mario es un fenómeno», le dijo Beto aquella vez señalando al señor que trabajaba en la parrilla, «por cincuenta pesos te hace el mejor asado que hayas comido en tu vida, y vos no te tenés que preocupar ni por prender el carbón, ¿no es cierto, Marito?». Y Llambías levantó la copa hacia la parrilla pidiendo un brindis. «Que cada uno haga lo que sepa hacer, ¿no te parece?», y esta vez brindó con Martín.

A aquella primera invitación siguieron muchas, de todo tipo y costo, todas las imaginables. Torneo de Copa Davis en el palco oficial, salir a volar en el ultraliviano de los Llambías, recital de algún cantante extranjero, el que fuera, fin de semana en Punta del Este. Martín no estaba de acuerdo en aceptar tantos programas que ellos nunca podrían retribuir, pero Lala insistía, «hay que dejarse querer», decía, y esas salidas la ponían de tan buen humor que él terminó aceptándolas casi sin cuestionar. Así fue como los Urovich experimentaron por un tiempo la fantasía no sólo de que nada había cambiado sino de que su situación estaba mejor que nunca. A los pocos meses los dos matrimonios, más que amigos, parecían parte de una misma familia. Los Llambías ya no tenían hijos pequeños que vivieran con ellos, pero nunca tuvieron problema en integrar a los hijos de los Urovich cuando el programa lo aceptaba. Siempre les sobraba alguna empleada que se podía ocupar de ellos. Hasta les habían armado en su casa un cuarto con televisión y video para que los chicos no molestaran.

Durante tres o cuatro meses los dos matrimonios cenaron juntos todos los martes, iban al cine todos los viernes, y los sábados a la noche se juntaban en casa de los Llambías a ver una película en su *home theatre*. Sólo seguían respetando la noche del jueves, que Martín tenía comprometida en la casa del Tano, y Lala salía con las «viudas de los jueves» al cine.

Uno de esos sábados, Lala llegó con la película que Beto le había pedido que consiguiera, *Último tango en París*, a ella le sonaba, pero no la había visto. Le costó conseguirla; en Blockbuster no la tenían y no había muchos otros videos por la zona. Había tenido que ir hasta San Isidro. No sabía ni quién la dirigía ni quién actuaba, sólo el nombre. Y por la caja en el estante le pareció vieja y pasada de moda. Pero se lo había pedido Beto. La había llamado al celular. «Salvame, Lala, hoy necesito ver eso.» Y los Llambías eran siempre tan atentos con ellos que no se atrevió a fallarles. Dorita entró cuando Beto estaba a punto de poner la película. Fue a buscarlo y lo besó. Lo besó más efusivamente de lo que Lala estaba acostumbrada a verlos, y eso la puso incómoda. Ella y Martín no se besaban en público, y eran diez años más jóvenes y hacía mucho menos tiempo que estaban casados. Ninguno de sus amigos se besaba así en público. Vieron la película sentados en el sillón grande. Lala en una punta y Beto a su la-

do, demasiado pegado a ella, dejando un espacio a continuación que nadie ocupó. Martín dormitaba en un sillón
reclinable, detrás de ellos. Dorita iba y venía trayendo cosas de la cocina. Café, masas, más café, licor. Era evidente
que la película no le interesaba o la sabía de memoria.
Mientras tanto Brando le daba placer a su compañera en
la pantalla. Y ella a él. No se había equivocado cuando
pensó que se trataba de una película vieja, la imagen era
poco nítida, incómoda de ver. Beto se fue hundiendo en
el sillón, cada vez más recostado. Cuando le hacía comentarios sobre la película, se incorporaba apenas del respaldo
apoyándose sobre su pierna, y la miraba. Y ella no sabía
qué le decía, pero sentía que se apoyaba. En una de esas
oportunidades Beto dejó su mano en el muslo de Lala y
no la sacó más. Lala no se movió, y esperó, el calor de la
mano de Beto calentaba su pierna. Hasta que empezó a
acariciarla, ella se puso tensa y la corrió, él se detuvo y la
miró. Lala le sostuvo la mirada, simplemente porque no
sabía qué decir. No quería hacer un escándalo delante de
su marido, y le pareció que su mirada podía ser lo suficientemente clara. Pero no debe haber sido así, porque
Beto la siguió mirando, sonrió, y sin dejar de mirarla buscó otra vez su pierna y empezó a subir por su muslo. Dorita, que todo el tiempo había parecido ausente, trajo una
silla y se sentó frente a ellos, tapando la pantalla. Les sonrió, se acercó un poco más, y acompañó la mano de su
marido con la suya. Lala se paró como un resorte y fue a la
ventana. No se atrevía a mirarlos, ni a gritar, ni a salir corriendo. Sólo podía hacer eso, mirar por la ventana. Cuando pudo, giró apenas y los miró de reojo. Dorita y Beto se
besaban exageradamente en el sillón que antes ocupaba
ella. Martín seguía durmiendo en el sillón reclinable.

32.

Romina no sabe de qué trabaja Ernesto. Le pidieron en el colegio un *essay* sobre la actividad o profesión paterna. Pero ella no sabe. Sabe lo que le dicen, pero eso no es cierto. Lo llama a Juani. Él tampoco sabe. Se ríe, si tuviera que escribir sobre el trabajo de su padre sería muy sencillo para él. Sólo cuatro palabras. *My father doesn't work.* Pero no le pidieron ese *essay.* Se lo pidieron a Romina, y él trata de averiguar. Pero su madre, que sabe todo de todos, le contesta con evasivas. «Dale, mamá, ¿no lo tenés anotado en tu libreta roja?» Le dice que no, pero Juani no le cree. «Vos tenés anotado todo lo que pasa en La Cascada.» «Sabés la cantidad de cosas que no tengo anotadas y pasan. De la droga, por ejemplo, no tengo ni un renglón escrito.» Juani se enoja. «Qué jodida sos.» Da un portazo y se va a lo de Romina. Le va a fallar. Había prometido que lo averiguaría, pero no pudo. Ella le pregunta a Antonia. «Tu papá trabaja mucho, ¿no viste que se va muy temprano y vuelve muy tarde?», le dice. Pero no le dice de qué trabaja. «Tu papá trabaja mucho», repite, y se va. La respuesta de Mariana ya la conoce: «Papá es abogado». Por eso no intenta preguntarle. Todos en Altos de la Cascada creen que es abogado, pero ella sabe que no. Mariana también tiene que saberlo. Es su mujer. Pero Mariana miente. En un *essay* no se miente. Por lo menos no se miente con mentiras de otros, para eso inventa las propias. Su padre se hace llamar «doctor». Y no es doctor, como tampoco es su padre. Si alguien le hace una consulta jurídica le tira una o dos generalidades, dice que él en ese tema específico no está, pero que se lo va a averiguar. Y se lo averigua. Nadie sospecha. Doctor Ernesto J. Andrade, dicen sus tarjetas. Pensar que apenas si terminó el secundario. Eso sí lo sabe, porque una vez se le escapó a su abuela, a la mamá de Ernesto. «Le va tan bien, tiene tan buen pasar, y pensar que no pudo terminar el secundario.» Romina sabe que tiene una oficina en el centro, alguna vez fue. Con chapa de bronce en la puerta. Y una secretaria y dos abogados que trabajan para él, aunque tampoco está segura de que sean abogados. La chapa dice «Estudio Andrade y Asociados», y lo mismo dice la secretaria cuando atiende. El teléfono de Ernesto suena todo el día. Celular, la línea general de la casa, la línea reservada que tiene para «asuntos de trabajo». Un día Romina atiende la línea privada, y del otro lado le dicen: «Decile al hijo de puta de Andrade que se cuide el orto, que atrás de las barreras también se lo vamos a romper». No se lo dice, para hacerlo tendría que blanquear que atendió el teléfono que no debía. Y no cree que el orto de Ernesto esté en real peligro, por más que quieran no van a poder pasar por las barreras. Nadie puede, piensa Romina. Por un tiempo no atendió ese teléfono. Después se le pasó, o no hubo más llamados. No se acuerda.

Romina está frente a la hoja en blanco. Juani le sugiere que mienta. Ella duda. Pinta culitos color flúo. A algunos les dibuja una florcita como saliendo de la raya, y a otros corazoncitos en los cachetes. A Juani le causa gracia. Le pide que le regale el dibujo. Romina se lo regala. «¿Querés que mienta por vos?», le pregunta Juani. Romina dice que sí. Miente la mentira que todos quieren oír para que Romina no tenga problemas en el colegio. Escribe en idioma inglés: Mi padre es un prestigioso abogado, se dedica al derecho penal, civil y comercial. Tiene un estudio que lleva casos muy renombrados. Y sigue. Uno, dos, tres párrafos más. No importa mucho qué dice, a quién nombra, qué títulos usa, ni qué palabras. Total es todo mentira. Excepto esos culitos que Romina le regaló y él ya guardó en su bolsillo.

33.

El tema de los perros cimarrones empezó a sonar a principios del 2001. En marzo de ese año apareció la primera advertencia, en el boletín semanal del barrio que se entrega todos los fines de semana en la barrera de acceso. La nota la firmaba la Comisión de Medio Ambiente. «Ante la presencia de indeseables jaurías de perros cimarrones rogamos a los vecinos de Altos de la Cascada extremen los recaudos relacionados con el depósito de basura, utilizando a tales efectos recipientes cerrados con tapas que impidan la depredación.»

Para esa altura ya casi todos en La Cascada sabíamos de perros. Y mucho. Pero perros de raza. No cimarrones. Tuvimos que aprender. Algunos ni siquiera sabían con precisión qué quería decir la palabra «cimarrón». «Me suena a Martín Fierro», dijo Lala Urovich en la clase de pintura de los martes. Tampoco está hoy claro si la palabra usada era la correcta: se trataba de perros sin dueño, criados a la deriva, que entraban al barrio a buscar comida. Perros salvajes. No nuestros perros, los golden retriever, labradores de pelo corto, beagles, border collies, chow-chow, schnauzer, bichon frise, basset hound, weimaranen, las razas más vistas paseando por la vecindad con collar y chapa identificatoria con nombre y teléfono para casos de extravío. Algún dálmata comprado a fuerza de insistencia de un chico que vio la película de Disney. Pero pocos. Se sabe que los dálmatas quedan eternamente cachorros y rompen cuanto encuentran a su paso. Que los beagles machos lloran toda la noche como si le estuvieran ladrando a la luna en la campiña inglesa, y si uno no quiere problemas con los vecinos no tiene otra alternativa que cortarles las cuerdas vocales. No duele nada, dicen, un cortecito, y quedan afónicos. Que el chow chow te llena la casa de pelos. Que al bichon frise hay que cepillarle los dientes cada tanto porque te mata con el aliento. Que el schnauzer tiene mal temperamento. Y el weimaranen, ojos celestes pero un tamaño que dificulta la convivencia. Hay otras razas, pero no en La Cascada. Las que tuvimos en la infancia y olvidamos, las que pasaron de moda. Es difícil ver por la zona caniches, bull dogs, boxers. Tampoco collies como el de la serie *Lassie*, ni perros policías. Mucho menos salchichas, chihuahuas o pequineses. La mujer de Aliberti tenía un chihuahua que llevaba a todos lados adentro de su bolso Fendi. Probablemente no un Fendi auténtico sino esas imitaciones perfectas que trae Mariana Andrade por catálogo. Tés, torneos de burako, partidos de tenis. Un día hasta lo llevó a misa. «Pinscher enano», te corregía, «mirale los ojos, ¿no te das cuenta de que es mucho más lindo que el chihuahua?», se enojaba frente al perro asomando por el cierre abierto de su cartera.

De todos esos perros sabíamos. Y de cómo cuidarlos. Siempre alimento balanceado y de la mejor calidad. Eso garantizaba defecaciones duras como piedras, chicas, redondas, mucho más fáciles de levantar con la palita que cualquier otra. Libreta sanitaria con las vacunas al día. Garrapaticida y antipulgas. Un falso hueso de cuero para que muerdan. Un baño en la veterinaria cada quince días. Corte de uñas para que no rompan puertas o tapizados. Un entrenador por lo menos al principio, que le enseñe las reglas básicas de comportamiento. *Sit*, cuando tiene que sentarse. *Stop*, cuando tiene que detenerse. «No se sienta porque lo pronunciás mal, abuela», le dijo un día la nieta a Rita Mansilla. «No digas *siiiiit*, es *sit*, ¿entendés?, *sit*, cortito, *sit*.» Y Dorita quedó asombrada de «lo bien que aprenden inglés los chicos en estos colegios». Paseo dos o tres veces por día, para mantenerlo en línea y cansado. Es raro ver en Altos de la Cascada paseadores de perros como en las plazas de Buenos Aires. Los perros acá los paseamos los dueños, o nuestras mucamas. Pero generalmente los dueños. Igual que cuando hace muchos años la gente iba a la plaza los domingos con su mejor ropa a mirar y que la vean, las tardes de Altos de la Cascada se pueblan de vecinos paseando perros en ropa de entrenamiento, con zapatillas con colchón de aire para *running* o línea *sport brand*. O hasta en rollers si están bien entrenados, los perros.

Años atrás, cuando en Altos de la Cascada casi nadie vivía en forma permanente, quienes tenían perros y los traían los fines de semana se manejaban como si los hubiesen llevado al campo. Los soltaban a pastar. Los perros corrían libres sin que nadie se quejara. Eran familias acostumbradas a los animales, gente que mal que mal había pasado temporadas en el campo propio o de amigos. Que sabían qué hacer si un animal se les acercaba. Y éramos menos. Con la afluencia masiva en los años 90, las reglas cambiaron. Hubo que empezar a pensar en los demás. Porque los demás ya no eran los mismos de antes. El lema pasó a ser: mi perro puede molestar a mi vecino y yo tengo que hacerme cargo. Y la moraleja: porque si no me hago cargo mi vecino me denuncia y me multan. Hoy, si un perro camina sin dueño por La Cascada, quien se sienta agredido o inseguro, o simplemente fastidiado, hace la denuncia y la gente de Seguridad manda a un hombre de su personal para que se ocupe de capturar el animal y llevarlo a los caniles. Cuando puede; ningún agente de seguridad ha sido entrenado para capturar perros y casi todos los perros saben por instinto cómo deshacerse de quien quiere capturarlos. Pero si lo logra, si ese señor en bicicleta que se acerca al animal sin más herramienta que una soga atada a un palo con la que trata de enlazarlo, lo atrapa, el perro es llevado a los caniles del barrio. Allí pasa todo el tiempo necesario hasta que su dueño lo reclame. Los caniles son unas enormes jaulas cerca de la zona hípica del club donde los animales reciben el mismo alimento que el que recibirían en sus casas. Antes de retirarlo el dueño debe pagar una multa de ochenta pesos, y otros cincuenta pesos por día adicionales en concepto de guardería y alimento. Ante tamaño argumento, nadie desea que su perro se escape. Pero uno no se viene a vivir a cincuenta kilómetros de Buenos Aires para que su mascota termine encerrado como en un departamento o aferrado a una cadena por muy larga que sea. Como en Altos de la Cascada no está permitido cercar las propiedades si no es con plantas, y las plantas no detienen la marcha canina, aparecieron entonces los cercos invisibles, un sistema parecido al utilizado en el campo para que no se escape la hacienda. Se entierra un cable alrededor de toda la propiedad. Ese cable genera una descarga de 6 voltios a un elemento que se coloca en el collar del perro. Durante un tiempo se entrena al animal con banderines de colores, generalmente blancos o naranjas, clavados siguiendo el perímetro. Cada vez que el animal llega cerca de los banderines con el collar de descarga, el sistema primero emite un sonido y luego, si el perro a pesar del sonido avanza, le da una patada eléctrica en el cuello. El banderín no tiene función específica más que crearle al animal el reflejo condicionado de hasta dónde puede llegar. Luego, aunque se saquen por una cuestión estética ya que a nadie le gusta tener su parque bordeado de banderines, el animal ha hecho carne la advertencia y es muy raro que intente salir a precio de otra descarga. Un sistema ingenioso que vino a solucionarnos la vida a cambio de setecientos dólares.

De alambrados invisibles también aprendimos. Pero nos seguía faltando aprender de cimarrones. En un boletín del mes de mayo, la Comisión de Medio Ambiente fue aún más explícita. Otra vez titularon la advertencia «Perros cimarrones», pero esta vez lo escribieron con imprenta mayúsculas. «A pesar de los esfuerzos del personal de seguridad, los perros cimarrones son prácticamente imposibles de atrapar. Se movilizan en grupo, y ante la presencia del agente se escapan a gran velocidad. No se pudo determinar aún cómo se introducen dentro del ejido del barrio. Dado que no se ha encontrado pozo alguno ni alambrado averiado a lo largo del perímetro, se estima que los perros han entrado por la puerta de acceso al público general, por debajo de las barreras. Si bien sólo buscan comida y no han atacado todavía a ningún vecino, se recomienda mantenerse alejados de ellos. Por el momento, la única solución al problema es mantener la basura adecuadamente protegida, porque por ella vienen. Entran a buscar la comida que ya no encuentran en su hábitat natural fuera de Los Altos. Por eso se ruega a todos los vecinos que no dejen bolsas con residuos domiciliarios al alcance de estos animales. Se recomienda el uso de canastos de hierro con tapa, en donde introducir las mencionadas bolsas. Si el tramado del canasto permite que un animal rasgue la basura y la desparrame o introduzca su hocico a tal fin, se recomienda forrarlo con una malla de menor calado o poner una media sombra del lado interno, en lo posible del mismo color que el canasto. Cuidemos nuestra basura y alejemos a los cimarrones. De nosotros depende.»

Y a esa tarea nos abocamos. Si los cimarrones entraban a buscar la comida que no encontraban afuera, pues tampoco la encontrarían adentro. Los que no tenían canasto adecuado lo colocaron. Cuadrados, cilíndricos. Más chicos o más grandes. Empotrados en la misma columna que el medidor del gas. Escondidos detrás de arbustos. Verdes, negros o grises. Casi todos de malla metálica, algunos de madera, otros como urnas funerarias. Altos para que un animal no los alcance, o bajos para no tener que elevar las pesadas bolsas. La casa de los Llambías tenía dos: uno de malla calada para las bolsas comunes, y otro de chapa lisa para la basura que no querían que nadie viera. En la proveeduría del barrio ofrecían distintas varie-

dades de modelos y tamaños. A fines de junio salió un ins-
tructivo sobre «Lugares adecuados para instalar el canasto
de residuos domiciliarios, y características del mismo».

Y teniendo tacho con tapa para nuestra basura,
nos quedamos tranquilos.

34.

Gustavo se levantó a las nueve y media, como todos los sábados. A las diez tenía partido de tenis con el Tano. Miró por la ventana y vio que la camioneta de Carla ya no estaba. Buscó la ropa de tenis en su vestidor. Estaba lavada y planchada, doblada prolijamente en el estante correspondiente. Donde Carla la dejaba todos los sábados, para que él no tuviera que ponerse a buscarla y se enojara porque llegaba tarde al partido. Se vistió. Se ató las zapatillas más ajustadas que de costumbre. Por qué se fue tan temprano si la inmobiliaria abre a las diez. Bajó a desayunar. Sobre la mesa lo esperaban el individual, la taza limpia, el termo con café, el diario, la azucarera, el dulce de durazno que comía todas las mañanas, y las tostadas en la panera de ratán, envueltas en una servilleta blanca. Abrió la servilleta, todavía estaban tibias. Con la mano apoyada sobre el pan caliente, calculó que Carla debía haberse ido no más de diez minutos antes. Lamentó no haberla oído. Ojeó el diario sin prestarle atención. Miró el reloj. Las diez menos cuarto. La llamó al celular. Estaba apagado.

Llegó a la cancha unos minutos tarde. El Tano se lo reprochó. Qué necesidad tenía ella de trabajar también los fines de semana. Qué necesidad tenía de trabajar. Si él aportaba lo que necesitaban para vivir como vivían y más. Empezó jugando de compañero con el Tano, como todos los sábados. Pero erró demasiadas pelotas. El Tano se fastidió, después del primer set pidió cambiar las parejas. Empezaron otro set. Sí, él entendía que una inmobiliaria, sobre todo de *country,* trabaja más el fin de semana que durante la semana. Cómo no lo iba a entender él, que tu-

vo que inventar todo ese cuento del celular perdido de
Virginia para conseguir que ella lo atendiera un día de semana. Era urgente conseguir una casa donde mudarse
cuanto antes, y las urgencias no entienden de días hábiles
o feriados. No quería seguir viendo a los que lo criticaban o
lo compadecían porque no podía controlarse. Le llena-
ban la cabeza a Carla, y así no iban a solucionar nada.
Ellos lo iban a solucionar juntos, sin que nadie se metiera.
Se lo había jurado a ella. Se lo había jurado a él. ¿Pero estaba mal querer que sábado y domingo la mujer de uno
esté en su casa?, se preguntaba en medio de un saque que
no pudo contestar. Ella tenía que entenderlo. Sonó un teléfono en medio de un tanto. Era el celular de Gustavo.
Corrió al banco a atender. No era Carla. Cortó enseguida.
Iba a entrar otra vez a la cancha pero volvió y chequeó los
mensajes. El Tano se puso a practicar saques para sacarse
el veneno por la interrupción. Gustavo perdió el siguiente set, y el siguiente. Los perdió él solo, aunque fueran dobles. El Tano casi no le habló. No se quedó a tomar una
Coca después del partido. «Estoy muy preocupado, hay
algunos problemas en el trabajo.» «Se nota», dijo el Tano,
de mal humor.

    Entró en la casa. Fue a la cocina. Se sirvió agua he-
lada. Dos vasos. Tomó uno detrás del otro, casi sin respirar. Volvió a llamar a Carla. El celular seguía apagado.
Llamó a la oficina de Virginia. «Carla salió a mostrarle
una casa a un cliente.» Carla en el auto de un cliente. Un
hombre. «Sí, le digo que llamaste.»

    Se duchó. El agua más caliente que lo aconsejable
le dolió sobre la espalda. Almorzó. Solo. Sin vestirse, con
la toalla anudada en la cintura, descalzo. Puso los platos
en la pileta. Subió a vestirse. Dejó otro mensaje. «Llamame.» Abrió la puerta del vestidor de Carla, pero no entró.
Se vistió. Prendió el televisor. Lo apagó. Bajó. Regó las
plantas. Limpió la pileta. A más tardar a las cinco Carla estaría de vuelta. Habían quedado en que sólo trabajaría

hasta esa hora. Cinco y media llamó otra vez al celular. Seguía apagado. Esta vez no dejó mensaje. Subió al cuarto. Otra vez prendió el televisor. Miró una película empezada. Le parecía que ya la había visto. Ya la había visto. Se metió en el vestidor de Carla. Recorrió su ropa, percha a percha. La olió. La acarició. Se quedó detenido en la pollera de seda marrón que se había puesto para su último cumpleaños. El de Gustavo. Era suave, olía a ella, hundió la cara en la tela. Con qué otro cliente estaría ahora. Suspiró sobre la seda marrón. La dejó. Jugó a deducir qué se habría puesto esa mañana. Faltaban los zapatos negros de taco que le había regalado para el último aniversario. Unos zapatos demasiado arreglados para subir y bajar de un auto mostrando casas. Y la camisa de liencillo blanca, la que le dejaba traslucir el corpiño. Revisó otra vez las perchas. No podía ser que se hubiera puesto esa camisa. Corrió las perchas con violencia. Otra camisa se deslizó por la madera y cayó al piso. La pisó y siguió buscando la de liencillo blanca. No la encontró. En el último estante, cerca de la ventana, el celular de Carla se cargaba en un enchufe.

Bajó y se preparó un café. Negro, muy cargado. Lo llenó de azúcar. El café se enfrió en la taza. No se puede haber puesto esa camisa y esos zapatos para mostrar casas y terrenos. Llamó a la inmobiliaria. Cortó. Si Virginia sabía y la estaba encubriendo lo único que faltaba era que lo tomara por pelotudo. Sonó el teléfono. Corrió a atender. Estaba cerca, pero corrió. Era el Tano. «¿Querés jugar mañana? Me quedé caliente con el partido de hoy.» «Bueno, dale.» «¿Te pasa algo?» «No...» «¿Seguro?» «Seguro. Mañana nos vemos a las diez.» «Esta noche nos vemos en lo de Ernesto Andrade, ¿no te acordabas?» «Sí, me acordaba.»

Cortó y subió otra vez. Entró en el vestidor. Encendió el teléfono de Carla, verificó las llamadas que había hecho ese día y el anterior. La inmobiliaria. Su propio celular. La casilla de mensajes. La guardia de Altos de la Cascada. La inmobiliaria otra vez. Un número desconocido. Lo marcó, esperó que atendieran. «Cines Village, buenos días...» Cortó. Otro número desconocido. Marcó, atendió una voz de hombre. Lo dejó decir hola varias veces, pero no la reconoció. Podía ser un cliente de la inmobiliaria, o no. Sólo sabía que era un hombre. Tal vez alguno de aquellos con los que chateaba Carla a la madrugada cuando se levantaba con insomnio, aunque ella negara que chateaba, aunque él le agarrara la mano sobre el *mouse,* la retorciera, y doblara su brazo sobre su espalda hasta que se quejara de dolor. Salió al jardín. Regó el pasto. Otra vez limpió la pileta; el viento había desparramado algunas hojas. Nunca le había gustado Virginia Guevara. Ronie sí, pero ella le daba desconfianza. Preguntó demasiadas cosas aquel día que le alquiló la casa. Hizo comentarios estúpidos. Mintió, no se acordaba en qué, pero sí que mintió. Como podría estar mintiendo ahora. «Le avisé que llamaste, ¿no te llamó? Es que sorprendentemente estamos con mucho trabajo hoy. Salió el sol y todo el mundo se quiere venir al *country.*» Salió con el auto a dar vueltas por La Cascada. Barrió todas las calles en forma horizontal y vertical, los *cul-de-sac,* otra vez las calles horizontales. No la encontró. Cualquiera de esos autos estacionados frente a cualquiera de esas casas podría ser el del señor al que su mujer sonriente con los zapatos de taco negro y la camisa de liencillo transparente le estaba mostrando un dormitorio. Volvió a su casa. En una esquina casi choca con Martín Urovich, pero levantó la mano y siguió. Las siete. Entró en la cocina. Fue al bar. Se sirvió un whisky. ¿Y si en lugar de estar en La Cascada mostrando casas fue al cine con alguien? Salió al jardín otra vez. Pateó una rama caída junto al camino de quebracho. Primero al cine, ¿y después? Volvió a entrar. Subió al cuarto. Revisó las llamadas entrantes del celular de Carla. Las había borrado. ¿Por qué las borró? Se sirvió otro whisky. Salió con el vaso al jardín y se tiró en la reposera. Lo bajó de un trago. Entró a buscar la botella. Todavía quedaba para tres o cuatro whiskies más. La dejó en el piso, junto a él. ¿Y después qué? Eran las siete y media, y no lo había llamado en todo el día. Ni siquiera le importa cómo estoy, pensó. Sacudió la botella sobre el vaso, cayeron dos gotas y ya no salió más. Entró en la casa y buscó otra. La abrió. Le costó abrirla. Sintió el ruido de un motor en la entrada de la casa. Se asomó por la ventana. Alguien que usaba su entrada para hacer una maniobra. Alguien. No Carla. Recordó que Carla estaba linda ese último tiempo. Más linda que de costumbre, bronceada, dura de hacer gimnasia. Con la camisa de liencillo transparente. Salió otra vez al jardín. Caminó hacia la pileta. El agua se movía con el viento, pero no habían caído más hojas. Se tiró otra vez en la reposera. Sonó el teléfono. Se levantó a atender y en el apuro tiró la botella. Corrió a la casa. «¿Los pasamos a buscar para ir a lo de Ernesto?», dijo el Tano del otro lado. «No, dejá...» «¿Vos estás bien en serio?» «Sí, quedate tranquilo.» «¿Van más tarde?» «No sé.» «¿Cómo que no sabés?» «No sé, Tano, todavía no sé.»

Subió otra vez al cuarto, se metió en el vestidor de Carla. Se sentó en el piso. Se quedó mirando sus ropas, sospechó que la combinación de colores y texturas colgando de las perchas escondía un mensaje a descifrar. Habló con ellas. Por qué me hace esto. Estrujó un vestido de flores amarillas. Vació el vaso en su garganta. Yo no me lo merezco. Desabrochó una camisa negra haciendo saltar todos los botones. Agarró las perchas, cualquiera, de a dos, de a tres, y las estampó contra la pared del fondo. Los caños y los estantes quedaron vacíos, y en el medio de ese vestidor angosto, él, solo, borracho, rodeado de telas de colores y perchas. Lloró. Se arrodilló y lloró abrazado al vestido floreado. Cuando no tuvo más lágrimas, se secó la cara con el mismo vestido. Abrió la puerta del vestidor de una patada que quedó marcada en la pared y salió. Al parque. Los grillos de la noche lo aturdieron. El cielo, más lleno de estrellas que nunca, le pesaba sobre la frente. Un motor sonaba en la entrada de la casa. Pero esta vez no fue a ver, intentó levantarse de la reposera pero le llevó demasiado tiempo. El motor se detuvo. Se oyó el golpe de la puerta del auto al cerrarse y enseguida apareció Carla por el camino de listones de quebracho. Apurada. Linda. Dura de tanta gimnasia. Despeinada. ¿Por qué está despeinada? Pisaba sobre la madera para que los tacos de los zapatos negros no se le hundieran en el pasto recién regado. Primero al cine, ¿y después? No llevaba la camisa de liencillo. Llevaba otra, de color fuerte, amarilla o naranja, que la oscuridad de la noche no dejaba ver bien. «Hola», dijo. La miró avanzar parado junto a la reposera. «Se me hizo un poco tarde.» La miró avanzar. «¿Hoy tenemos lo de Andrade, no?» Gustavo avanzó hacia ella. Lento, tambaleándose un poco. «Me olvidé el celular.» Se detuvo frente a ella. Linda. Bronceada. Despeinada. ¿Y después? Ella amagó darle un beso en la mejilla, pero un instante antes de hacerlo, Gustavo, con el puño cerrado, le acertó un golpe en la mandíbula. De abajo hacia arriba.

35.

El Comité de Disciplina cita a Mavi y a Ronie. No
por ellos. Por Juani. Nadie menciona la droga. Ni la lista.
Ni los fumancheros. La carpeta está caratulada «Exhibicio-
nismo en lugares de uso común». Con otros dos amigos se
habían bajado los pantalones frente al mástil. El sábado a
la madrugada, después de una fiesta. Y había chicas, aclara
el informe. «Chicas que aplaudían», dice Juani más tarde,
cuando Mavi y Ronie le piden explicaciones. «Ni se te ocurra contestar eso cuando te pregunten», advierte Ronie. El
Comité les tomaría declaración, y si los encontraran culpables aplicarían la sanción correspondiente. «¿Culpables de
bajarnos los pantalones? ¿Entre nosotros? ¿Es una joda, o
me están hablando en serio?» «Parece que no sólo estaban
ustedes, porque alguien los denunció.» «Hay que estar al
pedo en la vida.» «Eso tampoco lo digas cuando declares.»
«¿Y qué tengo que decir?»
    En una semana los citan. Los escuchan. Evalúan el
caso. Si el comité los declara culpables, tiene que definir
una sanción y proponer dos opciones: opción uno, suspensión, el infractor no puede hacer deporte ni usar las
instalaciones comunes por el tiempo determinado; opción
dos, pagar una multa y mantener el libre acceso a las instalaciones sociales y deportivas «para que el sancionado y
sus amigos no anden vagando por ahí con los problemas
que el ocio trae». Si se elige la opción dos, entonces, el padre paga la multa y el hijo evita la suspensión.
    Mavi y Ronie hablan con Juani varias veces antes del
día del interrogatorio. Lo interrogan ellos antes para evitarle
dudas, vacilaciones. Practican, le dan indicaciones. «Fue una

broma, no sabías que había chicas, no quisiste molestar a nadie», recita Ronie. «¿Habías tomado algo? ¿Habías fumado algo?», pregunta Mavi. Ronie la mira mal, Juani no contesta. Ella repite la pregunta a pesar de ellos, ella sabe qué van a preguntar. «Cerveza», dice Juani, de mal humor, «pero no estaba borracho». Mavi llora. «¿Mamá, nunca tomaste cerveza?» «Nunca me bajé los pantalones delante de nadie.» «Yo sí», dice Ronie, y ahora es ella la que lo mira mal. «Habías fumado», vuelve a decir, como si lo anterior no hubiera existido. «Mamá, era una joda, ¿nadie puede entender eso?» Y ella no entiende. Ni escucha. Ni sabe ya nada.

El Comité de Disciplina lo componen tres socios. Se ocupan de cualquier infracción denunciada que se cometa dentro del barrio. Y siempre se habla de infracciones y no de delitos. Porque, técnicamente, en Altos de la Cascada no los hay. Excepto que fuera cometido por personal de maestranza, domésticas u otro tipo de trabajadores, pero entonces la cosa va por otros carriles. Si se trata de los socios de La Cascada, si alguno de ellos, o sus hijos, o parientes o amigos comete un delito, no se hace denuncia formal ante ninguna autoridad fuera de las barreras del barrio. Se trata de resolver lo que sea puertas adentro. Barreras adentro. Robos, choques, agresiones, por el Comité de Disciplina pasan todo tipo de infracciones. Y siempre se resuelven, porque hay buena voluntad. Si uno se trenza en una pelea con alguien cualquiera en una calle, un bar, un cine, y lo lastima, puede terminar en la cárcel. Pero si la pelea es con un hermano, en el jardín de su casa, seguramente no, a nadie se le ocurriría resolver el asunto fuera de los límites de esa casa y esa familia. Funciona de la misma manera. Altos de la Cascada es una gran familia con un gran jardín. Y como tal, la misma familia juzga la infracción y pone el castigo. A través de la Comisión de Disciplina. La justicia del país, la externa, la que está afuera, en los tribunales, en el Palacio de Justicia, casi nunca llega a intervenir. En los delitos de acción privada, al no haber denuncia, no hay delito. Y en los de acción pública, el que podría ejercer la acción no se entera. O no se da por enterado. En Altos de la Cascada nadie denuncia nada en una comisaría. No sólo no es costumbre, sino que está muy mal visto. Se arregla todo rejas adentro. Se denuncia en la administración del *country*, juzga el *country*, sanciona el *country* o perdona el *country*. La policía tampoco entra, la de verdad, ni la Bonaerense ni la Federal, sólo entran los vigiladores que pagan los socios. Eso también tiene sus contras, los chicos se sienten con demasiada libertad y fuman marihuana en el salón de los jóvenes o en las canchas del fondo. No necesitan esconderse más que de sus padres. A veces ni siquiera eso. Ellos, como los adultos, saben que lo peor que les puede pasar, hagan lo que hagan, es que les labren un acta y tengan que declarar en la Comisión de Disciplina. Como le va a pasar a Juani por bajarse los pantalones. «¿En serio voy a tener que ir a declarar?», pregunta. «Sí.» «Qué manga de farsantes...» «Acá no se trata de ellos sino de vos», le dice la madre y llora. «Se trata de todos», dice el padre. «¿Y qué es lo que quieren que les diga?», pregunta él y en un mismo acto se responde, «me bajé el pantalón, sí, *okey,* eso tengo para decir, pero no puedo decir ninguna otra cosa que esos tres viejos pelotudos puedan entender». Juani va y declara. Sus amigos también. A Juani lo suspenden. Nadie lo dice, pero en su carpeta hay una copia de la lista de Chicos en Riesgo. El padre de Marcos prefiere pagar la multa. A Tobías no le aplican ni sanción ni multa, negó que hubiera estado esa noche en el *country* y presentó tres testigos. Su padre es abogado.

36.

Un jueves, uno de esos jueves en que por la noche nuestros maridos se juntaban a jugar a las cartas y a comer, el Tano llamó. Pero no pidió hablar con Ronie sino conmigo. Me invitaba a cenar con ellos a su casa. A mí, a Carla Masotta y a Lala Urovich. Con Teresa, obviamente. «Las viudas de los jueves», como él nos llamaba. En tantos años, era la primera vez que íbamos a compartir una noche de jueves de nuestros maridos. Le conté a Ronie y se sorprendió, él tampoco sabía. «Está medio raro el Tano últimamente», dijo. No lo había notado, desde hacía un tiempo toda mi atención estaba puesta en Juani y el resto del mundo se me había convertido en fantasmas que pasaban a mi lado, incorpóreos. Gracias a Ronie había pasado de la agresión desenfrenada a una conmiseración de mí misma, que tampoco sabía si era lo mejor para mi hijo, pero que podía disimular mejor. Lo que todavía no lograba controlar era mi compulsión a espiarlo y a revisar sus cosas. Tampoco tenía claro si no estaba bien que lo hiciera. «¿No viste que el Tano se dejó la barba candado?» «¿Y eso qué tiene que ver?» «Y toma sol.» «Querrá verse bien.» «Eso es lo raro, si él siempre se vio bien», concluyó mi marido.

Mi temor era que la cena fuera de desagravio por «la vergüenza no sólo de cargar con un hijo drogadicto, sino de que para colmo lo sepamos todos», como se había compadecido Teresa cuando se me apareció en la inmobiliaria a los dos o tres días de su inolvidable llamado telefónico para ponerme al tanto de la situación de riesgo en que se encontraba mi hijo. La llamé, si iba a ser así prefería mentir una enfermedad a terminar padeciéndola. Ella tampoco sabía nada, estaba tan sorprendida como nosotros. «Dice que tiene algo que quiere compartir conmigo y con ustedes, pero no larga prenda.» Me sentí aliviada, sabía que mis penas no eran prenda para compartir en una cena de amigos, si es que eso éramos.

A las nueve en punto llamamos a la puerta. Nos abrió Teresa, llevaba un vestido de seda negro, casi largo hasta el piso, y el collar de perlas españolas que el Tano le había regalado para el último aniversario. «No sabía que era de gala», dije, sorprendida, metida dentro de mi jean y mi *twin set* de hilo de dos temporadas anteriores. «Yo tampoco, el Tano me eligió la ropa, y no aceptó ningún cambio. Estoy empezando a preocuparme», bromeó.

Ronie avanzó hacia la cocina con las botellas de vino que habíamos llevado. Nosotras lo seguimos unos pasos atrás. «Syrah», le oí decir cuando le entregó las botellas al Tano. «Se me hace que viene de anuncio de viaje o algo así», me susurró Teresa confidente, «estuvimos hablando de ir a Maui, pero para mí que armó algo más gordo, puede ser, ¿no?». Le contesté que sí, pero sin mucha convicción. Me resulta fácil meterme en la cabeza de alguien, adivinar qué piensa o qué siente. Es algo que en mi profesión me ayudó mucho. «Entender qué casa quiere comprar un cliente, y que esa casa no tiene que ser la misma que yo compraría, ahorra tiempo y malos entendidos», anoté en mi libreta roja después de padecer una venta. Pero el Tano siempre me resultó inexpugnable, casi tanto como mi Juani, y aunque por momentos me parecía que podía entenderlo, enseguida sospechaba que hasta esa supuesta empatía era producto de su deliberado engaño.

En la cocina el Tano preparaba *tandoori chicken* para sus invitados. Se había puesto delantal blanco y gorro de cocinero. Tenía razón Ronie, estaba raro. Pero no era la barba candado, ni el bronceado. Era la exageración de sus gestos. Por momentos parecía que hasta contaba sus propios pasos. El Tano, aunque contundente y firme, siempre fue un tipo medido, contenido. Si quería imponerse lo hacía en voz baja, no necesitaba gritar. No necesitó gritar el día que llegó a La Cascada y dijo «quiero ese terreno». Si estaba feliz, compartía un Pomery con sus amigos, y si estaba mal los dejaba plantados. O los humillaba. Pero no se reía a las carcajadas, ni los abrazaba, ni lloraba. Y esa noche parecía que podía terminar haciendo cualquiera de las tres cosas.

Esperamos que llegaran todos para pasar al comedor. Nos habían servido champán y el alcohol con el estómago vacío me produjo un mareo. Me acerqué al ventanal. Un relámpago atravesó el cielo y unas gotas pesadas rompieron la serenidad del agua de la pileta. El *deck* de madera se llenó de manchas húmedas. El olor a tierra mojada se mezclaba con el aroma que llegaba desde la cocina. La empleada terminaba de acomodar la entrada sobre la mesa. Unas copas de centolla y langostinos con palta que también había preparado el Tano. «No insistan, no doy recetas», dijo y le hizo una seña a la empleada que no entendí, pero ella sí, porque se fue rápidamente y con la cabeza gacha. Aunque el jueves era su día de franco, el Tano le había pedido que se quedara porque «vienen las viuditas», aunque no creo que la mujer haya entendido el chiste. Las famosas viudas del barrio son las «viudas del golf», a las que sus maridos abandonan todos los fines de semana por lo menos cuatro horas para hacer los dieciocho hoyos de la cancha. Nuestro apodo, inspirado en ellas, era algo más privado, y no habría salido nunca de nuestro propio círculo si no hubiera sido profético.

Como siempre, las mujeres nos ubicamos todas juntas en una mitad de la mesa y dejamos la otra mitad para ellos. La mesa de cerezo del Tano es la mesa más grande que vi en mi vida. Normalmente entran doce personas, pero pueden apretarse y entrar hasta dieciséis. «Esta vez los quiero mezclados», dijo el Tano. Ronie me miró con complicidad. Que el Tano estuviera dispuesto a conversar con alguna de nosotras no dejaba duda de que nada era como hasta entonces. «Un aplauso para el asador», bromeó Gustavo cuando promediaba el segundo plato, sin que el Tano hubiera hecho ningún anuncio. «¿*Tandoori* es el nombre de alguna especie?», preguntó Lala. «Especia», corrigió Ronie por lo bajo, pero no le contestó. Ni él ni nadie. Algunos porque no sabíamos, otros no la habrán escuchado. El Tano seguramente porque lo fastidiaba. De todas las mujeres, a la que él menos respetaba era a Lala. «¿Puede haber tanta idiotez en el cerebro de una sola persona?», le había dicho el Tano una noche a Ronie, cuando ella intentó participar de una asamblea donde discutían las prioridades a asignar en el presupuesto del año entrante e insistía con darle una partida significativa a la erradicación del clavel del aire. «Debe ser una especie, ¿no?», se contestó ella misma. Carla casi no habló en toda la noche. Había estado faltando a la inmobiliaria. Hacía más de una semana que no venía. Insistía que había tenido una gripe mortal y que todavía se sentía débil, pero no le creí. Parecía triste, apagada. «Cansada», me contestó cuando le pregunté si se sentía bien. Pero el tapaojeras que usaba sobre los pómulos no alcanzaba a disimular del todo la carne morada.

Antes del postre el Tano se paró en la cabecera de la mesa y con el tenedor golpeó su copa. «Qué poco respeto», se quejó, «en las películas, cuando alguien hace esto se callan todos». «¿Y vos le creés a las películas, Tano?», preguntó Gustavo, «*this is real life,* Tanito, *real life*». Se rió, todos nos reímos sin saber muy bien de qué. «Amigos, amor», le dijo a Teresa, «quiero compartir con ustedes una decisión muy importante que tomé». «Dejás el tenis...», bromeó Ronie. «Eso nunca. Dejo Troost», contestó él. Y hubo un silencio. El Tano mantuvo su sonrisa. Teresa la suya, pero hueca y con los ojos exageradamente abiertos. Los demás no sé, estaba demasiado preocupada por mí misma, me costaba entender, fue un instante en que mis neuronas buscaron entre las burbujas de champán qué era ese Troost que había dejado a todos paralizados como si el Tano fuera cura y hubiera dicho que dejaba los hábitos. «Te ofrecieron otra cosa...», logró decir Teresa, todavía sonriente, asumiendo que su marido daría un nuevo salto en la pirámide laboral. «No, no», contestó él muy tranquilo. «Me harté de la relación de dependencia. Soy un desocupado más», se rió. A Teresa no le causó gracia el chiste. «Cuidate, Gustavito, que parece que el tema es contagioso», le advirtió el Tano. Martín Urovich pareció sonrojarse, pero no sé, tal vez me pareció a mí, tal vez sentí que debía haberlo hecho, que yo me hubiera sonrojado en su lugar. Tal vez me sonrojé yo por él. O por Ronie, que también era un desocupado, aunque se engañara pensando que vivía de rentas, cuando esas rentas eran muy inferiores a los gastos que producían. «No, por favor, que yo fuera de una corporación no existo, necesito mi *big father*», contestó Gustavo tardíamente. Y Martín Urovich dijo: «Nosotros estamos evaluando irnos a Miami». «¡Dejate de boludeces!», le contestó el Tano. «Nosotros nos vamos a Miami», dijo Lala. El Tano, sin mirarla, le dijo a Martín: «¿Estás hablando en serio?». Martín negó con la cabeza. A Lala se le llenaron los ojos de lágrimas y se fue al baño. «¿Alguien quiere más *tandoori*?», preguntó Teresa. «¿Estás contento?», le pregunté a Martín, pero me contestó el Tano. «Feliz», me dijo. «Hace tiempo que lo vengo planeando, estoy harto de hacerle ganar plata a otros, la quiero toda para mí.» «¿Y qué pensás hacer?», le preguntó Ronie. «Todavía no sé, tengo muchos proyectos, y por suerte me dieron una muy buena gratificación de salida, así que con plata en el bolsillo pensaré tranquilo en cuál me meto primero.» «Estaba todo fríamente calculado...», dijo Gustavo. «Fríamente calculado», le contestó. «Antes de ningún proyecto, acordate de nuestro viaje a Maui», le recordó Teresa. «Ése va a ser mi primer proyecto», dijo el Tano, y la besó. Fue la primera vez que vi al Tano besar en público a su mujer. A ella también la sorprendió, estoy segura. Y luego pidió un brindis. Levantamos las copas y esperamos que el Tano dijera en nombre de qué las chocaríamos. El tiempo de silencio con las copas en alto pareció demasiado largo. «Brindemos... por la libertad», dijo, pero enseguida se corrigió. «No, no, mejor brindemos por la *real life*... Eso, por *the real life*.» Y los cristales se encontraron en medio de la mesa. Los mismos cristales que aparecieron junto a la pileta, esa noche de septiembre en que la profecía de las viudas de los jueves se cumpliera para tres de nosotras. Las copas que el Tano sólo usaba para ocasiones especiales. Como ésa.

37.

En La Cascada Romina se siente una extraña. Juani también se siente un extraño. Por eso debe ser que se sienten tan bien el uno con el otro. Y que planean irse juntos a recorrer el mundo, algún día, cuando terminen el colegio. A él no le gusta el deporte, se pasa horas encerrado escuchando música o leyendo o vaya a saber haciendo qué. Y para los adultos de Altos de la Cascada eso es extraño. Romina también pasa mucho tiempo encerrada en su cuarto. Pero además ella tiene la piel oscura. Es inútil negarlo. Ni siquiera Mariana lo niega, se lo dice a quien quiera escucharla. Es adoptada. La obliga a tomar sol con protección cincuenta. «Aunque sea en las rodillas, si parecen dos carbones a esta altura del año qué te espera para el verano.» Pedro también es oscuro, pero no tanto como ella, a veces Romina sospecha que Mariana le dio algo para blanquearle la piel. Una vez descubrió que le lavaba el pelo con manzanilla y desde entonces le prohibió que entrara al baño de su hermano. Pedro se viste como a Mariana le gusta, y habla como ella quiere que hable. Entonces Mariana actúa como si Pedro hubiera sido engendrado en su cuerpo, como si nunca nadie le hubiera dicho que sus huevos estaban vacíos. Y Romina la odia por eso, porque con esa mentira le roba mucho más que un hermano.

Romina y Juani se encuentran todas las noches. Después de comer se van a sus respectivos cuartos, cierran la puerta y se escapan por la ventana. Desde que Romina se cortó la pierna con aquella botella de cerveza tiene que dar demasiadas explicaciones cada vez que quiere salir con Juani de noche. Por eso se escapa, sin decirle a nadie. Se juntan a mitad de camino. A veces en el paso peatonal del hoyo 12. A veces frente a la araucaria de la rotonda. Salen a dar una vuelta. A través de la ventana de sus cuartos la noche quieta, cuando nadie anda dando vueltas por las calles de Altos de la Cascada, se ve demasiado linda. Da pena irse a dormir. Los días de luna llena se ilumina de plata la copa de los árboles más altos, se pintan. Parece que la luna brillara más que en la ciudad. El aire se siente menos contaminado. Y el silencio. Lo que más les gusta a Romina y a Juani de sus salidas nocturnas es el silencio. El único ruido que se escucha es el canto de los grillos y las ranas. Unas ranas diminutas y casi transparentes que no dejan de croar en toda la noche. A los dos les gusta el verano. Y los jazmines. A Romina más que a Juani, es su flor preferida y ella le enseñó a descubrirla entre los aromas nocturnos.

Caminan. Patinan. Espían. Romina y Juani salen a rondar de noche. Llevan sus linternas. Lo hacen desde chicos, y es una de las pocas cosas que los sigue entusiasmando a sus diecisiete años. Eligen una casa, un árbol y una ventana. Y espían. Ya no se asombran tanto como al principio. Confirman lo que ya saben. Saben que el marido de Dorita Llambías se acuesta con Nane Pérez Ayerra. Los vieron la noche de la fiesta aniversario del club. En la cama de ella. Todos los adultos estaban bailando en el salón de fiestas. Menos ellos. Al rato se vistieron y cada uno salió en su camioneta, seguramente a juntarse con el resto. Saben que Carla Masotta llora por las noches y que Gustavo estalla botellas de vidrio o platos contra la pared cuando se enoja. Saben que es mentira que el hijo más chico de los Elizondo se rompió el brazo cayéndose de un árbol. Ellos vieron cuando una noche, después de llorar y llorar porque sus papás lo habían encerrado en el cuarto, abrió la ventana, sacó el mosquitero y empezó a caminar por el techo de tejas. Tres pasos apenas y se cayó. También ven gente que duerme tranquila. Familias que cenan en aparente cordialidad. Chicos en la computadora o mirando televisión. Pero eso no los entretiene, no es eso lo que buscan. Porque no les creen. O les creen, pero no los entienden. Hay noches en que espiar una sola casa ya es suficiente, y noches en que van de árbol en árbol sin encontrar lo que buscan. Romina y Juani no saben qué buscan, pero sí que en un momento, en una rama, mirando a través de una ventana, el juego se acaba, ya está por esa noche, ya no hace falta seguir mirando.

Caminan. En la casa de Willy Quevedo se escucha música. Él también debe estar despierto. La luz de su cuarto está apagada pero hay un resplandor. La pantalla de la computadora seguramente. Debe estar chateando. Romina se quiere quedar a mirarlo; le gusta Willy, todavía piensa en él a pesar de lo que le hizo. Transó con Natalia Berardi mientras salía con ella. Pero Juani se la lleva para otra parte. Doblan en la primera esquina. Se suben a otro árbol. El papá de Malena Gómez se pone horquillas en el pelo para dormir. Lo descubre Romina por la ventana de su baño en suite. Y redecilla. Juani al principio no lo cree. Pero se acercan con el *zoom* de la cámara que Romina le roba todas las noches de ronda a su padre. Romina lo obliga a mirar. Usa redecilla. El papá de Malena entra al baño y se pone a mear, con la ventana abierta y la luz prendida. Con redecilla y horquillas.

En Altos de la Cascada nadie se cuida de que lo vean los vecinos. Los vecinos están muy lejos. En algún sitio detrás de aquellos árboles. Quién se va a imaginar que hay alguien espiándolo desde el roble de su propia casa.

38.

Cada uno pegó, a su turno, con su madera 1 en la salida del hoyo 9. El último hoyo que iban a jugar esa mañana, un hoyo par cuatro. Hasta esa salida llevaban los dos la misma cantidad de golpes anotados en su tarjeta. Una semana atrás Alfredo Insúa había invitado al Tano a jugar al golf. Y el Tano había aceptado. Era un deporte que no le gustaba demasiado y en el que no se destacaba como en el tenis, pero Insúa era un compañero de línea que nadie que valorara los buenos contactos se atrevería a despreciar. Hacía tiempo había superado el episodio del plato con mierda que le había dejado su mujer anterior, y se pavoneaba tranquilo con la nueva los fines de semana. «Sólo nueve hoyitos, Tano», le había dicho, «porque a media mañana tengo que estar en la oficina». Tener algo más de dos horas para charlar con el dueño de una compañía financiera era una oportunidad que más de uno le habría envidiado. Le extrañaba qué sería lo que Alfredo Insúa necesitaba de él. No eran amigos, apenas conocidos, aunque había estado en casi todos sus cumpleaños, y viceversa, pero era sabido que una invitación de Insúa siempre tenía contrapartida, aunque el invitado no tuviera conciencia de qué era lo que estaba dando a cambio. Sin embargo, ya habían jugado ocho hoyos y más allá de hablar de economía o finanzas en general, no había aparecido tema alguno del que ninguno de los dos pudiera sacar provecho.

La pelota del Tano fue a dar contra la copa de un árbol y quedó a medio camino entre la salida y la pelota de Alfredo. De todos modos tenían unas cien yardas de caminata antes de que el Tano volviera a golpear. Cada uno agarró su carro y avanzaron. Esa vez sí hablaron de negocios. Tal vez Alfredo había estado esperando exactamente eso: estar a un golpe de ventaja. «¿Cómo anda Troost, Tano?» Y al Tano ya casi no le molestaba la pregunta. Había pasado más de un año desde su despido, y el Tano había armado la cosa lo suficientemente bien como para saber qué contestar. «Bien, supongo...» «¿Cómo supongo?» «Estoy afuera, trabajo con ellos pero no estoy más en relación de dependencia...» «No te puedo creer...» A pesar del tono de asombro, era imposible creer que Alfredo Insúa no supiera de su desvinculación. El «mercado» es chico, y La Cascada, más chica aún. «¿Pero la empresa está bien? ¿O te fuiste porque los holandeses están manejando mal el riesgo?» «No, me fui porque me harté...» Alfredo se detuvo un instante a quitar una rama que se había enredado en el carro que llevaba sus palos Callaway de grafito último modelo. «Te entiendo, ¿sabés las veces que me pregunto qué estoy haciendo yo, trabajando veinte horas por día, en el microcentro? Sobre todo cuando ves esta otra realidad», dijo y barrió con la mirada la cancha de golf frente a él. Llegaron a la pelota del Tano. No era una pelota fácil, estaba detrás de la línea de árboles, tenía que pasarla por encima de las copas si no quería arriesgarse a dejarla colgada en alguna rama. Las cotorras gritaban y confirmaban el silencio de la cancha. Eligió el palo, practicó el *swing,* se perdió con la vista arriba de la hilera de árboles, se acomodó otra vez, probó una vez más, y recién después golpeó. La pelota se elevó, pasó por encima de los eucaliptos y cayó a dos metros de la de Alfredo, pero detrás de ella, así que otra vez pegaba él. «Buen golpe, Tano», dijo Alfredo, y avanzó hacia las pelotas. «Apenas como para corregir el error anterior», minimizó el Tano, y lo siguió. «¿Y qué andás haciendo ahora?», preguntó cuando sólo quedaban tres hoyos por recorrer. «Me fui muy bien, y sigo vinculado con ellos, les doy una mano con temas de consultoría. Bien, tranquilo, buena guita. No podría estar jugando golf un miércoles a esta hora si siguiera trabajando como antes.» «Tal cual, a mí en cualquier momento me suena el celular, y te dejo colgado. Aunque ganes un poco menos, Tano, a nuestra edad la calidad de vida no tiene precio...»

Llegaron a la pelota del Tano. Se detuvieron. El Tano frente a ella y Alfredo dos metros detrás de él. El Tanó golpeó. Avanzó Alfredo y golpeó su pelota. Las dos cayeron dentro del *green,* pero desde esa distancia no podía saberse cuál se acercaba más al hoyo. Otra vez avanzaron juntos. Alfredo usaba zapatos con clavos que se hundían en el pasto a cada paso. «Qué raro que te dejaron salir con zapatos con clavos. Yo creía que en esta cancha seguían prohibidos.» «Siguen. Pero, como decía mi viejo, es más fácil obtener el perdón que el permiso. Aunque te soy sincero, a mí no me gusta pedir ninguna de las dos cosas, Tanito.» Una liebre se cruzó delante de ellos como escapando y se perdió detrás de una laguna. «Che, ¿pero entonces andan bien los de Troost?», insistió. «Perfecto, como siempre. ¿Por qué te interesa tanto?» «Porque estoy haciendo algo con ellos, en realidad no con ellos sino con sus pólizas. Estoy *viaticando* seguros de vida.» «¿Y eso qué es?» «Descontarlos. Le das la guita contra la póliza endosada a tu nombre, vos pasás a ser el beneficiario, es un procedimiento administrativo muy sencillo. Lo hacés en dos minutos. Solamente lo hacemos con pólizas de aseguradoras serias y Troost siempre fue primera línea. Claro que hemos visto caer cada gigante que uno está curado de espanto, ¿no, Tanito?» «¿Y vos cuándo cobrás?», preguntó el Tano. «Cuando se cobra cualquier póliza de seguro de vida, cuando el ñato se muere.» A Alfredo le sonó el teléfono, se detuvo un instante, dio dos o tres instrucciones y cortó. «Y lo que tiene de bueno el sistema es que la guita la llega a disfrutar el que pagó la póliza y no los parientes. Apareció con el tema del sida, que a estos tipos le chupaba toda la guita el tratamiento... entonces, si tenían una póliza preexistente a la enfermedad, y estaba claro que ya no había vuelta de hoja, ¿me entendés?, vos le dabas la guita, el tipo vivía ese tiempo mejor, y después vos cobrabas el seguro taca taca.» «No conocía el negocio.» «Y, el mercado financiero es así, un *flash,* hay que estar buscando todo el tiempo cosas nuevas. Cuando sabés mirar, siempre aparece un nuevo nicho.» «Se pudre algo y aparece otra cosa.» «Tal cual, Tanito, hay que estar atento, y si es posible pegar primero. Esto de la *viaticación* es un negocio de esos redonditos, que si está bien evaluado no tiene riesgo. Mejor que descontar hipotecas. Le tomás la póliza al 80 por ciento y cobrás al toque. Imaginate que te rinde un 20 por ciento muchas veces antes de que se cumpla un año del endoso, una tasa de la puta madre, y en dólares, Tano.» «Impresionante.» «Impresionante.» «¿Y se lo hacés sólo a gente con sida?» «No, al contrario. Ahora en ese segmento se pudrió un poco la cosa por el tema de las drogas nuevas, que les terminan alargando la vida a los pibes. Al pedo, pobres, si morirse se van a morir igual. Pero se alargó el plazo, y eso te complica mucho para fijar una tasa que rinda. El mercado está un poco enrarecido, le podés pifiar fiero. Nosotros estamos pagando mejor otro tipo de siniestros.» «¿Como cuáles?» «Otras enfermedades... de esas que nadie quiere nombrar... qué sé yo, cáncer de pulmón, hepatitis fulminante, tumores cerebrales... No sé bien, a mí esa parte del negocio me da un poco de impresión, y para eso están los asesores médicos que estudian el caso y nos pasan un informe... A mí no me saques de los números, Tanito...»

Llegaron al *green.* Alfredo se agachó para ver hacia dónde caía la pendiente. Estudió la caída desde distintos ángulos. El Tano lo observó y no necesitó agacharse, confió en la evaluación de su compañero de línea. Sacó su *putter* y avanzó hacia la pelota. «Che, Tano, ¿y vos no te quedaste con ningún listado de clientes de Troost? Porque si vos podés acercarnos pólizas para descontar, yo te puedo habilitar un porcentaje. El problema de crecimiento que tiene este negocio es que uno no lo puede salir a ofrecer masivamente, ¿me entendés?, la gente se impresiona, hasta que entra, fijate con el tema de las parcelas de los cementerios privados, al principio te daba impresión y hoy quién no tiene una...» «Listado no, pero tengo buena memoria, y parcela en el Memorial.» Alfredo festejó el chiste. «Bueno, si te interesa, avisame. Vos podrías manejar el producto de taquito, y en todo caso te damos un cursito de capacitación; como es un tema delicado hay que saber qué palabras usar para venderlo, ¿sabés? Nosotros capacitamos con gente de neurolingüística, que te ponen la palabra justa. Avisame.» «Te aviso.»

Alfredo pegó, suave, como correspondía según la distancia. La pelota pasó por al lado de la del Tano y entró. Un golpe menos que el par del hoyo, lo suficiente como para sentirse más que la media. Lo suficiente como para que el Tano ya no tuviera chance de ganarle. Fue hasta el hoyo y levantó su pelotita. El Tano sacó su *putter* y se paró frente a la suya sabiendo que ya había perdido. Aflojó las rodillas, elongó el cuello a un lado y al otro, se balanceó levemente. Estaba a punto de pegar, pero antes preguntó. «¿Che, y te acordás de quién son las pólizas de Troost que descontaste?» «No, pero las tengo anotadas en la agenda, después te digo.» El Tano pegó y la pelota también entró, pero para él no fue suficiente, había perdido un golpe en la copa de los árboles. Su adversario ya le había ganado por un golpe.

Tomaron algo juntos en el bar antes de irse. Alfredo buscó en su agenda los datos de las pólizas de Troost. «Una es de una tal Margarita Lapisarreta... Y la otra de Oliver Candileu.» «A Oliver lo conozco bien, es el ex marido de una mujer que trabaja en Troost.» «Ojo que es confidencial, Tano, mirá que es un tema... sensible.» «¿Qué tiene Oliver?» «Póliza muy buena, sobre Londres, con una prima de trescientos mil dólares, pero con una cláusula de retiro anticipado muy leonina, le sacaban casi la mitad de la guita.» Alfredo puso sobre la mesa la plata para pagar lo que habían tomado los dos y se levantó. «Pero él, ¿qué tiene? ¿De qué se va a morir?» «No me acuerdo, pero debe ser algo bien fulminante porque se llevó el 83 por ciento, imaginate... El descuento más alto que dimos hasta ahora. ¿Es amigo, che, te jode?» «No, no es amigo.» Alfredo se cargó la bolsa de palos al hombro. «¿Me avisás, entonces?» «Te aviso.» Le palmeó el hombro y se fue. El Tano se quedó un rato más en el bar, con la vista perdida en el verde inmaculado de la cancha de golf, pensando en por qué lo habrían llamado *viaticación*.

39.

Ernesto quiere que Romina estudie abogacía. El año que viene, cuando termine el secundario. Pero ella no se anota. Entonces amenaza con que, si no se decide, la decisión la va a tomar él. Y Romina está decidida, pero él no la escucha. No quiere estudiar el año que viene. Quiere dejar pasar un año. Aunque se lo dijo, la secretaria de Ernesto le mandó hoy todos los papeles, «con la indicación del doctor Andrade de que los llene para esta tarde a última hora, ¿okey?». «¿Doctor?» «¿Cómo?» «Nada.» «Te corre el reloj, Romina, la inscripción cierra la semana que viene», había dicho él. Y Romina se imaginó el Rolex de su papá corriéndola por las calles de Altos de la Cascada, derretido como esos relojes que había visto en el cuadro de Dalí que tuvieron que copiar en el colegio. Ernesto dijo que no estaba dispuesto a que perdiera un año entero de su vida. Y ella pensó cuál era la verdadera pérdida, porque sabía que de su vida había perdido mucho. Todos esos años de los que casi no se acuerda. Había perdido su nombre, Ramona. El padre que nunca conoció. Los olores. La cara de aquella otra madre que ya no recuerda. Aquel hermano que podría haber sido distinto pero desapareció de la mano de Mariana. Los formularios respondían a dos opciones de universidad privada, la San Andrés o la Di Tella. «Menos que eso no acepto. Es una cuestión de excelencia», le dice. Excelencia. Pero Romina no quiere ser excelente. Lo que quiere es viajar. El próximo año, no pide más, no pide toda la vida, sólo el primer impulso después del secundario, un viaje de iniciación, agarrar una mochila y ver qué surge, sin rumbo fijo. En el país o afuera. Ernesto se burla, dice que cómo se le puede ocurrir via- jar por el mundo a una persona que no sabe tomar el 57 para ir a Capital. Y lo dice aunque él tampoco sabría to- marlo, ni ese ni ninguno con máquina expendedora de boletos. La última vez que viajó en colectivo todavía se le pagaba al chofer con el billete que sea, y el chofer te daba el vuelto. Es cierto que ella ni siquiera subió alguna vez a un colectivo. Pero Juani sabe. Es uno de los pocos chicos de su edad que sabe. Los demás se manejan en combi o re- mís, o los llevan los padres. Y se apuran a sacar el registro en cuanto cumplen diecisiete años. No es raro encontrar en la zona chicos de esa edad que sepan manejar y no sepan viajar en colectivo. En donde viven todo queda lejos, el ci- ne, el *shopping*, el colegio, la casa de sus compañeros. No se puede llegar caminando a ninguna parte. Ella piensa ir con él. Si es que logran juntar la plata para Juani. Romina ya tiene la suya. La fue ahorrando todos estos años. Y lle- gado el momento, Ernesto le va a dar más. Él siempre lo hace, le da seguridad que ella tenga plata encima. «Por lo que pueda pasar.» Pero no le quiere contar a su padre que piensa ir con Juani. Tiene miedo de que eso sea un obs- táculo más. Y entonces le dice: «No puede ser tan difícil tomar el 57, ni usar una máquina expendedora de boletos, debe ser más o menos como la que te vende preservativos o tampones en el baño de los boliches». Y Ernesto le le- vanta la mano para darle una cachetada pero ella se lo im- pide, sostiene su brazo en el aire, y le dice: «No vuelvas a hacerlo», mirándolo con furia a los ojos, y enseguida sale corriendo, a su cuarto, porque tiene miedo de no ser lo su- ficientemente fuerte para impedírselo. Si pudiera entender a Ernesto. Le extraña que no se le ocurra, como a los pa- dres de Willy Quevedo, que «aplique» para ir a una uni- versidad en los Estados Unidos. Él pide otra cosa, aunque podría pagar también la de los Estados Unidos. Los padres de Willy no se sentían seguros de poder afrontar el gasto y hace años que vienen pagando una especie de ahorro previo para asegurarse la plata que necesitan para mandarlo a estudiar a donde ellos eligieron. Ernesto no menciona los Estados Unidos. Ella no sabe si para no darle el gusto porque de alguna manera ir allí sería viajar, o porque tiene miedo de que del exterior no vuelva. No, no cree que eso le dé miedo a Ernesto. Ni siquiera cree que la extrañe. O tal vez él sí, pero Mariana... Mariana festejaría. Tal vez elige la opción local porque ahí es más fácil hacer contactos que a él le sirvan. O porque él no podría ir a su graduación si no le levantan la inhibición para salir del país. Pero eso tampoco, porque Ernesto está tranquilo, ya le dijo alguno de sus amigos «del ministerio» que es una cuestión de forma, que el juez aceptó levantársela, que es cuestión de días. Romina no sabe por qué no puede salir del país y no pregunta, porque sabe lo que le respondería. «Porque en este país no se ocupan de meter presos a los chorros sino de jodernos la vida a gente como nosotros.» Y tampoco sabe lo que es «gente como nosotros», pero se lo imagina. Lo único que sabe es que San Andrés o Di Tella son dos palabras que a Ernesto lo tranquilizarían. Hay palabras que en los padres surten cierto efecto balsámico. Por la palabra misma, sin mayor análisis. Sustantivos propios y comunes que calman padres. Juani y ella tienen una lista. Nombres de algunas universidades. Nombres de algunos bancos. Nombres de algunos lugares de veraneo «familiares». Nombres de algunos amigos, pocos. Nombres de algunos colegios que garantizan el mejor nivel de inglés de la zona y te hacen dar el «IB», aunque la mayoría de los padres no sepan lo que IB significa, pero sí que marca la diferencia entre un colegio y otro. Palabras que tranquilizan. Deporte. Un chico que haga mucho deporte seguro «es sano y no está metido en la droga». El deporte que se les ocurra, mientras haya una pelota, la que sea, de felpa verde, de cuero número cinco, Slazenger o Nike, un instrumento con el cual golpearla (pie, raqueta, palo de golf, mano), y un agujero donde meterla (arco, hoyo, línea de saque, aro de básquet).

Romina está en su escritorio frente a los formularios de ingreso que le mandó su padre. Los llena de culitos. Adentro de cada cachete pinta otro culito, y dentro de ellos otros, y otros, y otros hasta el infinito. El cuadro dentro del cuadro. *Mis en abîme.* Eso también lo vio en las clases de arte en su colegio. Lo único que disfruta de su colegio son las clases de arte. *Mis en abîme.* Ubicado en el abismo. Los ensobra. En una hora pasa un cadete a buscarlos para llevarlos a la universidad.

40.

A mediados de 2001 los Urovich anunciaron oficialmente que se irían a vivir a Miami. «No son los primeros ni van a ser los últimos», anoté en mi libreta roja como título general del nuevo capítulo. Y un poco más abajo: «Junio de 2001, los Urovich dejan Altos de la Cascada, "Efecto XX" a bautizar». Porque yo no sabía el nombre, si es que ya lo tenía. Pero en mi libreta, en páginas anteriores, figuraban uno a uno los nombres de los distintos efectos económicos de los últimos años. Quién les pondría nombre, me preguntaba. No me imaginaba un señor serio, economista, poniendo nombres tan creativos, y esperaba ansiosa el nuevo bautismo como quien en el Caribe espera el que le pondrán al huracán que se avecina. Revisé cuidadosamente las páginas anteriores de mi libreta. «1994, Efecto Tequila, venden sus casas Salaberry, Augueda y Tempone, los tres dueños de financieras del microcentro, desconozco los nombres de sus financieras. También vende su casa Pablo Díaz Batán, empresario retirado que tenía toda su plata puesta en la financiera de Tempone.» Díaz Batán había hecho su fortuna a partir de una idea que muchos en La Cascada consideraban «brillante». Desde principios de los noventa venía registrando en el país la marca de cuanta cadena americana (americana de los Estados Unidos) aún no hubiera puesto sus pies en la Argentina. Ann Taylor, Starbuck's Café, Seven Eleven, Macy's, no importaba el rubro, lo que importaba era que la empresa no estuviera ya instalada, o registrada, en nuestro país, y que hubiera altas posibilidades de que en algún próspero momento decidiera estarlo. Y cuando ese momento próspero llegaba, Díaz Batán presentaba su marca registrada, la de ellos, la de los que querían registrarse, pero que legalmente le pertenecía a él. Y aunque planteado un juicio era imposible que lo ganara, la celeridad de estas empresas no resistía los tiempos de la justicia argentina, por lo que transaban para acelerarlos y, en definitiva, ahorrar plata. «Es un tipo muy hábil», dijo Andrade cuando le contaron en una cena en lo de Scaglia cómo había hecho su pequeña fortuna Díaz Batán. «Para mí hábil es Housemann», acotó Ronie y yo apenas sabía que Housemann había sido jugador de algún club de fútbol, pero entendí perfectamente qué intentaba decir mi marido. La casa de Salaberry se vendió a un setenta por ciento de su verdadero valor y la de Tempone a un ochenta. La de Augueda resultó no ser de él sino de su suegro. Y la de Díaz Batán fue a remate judicial, donde él mismo la compró a menos de la mitad, testaferro mediante.

Avancé diez páginas en mi libreta roja. «1997, crisis asiática. Caen Juan Manuel Martínez y Julio Campinella.» La casa de Campinella la compra Ernesto Andrade, que ese año despegó definitivamente, cambió su Ford Mondeo por un Alfa Romeo, compró una Van para Mariana, y un carrito de golf para la empleada y los chicos. Dicen que hizo no sé qué operación con no sé qué bonos. O que se quedó con unos bonos de una operación. O que fue a juicio por unos bonos. No entendí, pero a mí la comisión me la pagó en efectivo.

Unas cinco páginas después, «1998, Efecto Vodka». Y dos páginas más adelante, «1999, Efecto Caipirinha». Parecía que la cosa venía por el lado de la bebida, volví a la página de Urovich y donde había dejado el blanco, junto a la palabra «Efecto» escribí: «Mate cocido». No se me ocurría una bebida alcohólica auténticamente nuestra. Y no sé por qué cocido, pero mate solo me sonaba a poco. Volví a la página de la Caipirinha, el último efecto al que se le había puesto nombre. El banco donde trabajaba Roberto Quevedo se iba del país y él se había quedado sin trabajo. Todavía no ponía la casa en venta pero lo estaba evaluando. El fondo que había comprado la empresa de *retail* donde Lalo Richards era gerente de operaciones había sacado ya del país una rentabilidad más que satisfactoria y se iba. La empresa estaba a la venta, pero tan endeudada que era improbable que alguien quisiera comprarla. Lalo había hecho tasar su casa porque sospechaba que se presentarían en concurso de acreedores y ni siquiera recibiría una indemnización. El caso de Pepe Montes, similar a los anteriores. Y el de los Ledesma, igual. Y los Trevisanni. Es que el error de muchos de nuestros vecinos fue creer que se podía vivir eternamente gastando tanto como se ganaba. Y lo que se ganaba era mucho, y parecía eterno. Pero algún día se corta el chorro, aunque nadie lo hubiera sospechado hasta no verse enjabonado en medio de la bañadera, mirando hacia la flor de la ducha de donde no cae ya ni una gota de agua.

El vértigo de la década que terminaba me tenía impresionada. Cuando yo era chica la plata tardaba más tiempo en pasar de mano en mano. Había familias, conocidas nuestras, de mucho dinero, apellidos repetidos en distintas combinaciones dobles, generalmente gente con campos. Esos campos pasaban a sus hijos, que ya no los trabajaban sino que ponían peones, pero que todavía podían sacar una buena renta aunque la suma se repartiera entre varios hermanos. Pero esos hermanos también se morían algún día, entonces las tierras pasaban a los nietos, y había más peleas, más gente entre quien repartir, y menos renta. Lo que le terminaba tocando a cada uno no alcanzaba para no trabajar, y los campos se terminaban loteando o perdiendo. Pero, así y todo, aunque nadie tenga nunca asegurado nada, tenían que pasar dos o tres generaciones para que la plata que se creía segura resultara no serlo. En cambio, en los últimos años la plata cambiaba de dueño dos o tres veces dentro de una misma generación, que no terminaba de entender qué estaba pasando.

Escribí: «2001, Efecto Mate cocido, se van los Urovich, los siguen», tres puntos suspensivos.

41.

Lala miró a su alrededor. El jarrón azul que le había regalado Teresa Scaglia, la lámpara imitación Tiffany que había comprado hacía menos de un año, el fanal de cristal en medio de la mesa ratona. A un costado Ariana peinaba casi obsesivamente una de sus Barbies. Pensó en cuando ella tenía ocho años. En esa época no existían las Barbies. Ella tenía muñecas Piel Rose. Le hubiera gustado tener ocho años ahora y preocuparse por ninguna otra cosa que peinar una muñeca. Completó el formulario y lo envió por mail. Esa misma tarde la llamaron, si era urgente podían organizar todo para el fin de semana próximo. Lala quería hacerlo cuanto antes. No la urgía el viaje, los pasajes eran recién para dentro de casi dos meses, pero si se iban a ir quería que esa casa se vaciara de una vez por todas. Mientras estuvieran sus cosas, la casa la sujetaba. Y no podía sentirse sujeta. Cada cosa alrededor de ella tenía una historia, con sólo mirarlas se le disparaba un recuerdo. Y con el recuerdo, bronca, casi odio, no podía precisarlo, ni encontrarle razón o sentido. Mucho menos evitarlo. Sólo sabía que no quería verlas más. No quería nada que le recordara la vida que había llevado los últimos años y que no podía seguir llevando. «Hacé un *Garage Sale,* te sacás todo lo viejo en un solo día, y con esa plata comprás allá lo que querés», le sugirió Teresa Scaglia, y le consiguió el número de la empresa con la que Liliana Richards había vaciado el departamento de su suegra una semana después de fallecida.

La idea de ir a vivir a Miami se le había ocurrido a su padre. Lala al principio no lo tomó en serio. Y Martín

ni siquiera lo oyó. No tenían nada en Miami, ni parientes, ni amigos, ni propuesta de trabajo. Ella ni siquiera sabía hablar inglés. «¿Por qué Miami?», preguntó Martín.
«Porque es una ciudad donde se pueden hacer cosas, todo
funciona bien, hay oportunidades de negocios dando
vueltas por todas partes, lo respirás. En Miami, con plata,
tenés un futuro. Acá en poco tiempo no vamos a tener nada», repitió Lala las palabras de su padre. Después de ocho
años en una empresa multinacional, Martín se había quedado sin su puesto de Director de Planeamiento por una
reestructuración interna que no lo incluyó en el nuevo or-
ganigrama. El despido los golpeó, no se lo esperaban, pero Martín tenía un excelente currículum, un MBA en una
universidad americana, y muchos contactos, era sólo cuestión de tener un poco más de paciencia, pensaba Lala a
medida que el tiempo pasaba. Pero aunque ella tratara de
mirar para adelante y seguir viviendo como si nada hubiera pasado, la paciencia de su marido era directamente pro-
porcional a los ahorros acumulados, y mes a mes los gastos mensuales los consumían a ambos. Una noche Martín
la sentó frente a él en el escritorio y le mostró una planilla
llena de números. ¿Por qué su marido hacía una cosa así?
No entendía. Lala nunca fue buena para los números. Lo
escrito en el papel se le aparecía confuso y hasta borroso.
Martín hablaba. Que el ochenta por ciento de sus ahorros
estaban en bonos de la deuda, que los bonos cada vez co-
tizaban más bajo. Lala no podía seguirlo; él nunca le hablaba de porcentajes o de bonos. Que lo que les quedaba,
si seguían viviendo en Altos de la Cascada, mandando a
Ariana al mismo colegio, pensando que Ariel el año que
viene tenía que empezar la facultad, manteniendo la misma frecuencia de salidas y recambio de ropa, sin dejar de
jugar al tenis, al golf, de ir a pintura y a equitación, mucama y demás gastos, se acabaría en exactamente cinco meses. Lala sintió un mareo. No había captado los detalles,
pero sí lo del plazo. Cinco meses era demasiado pronto.

Cinco meses era el próximo verano. Cinco meses era poco antes del cumpleaños de Ariana. «¿Y qué vamos a hacer en cinco meses?», preguntó. «No sé», le contestó él. Lala lloró. Y en medio del llanto se acordó de su padre, y se secó las lágrimas. «Vendamos la casa, y con esa plata más lo que nos queda nos vamos a Miami, y ahí intentamos algo, un negocio, lo que sea, allá la plata trae más plata, acá sólo sirve para que te la roben.» Y los gastos no serían tantos. Ariana iría al colegio del Estado, «porque allá se puede, son mejores que un privado acá, y ella es dócil, se adapta bien, no le va a costar el cambio, al contrario, no sabés todo lo que va a aprender Ariana allá». Alquilarían algo chico por un tiempo, no tendrían gastos de mucamas ni ningún otro servicio, reducirían las salidas o las suspenderían por un tiempo. «¿Y si hacemos todo ese ajuste acá?», preguntó Martín. «¿Acá? ¿Qué es hoy acá? Nos caemos, Martín, no existe más acá. ¿Te imaginás viviendo en un monoambiente y mandando a Ariana al Bernasconi de Parque Patricios?» «Yo fui al Bernasconi.» «No es el futuro que habíamos planeado para nuestros hijos.» «Vos no hablás inglés.» «En Miami no hace falta. Si todos hablan español. Va a ser como estar acá, pero mejor, va a ser como cuando todo estaba bien.» Y ya no lloró.

Los empleados de la casa de remate vinieron el día anterior a la fecha publicada en el aviso y organizaron todo. «Vos marcá lo que te querés llevar, nosotros etiquetamos con precio el resto», le dijo el encargado de la feria americana que convertiría en efectivo el contenido de lo que había sido su casa los últimos once años. Ariel se había empecinado en que él no se iba y que se quedaba viviendo con sus abuelos paternos. Él y el golden retriever, que Lala nunca terminó de pagarle a Carla Masotta. Ariana sintió envidia, si tuviera edad ella también se quedaría con Ariel. Pero no tenía edad. «Yo me llevo mis Barbies», dijo. «Nadie se lleva nada», le contestó Lala. «¿Por qué?» «¿No estás un poco grande para Barbies?» Ariana no entendió. Miró a su padre. «¿Por qué, papá?» Martín no contestó. «Porque hay que aprender que nada es para siempre», dijo su madre.

La venta se iba a realizar en todos los ambientes de su casa, aunque el aviso aludiera sólo a uno, el garaje. «Garage Sale. Flia ausentand.: Carro golf batería, palos Callaway 1era mano, eqs audio Marantz, Sony, dos raquetas Head Titanium, 2 PC pentium, walkm, discm, minicomp, DVD, much/más elect., lámparas, adornos, chiquitaj.» Qué será «chiquitaje», se preguntó. «Lavarropas autom. carg. ftal, cortinas, toallas, manteles, ropa amb/sex. talle M, ropa chs, cinta correr, perfumes, peluches, Barbies, art. s/deter. Vení y revolvé.» Lala tiró el diario sobre la mesa. Nadie les dijo que podían poner «Vení y revolvé». «Es de forma, señora, lo ponemos siempre», le contestaron. Eran las ocho de la mañana del sábado. «Unic. día Sábado 12 de 9 a 17 hs.» «Mis Barbies, no», lloró Ariana cuando descubrió que le habían puesto una etiqueta con el precio en la frente a la Barbie enfermera. Lala la mandó a jugar a la casa de Sofía Scaglia. Ariel había desaparecido desde el día anterior y había avisado que no volvía hasta tarde. Martín se había ido con el Tano, lo había invitado a jugar al tenis después de años. «Acá no voy a hacer más que molestar.» Fue con una raqueta prestada, la suya estaba parada junto a los palos de golf con una etiqueta en el *grip* que decía US$ 100. Ella no quiso irse. Quería ver quién se llevaba cada cosa, cómo las tocaban, la forma en que caminaban por su casa, cómo descartaban lo que no les interesaba, cómo regateaban un precio o pedían rebaja cuando compraban varios artículos. Finalmente no había juntado la fuerza para hacer ella la selección y la había dejado en manos de la empresa de venta. «Yo no me quiero llevar nada, lo que sirva para vender, véndanlo, y lo que no se tira.» Por eso, aunque se sorprendió, no dijo nada cuando vio sobre su cama dos pilas de ropa interior usada, marcada con precio. Toda la pila de bombachas Victoria's

Secret fue vendida antes del mediodía. Las nacionales las compró la nueva mujer de Insúa «para la chica que trabaja en casa, si vieras el estado en que tiene su ropa interior... Yo no sé cómo pueden».

Un desodorante a medio usar, una botella de whisky por la mitad, cajas de tés ingleses abiertas, frascos de perfumes empezados. Amigas, vecinos, desconocidos que llegaron invocando el aviso, se llevaron todo. Dejaron una frazada que tenía una mancha de una quemadura con forma de plancha, y alguna ropa irremediablemente de otra temporada.

A la noche sólo quedaban las camas, los cepillos de dientes, la ropa que llevaban puesta, algunas bolsas de plástico con compras que por distintos motivos serían retiradas al día siguiente, y las dos valijas donde Lala había metido el único equipaje que viajaría con ellos al Norte. La camioneta estacionada al frente de la casa ya no era de ellos, la usarían hasta irse y luego serviría para cancelar una deuda con el padre de Lala. Estarían viviendo así por unos días, hasta que tuvieran que entregar la casa, después un tiempo más en la casa de los padres de Martín, y de ahí, visa mediante, directo al Norte.

«¿Quién se llevó mis Barbies?», le preguntó Ariana a su madre. «Ya no son más tus Barbies.» Ariana apretó los labios y contuvo las lágrimas. «Hay que crecer, Ariana.» «Podrían haberme dejado una», se quejó. «Hubiera sido peor», contestó su padre.

Se fueron a dormir. En la mitad de la noche, Ariana despertó. Buscó a su hermano en el colchón de su cama, pero no estaba. Recorrió lo que quedaba de lo que había sido su casa. Entre las bolsas que serían retiradas al día siguiente, descubrió una en la que a través del plástico podían distinguirse sus Barbies. Sobre la bolsa anudada habían pegado un papel que decía «Rita Mansilla». Ariana la conocía, era la abuela de una de sus amigas del barrio. Se imaginó a su amiga peinando sus muñecas. Una a una, acariciándoles el pelo. Mientras ella en Miami con la plata de su abuela se compraba esas cosas mucho más interesantes que decía su mamá que había en ese lugar, cosas que no podía imaginar ni ponerles nombre. Abrió la bolsa. Eran diez. Cinco Barbies rubias, tres morochas y dos pelirrojas. La Barbie enfermera era rubia, como ella. Su preferida. Cuando fuera grande Ariana quería ser enfermera, si es que en Miami había enfermeras. Seguro que había. Y si no se volvería a La Cascada con Ariel. Con Ariel, sí, pero no a La Cascada, cierto que él tampoco va a vivir más acá, pensó. Además de las Barbies, en la bolsa había un par de botas y tres bombachas blancas de su mamá. Fue a su cuarto a buscar una tijera en la mochila del colegio y una vez de regreso se sentó en el piso, junto a la bolsa abierta, y a una por una les cortó el pelo hasta dejarlas peladas. Sobre el piso de pinotea las mechas rubias se mezclaban con las morochas y las coloradas. A su alrededor todo eran pelos muertos de colores artificiales. Se cortó ella misma un mechón de pelo del flequillo y lo mezcló con el pelo de las muñecas. Juntó todo con la mano y se metió el bollo de pelos en el bolsillo de su pijama. Miró las muñecas por última vez, las volvió a poner en la bolsa, tratando de que no tocaran las bombachas, hizo el nudo y se fue a dormir otra vez.

42.

A partir del encuentro con Alfredo Insúa y de la *viaticación,* el Tano empezó a pensar más que nunca en los seguros. Y en la muerte. De alguna manera la muerte estaba instalada en el ambiente. Dos aviones habían bajado las Torres Gemelas como a un castillo de naipes, y nadie podía salir de su asombro. El día del atentado los chicos estaban en casa, la caída coincidió con el Día del Maestro así que nadie tenía clase, pero a media mañana se fueron a un cumpleaños. «Averiguá si no se suspende por lo de las Torres», le dijo a Teresa. «¿Y eso qué tiene que ver?, si fue en Nueva York», preguntó ella y salió con sus hijos al cumpleaños que los esperaba. Y el Tano tuvo otra vez la casa vacía para seguir pensando.

Él tenía su póliza de vida en Troost. Pero su póliza no tenía cláusula de retiro anticipado. Era una póliza tipo que hacían en todo el mundo para los ejecutivos de esa compañía. Y él estuvo de acuerdo, nunca previó que pudiera necesitarla antes. Creyó que todo seguiría como hasta entonces. O mejor. Cada cambio de trabajo a lo largo de su vida profesional había sido para ganar un sueldo mayor y un trabajo de mayor responsabilidad y desafío. Tampoco tenía sida, ni ninguna otra enfermedad con certeza de muerte, con las que negociaba Alfredo Insúa el descuento de seguros de vida. Y si tenía, no lo sabía. Pero todas las vidas tienen certeza de muerte, pensó. Una muerte en algún momento, tal vez en el momento justo, tal vez inoportuna, pero cierta. Se sentó frente a la computadora. A través de la ventana vio llegar a Teresa, que se puso a cambiar arbustos secos en su jardín por plantas recién compradas. Las plantas todavía tenían las bolsas plásticas del vivero Green Life. «Green Life», leyó a través de la ventana. Llamó su padre, le preguntó cómo iban esos nuevos proyectos. «Óptimos», mintió. «No se puede esperar menos de vos, tenés buena escuela», le dijo, y lo invitó a viajar a Cariló en octubre para alquilar juntos sus casas de veraneo para enero. «¿Este año van a Cariló, no?» «Claro», volvió a mentir. Cortó. Entró en la página de su cuenta bancaria. Tipeó su nombre y su clave. Miró los saldos. Los anotó en su calculadora, los sumó. Sumó la plata que tenía en una cuenta afuera. Bonos, que habían perdido gran parte de su valor de cotización gracias al aumento del riesgo país. Si pudiera esperarlos, seguramente los cobraría, pero dudaba de esa espera. Buscó en la computadora su planilla Excel de presupuesto de gastos. Dividió el importe de la sumatoria de sus saldos por el de sus gastos mensuales. Quince meses. En quince meses, al mismo ritmo de gastos, empezarían a tener problemas. Todos. Él, Teresa y los chicos. Ni pensar en sacar el importe necesario para pagar la casa que alquilaban en Cariló todos los veranos. Y el verano estaba cerca. Avanzó uno a uno por los distintos renglones del presupuesto. Especuló con qué gasto podría eliminar. Podría dejar de pagar el colegio, como había hecho finalmente Martín Urovich a principios de año. O eliminar la mucama, como Ronie Guevara. Pero él no era ni Martín Urovich ni Ronie Guevara. Si dejaba de pagar las expensas aparecería en el listado de morosos. Y si seguía viviendo en Altos de la Cascada, no era viable que sus hijos no fueran a las actividades deportivas, no tomaran clases de tenis, que Teresa no fuera al gimnasio o recibiera una sesión semanal de masajes. Cine, ropa, música, vinos, todo era necesario si querían seguir manteniendo la vida que llevaban. Y el Tano no se imaginaba llevando otra vida. El exilio de Martín Urovich le parecía una estupidez, una más dentro de las muchas en las que su amigo basaba el manejo de su vida. Para salirse del sistema

Martín elegía hacerlo en otro país, en otro continente, escuchando hablar otra lengua. Allí mandaría a sus hijos al colegio del Estado, no tendría mucama, alquilaría una casa mucho más chica que la suya, no iría al cine ni tomaría clases de tenis. Pero allí era Miami, lo suficientemente lejos como para que nadie viera la caída. Aunque el lugar donde terminara parando Urovich fuera más feo que La Paternal, era Miami. Una cobardía de su parte, pensó el Tano. La peor cobardía. Él no podía dejar que su familia cayera ni acá ni en ningún lugar del mundo. No se trataba de que la caída no se viera sino de no dejarse caer. Él tenía que poder otra cosa. Volvió a hacer la cuenta: quince meses. Tal vez menos si los bonos seguían bajando y no se atrevía a venderlos. Quince. Con una póliza de vida de quinientos mil dólares que no se podía tocar porque el siniestro no se producía. Él no valía tanto, lo sabía. Pero por política de la empresa todos los *Chief General* de Troost a nivel mundial debían estar asegurados en esa suma. Y el Tano, a su salida, negoció la continuidad de esa póliza por un año y medio más. El plazo estaba a punto de cumplirse. En tres meses se cumpliría un año y medio de que fuera despedido por los holandeses. Un año y medio sin trabajar. Un año y medio esperando que lo llamaran de alguna consultora, mandando currículums, esperando respuestas. Un año y medio. Quince meses. Quinientos mil dólares. Y él, sin fecha de muerte cierta.

43.

Después de la caída en la escalera, aquella noche en que sólo importaban sus amigos nadando en la pileta del Tano Scaglia, Ronie tuvo que quedarse internado. Lo llevaron al laboratorio y a rayos a hacerle unos estudios. Llamé a casa para avisarle a Juani, nos demoraríamos más de lo pensado y la nota apurada que había garabateado en medio de los gritos de su padre «Nos fuimos con papá a hacer algo pero enseguida volvemos, cualquier cosa llamame al celular. Está todo bien. Espero que vos también. Un beso. Mamá», ya no resultaba suficiente. Sobre todo para mí. Juani no me llamaría y yo quería saber de él. Tenía que saber de él si quería estar tranquila para poder ocuparme de Ronie como su pierna rota lo merecía. Me atendió el contestador. Corté. Me pregunté si a esa altura de la noche seguiría corriendo descalzo con Romina como cuando los cruzamos antes de salir de La Cascada. O si se habrían puesto otra vez los patines. Hacia dónde correrían. Por qué. Si huirían de algo o de alguien. O si ellos serían los perseguidores. Si simplemente corrían porque sí, hacia ninguna parte. Traté de sacármelo de la cabeza. Busqué un cigarrillo en la cartera, pero no tenía. Empecé a dar unos pasos buscando un quiosco. Por el mismo pasillo, tres hombres de blanco avanzaban en dirección contraria a la mía. Reconocí al médico de guardia, luego supe que venía con un traumatólogo y el cirujano que iba a operar a Ronie. Se detuvieron frente a mí. Sola junto a ellos, tres extraños en guardapolvo blanco, sentí por primera vez que todo lo que estaba pasando a mi alrededor era mucho más grande de lo que podía imaginar. Y que ese sentimiento no se limitaba a la pierna rota de mi marido. Pero entonces no sospeché cuánto. Los hombres trataban de ser didácticos y explicaban lo que tenían que hacer con parsimonia y demasiado detalle. No se trataba sólo de enyesar la pierna quebrada y coser la herida. Era fractura expuesta, habría que operar, darle anestesia total, acomodar los huesos. Y poner clavos. Me impresioné cuando nombraron los clavos. Fruncí la cara y se me aflojaron las piernas. El cirujano siguió hablando una palabra detrás de la otra, tibia, peroné, articulación comprometida, pero el traumatólogo se dio cuenta de que algo me pasaba e intentó tranquilizarme. «Es una intervención casi de rutina, algo muy sencillo, no se preocupe.» Asentí sin aclarar que mi cara no tenía que ver ni con la operación, ni con el dolor ajeno, ni siquiera con el riesgo quirúrgico. Eran los clavos. Me impresiona lo que se mete dentro del cuerpo y no corre la suerte de degradación del resto. Siempre me impresionó. Cuerpos extraños que nos sobreviven. Pedazos de metal, cerámica o goma que resistirán a pesar de haber perdido la razón de estar allí. Mientras que lo que está a su alrededor es descompuesto y consumido. El día que falleció mi padre, mi mamá se encaprichó en sacarle la dentadura postiza y yo me opuse. «No le podés sacar los dientes a papá», dije. «No es papá, es el cadáver de papá», me contestó. Discutimos ferozmente. Casi no importaba ya que mi padre hubiera muerto de un día para otro, sino qué se haría con sus dientes postizos. «¿Para qué los querés?», le grité. «De recuerdo», me dijo, sorprendida de que no entendiera. «Sos una asquerosa», le grité. «Más asco va a ser un día levantar sus huesos llenos de tierra y encontrarte en el medio con su dentadura», dijo. Y agregó una maldición: «Ojalá te toque desenterrarlos a vos y no a mí». Y así fue. Una tarde llamaron del cementerio de Avellaneda. Tenía que ir alguien de la familia a autorizar que levantaran los restos de mi padre para reducirlos. Yo ya vivía en Altos de la Cascada y Avellaneda quedaba demasiado lejos en tiempo y espacio. Casi no había vuelto desde que nos instalamos en la nueva casa. La que le compramos a la viuda de Antieri. La casa en la que vivimos ahora. Un familiar tenía que estar presente cuando lo hicieran. Fui yo, mi mamá para ese entonces había sido esparcida en cenizas según su voluntad. Mi padre descansaba en tierra. Hasta ese día. Los dientes agarrados a esa quijada de metal a pesar de la acción de los años y los gusanos, más que a mi padre me evocaron la irónica risa de mi madre. Los clavos, como los dientes, resistirían. Y allí estarían, esperando a quien se atreviera a desenterrarlos. Aunque ni Ronie, ni yo, ni nuestros conocidos de Altos de la Cascada iríamos a parar al cementerio de Avellaneda, ni a ningún otro cementerio municipal. En los cementerios privados no hay que reducir huesos para ganarle espacio a la muerte. Se compra otra parcela. Se lotea otro cementerio parque. Se inventa otro negocio. Hay suficiente terreno en los alrededores para seguir loteando. Pero si así fuera, si algún día hubiera que ganar espacio a la muerte también en los cementerios privados, o si algún día no pudiéramos pagar las expensas y se perdiera la parcela, si alguien llamara una mañana pidiendo que algún familiar se hiciera presente para reducir lo que hubiera quedado de Ronie, quien fuera, Juani, o yo, o mis nietos, se encontrarían con clavos.

Intrusos sobrevivientes, pensaba, mientras esperaba fuera de la sala de operaciones. Y se me ocurrían otros. Jugaba a que se me ocurrieran otros. Para no pensar en la operación de Ronie, ni en Juani que seguía sin atender el teléfono. Un *stent,* un marcapasos, alguna prótesis sofisticada traída especialmente de los Estados Unidos o de Alemania. Un DIU. No, un DIU no, porque en caso de ser una mujer mayor no tendría puesto uno, y en caso de ser una mujer en edad fértil me daba tanta impresión pensarla dentro de una tumba que rechacé el ejemplo. Me preguntaba si siendo cosas de valor como un marcapasos o un *stent,* antes de enterrar al muerto se los quitarían.

Una especie de reciclado. Me extrañaba que nadie me hubiera mencionado ese negocio en La Cascada. Yo no dejaría que le quitaran los clavos a Ronie. Las siliconas también, me di cuenta. Las siliconas son intrusos con posibilidades de supervivencia. Resistirían el entierro, el cuerpo que se vacía de carne, la tierra húmeda, los gusanos. En mi tumba alguien va a encontrar algún día dos globos de silicona. Para lo que sirvieron... En las de casi todas mis vecinas van a encontrar globos también. Me imaginé el cementerio privado donde enterraran a las mujeres de Altos de la Cascada, sembrado de globos de silicona huérfanos de pechos, a unos pocos metros bajo ese césped inmaculado. Huesos, barro y silicona. Y dientes. Y clavos.

Salí al jardín a fumar. Prendí un cigarrillo. Otro. Y otro. Uno más. Llamé otra vez a Juani. No atendió. Tenía que estar en casa. Estará profundamente dormido y no escucha el teléfono, pensé. Quería pensar que estaba profundamente dormido. Pero también podía estar todavía dando vueltas. O estar tirado en alguna parte. O haber llegado y dormir pesadamente, pero no de sueño. De alcohol. O de aquello otro. Me cuesta nombrarla. Marihuana. *Cannabis,* decía en el informe del *American Health and Human Service Department* que me acercó Teresa Scaglia al poco tiempo que supo «del difícil momento por el que están pasando». No, eso no, él me había prometido que no y yo «tengo que creer en mi hijo, porque él puede lograrlo». Eso dijeron los especialistas que contrataron en Altos de la Cascada para apoyar a las familias con «hijos en riesgo», que teníamos que creer en nuestros hijos. Pero ése no era el problema, ellos qué saben. El problema era creer en nosotros mismos.

La operación fue un éxito, según me informó el cirujano. Me habló en el mismo pasillo, con la bata puesta, mientras se quitaba los guantes de látex. Esperé que trajeran a Ronie a la habitación y que volviera de la anestesia. Llamé a casa y esta vez atendió Juani. Le expliqué. Se notaba raro, alerta, era evidente que no dormía. «¿Pasa algo?», le pregunté. «Nada, me duele la cabeza.» «¿Qué pasó? ¿Comiste algo que te cayó mal?...» No contestó. «O tomaste algo...» «¿A qué hora volviste?» «Basta, mamá», me interrumpió. «Cualquier cosa, llamame.» No llamó.

Entre la anestesia y los calmantes Ronie durmió el resto de la mañana. Yo dormité en un sillón junto a él. Pasado el mediodía bajé a almorzar algo. No llamé a nadie para avisar lo que había pasado. Ni a un cliente. Ni a un amigo. Sonó mi celular varias veces pero verifiqué que no era Juani y no atendí. En un momento pensé en llamar a la guardia del club para avisar dónde estábamos, pero enseguida me di cuenta del sinsentido. Tal vez más que un sinsentido fue un presentimiento. Porque cuando estaba terminando mi almuerzo entró al bar del sanatorio Dorita Llambías, que acababa de visitar a una amiga. Se acercó a mi mesa meneando la cabeza. «¡Qué barbaridad lo que pasó, Virginia! ¡Qué me contás!» Agarró mi mano por encima de la mesa y la apretó fuerte. Me di cuenta de que no estaba hablando del accidente de Ronie. «¿De qué me estás hablando, Dorita?» «¿Cómo, vos no sabés nada?», dijo y noté en su voz cierta excitación por ser la portadora de la noticia. Se acercó para hablar. «Anoche hubo un accidente en casa de los Scaglia, un problema eléctrico. El Tano, Gustavo Masotta y Martín Urovich aparecieron ahogados en la pileta. Ahogados no, en realidad electrocutados. Parece que se electrocutaron con un alargue.» No terminé de decodificar sus palabras, parecía como si todo lo que nos rodeara se estuviera moviendo alrededor de nosotros. Me agarré de la silla para no caerme. «¡Vos podés creer, gente grande, mojados, andar agarrando cables!» «¿Se electrocutaron los tres?» «Sí, parece que el cable cayó en la pileta y murieron al instante.» Como una película en cámara rápida, pasaron por delante de mí las escenas de la noche anterior. La heladera abierta frente a mí, Ronie entrando a casa después de abandonar la cena de todos los jueves en lo del Tano, la escalera, la terraza, la reposera junto a la baranda, mi reposera junto a la de él, el silencio, las luces en la pileta de los Scaglia, los hielos que se caen al piso y se deslizan, el jazz que suena entre el llanto de los álamos, más de su silencio, mi fastidio, su enojo, la caída en la escalera, su llanto. «Pobre Teresa, y los chicos, ¡quién se vuelve a meter en esa pileta ahora!», dijo Dorita. Pensé en Ronie huyendo de esa casa esa noche como si intuyera la tragedia. Ronie, otro intruso sobreviviente. Ronie como sus clavos. «Cuando Dios no está presente, no está, no hay nada que hacerle, mirá qué forma estúpida de venir a morirse, ¿no?» «Muy estúpida», le contesté, y me fui a buscar a mi marido.

44.

A Ronie le dieron el alta a la misma hora en que los cadáveres de sus amigos marchaban en caravana por la Panamericana hacia el cementerio privado. Por los pasillos del sanatorio Virginia arrastraba sin ayuda la silla de ruedas sobre la que trasladaba a su marido enyesado. Así lo había pedido, que nadie los acompañara. Los caminos del jardín del sanatorio hasta el coche le servirían para prepararse a enfrentar lo que se venía, pensó. Cuando estuvieron delante del auto trabó la silla, se puso delante de Ronie, se agachó de cuclillas frente a él y le agarró las manos. «Tengo que decirte algo.» Ronie escuchaba sin decir nada. «Anoche hubo un accidente en la casa de los Scaglia.» Ronie negó con la cabeza. «El Tano, Gustavo y Martín murieron electrocutados.» «No», dijo Ronie. «Fue un accidente lamentable.» «No, no fue...» Ronie intentó pararse, pero cayó inmediatamente sobre la silla. «Tranquilizate, Ronie.» «No, no es así, yo sé que no es así.» Lloró. «El jardinero los descubrió ayer a la mañana en el fondo de la pileta.» Ronie intentó pararse otra vez, Virginia se lo impidió. «Ronie, no podés apoyar la pierna, por la...» «Llevame al cementerio», la interrumpió. «No te va a hacer bien.» «Llevame al cementerio o voy caminando.» Esta vez se paró. Virginia apenas pudo conseguir que no caminara. «¿Estás seguro de que querés ir?» «Muy seguro.» «Entonces vamos juntos», dijo. Ayudó a subir a su marido al auto, luego metió la silla en el baúl, se sentó al volante junto a Ronie, lo miró, le acarició la cara y arrancó a cumplir con su pedido.

45.

Era un día de sol. La primavera se había instalado
en los tulipaneros todavía sin hojas pero repletos de grandes flores violeta. Algunos estacionamos sobre la banquina. Quince minutos antes de la hora anunciada el estacionamiento interno ya estaba completo, por lo que habían
dispuesto guardias al costado de la ruta para que pudiéramos dejar nuestros autos con tranquilidad. «No te había
reconocido. ¿Cambiaste la camioneta?» Estábamos todos.
Si es por nombrar, es más fácil enumerar a los ausentes.
Los Laurido, de viaje por Europa, «encontrás ofertas tira-
das con esto que pasó con las Torres Gemelas, la gente
quedó paranoica, te tiran los hoteles a precios increíbles,
hay que aprovechar»; los Ayala, de visita en lo de su hijo,
en Bariloche; Clarita Buzzette, que acababa de salir de una
neumonía. Había ido también el plantel completo del
personal administrativo de Altos de la Cascada, los profesores de tenis, el *starter* de golf. Nunca nos había pasado
algo semejante. Nunca tanta desgracia junta adentro. «No
se puede creer...» «Pobre Teresa...» «Fue una descarga
eléctrica, ¿no?»
Esperamos junto a la capilla que llegaran los cuerpos. Nos mirábamos unos a otros sin saber qué decir. Pero
todos decíamos algo. «Meses que no nos veíamos.» «Espere-
mos la próxima encontrarnos en circunstancias más alegres.»
Alguien preguntó por Ronie y Virginia Guevara. Alguien dijo que esa mañana le daban el alta en el hospital. Especula-
mos acerca de si Ronie vendría o no al entierro. «No, no
creo, sería una experiencia muy traumática para él.» «Pobre,
ya bastante tuvo.» «¿Con quién quedaron tus chicos?»

La policía entregó los cuerpos en el menor tiempo posible. Aguirre, el jefe de seguridad de Altos de la Cascada, habló directamente con el comisario. «A su línea privada, es amigo.» No era cuestión de sumarles más dolor a las viudas. El doctor Pérez Bran, un vecino de toda la vida, se ofreció a hablar con el juez interviniente. «¿Y por qué tuvo que intervenir un juez?» «Es lo habitual, hubo tres muertos.» Lo conocía, tenía varias causas tramitándose en su juzgado. Le aseguró que sería un expediente rápido, lo imprescindible en estos casos. La policía hizo las inspecciones de rutina. «¿Homicidio culposo? ¿Pero si no fue culpa de nadie?» Homicidio «sin intención» debería llamarse, la palabra culposo confunde a más de uno. «¿Y por qué homicidio? Tendrían que poner accidente.» «No existe esa figura en el Código.» «¿Qué código?» «Penal.» «Tendrían que agregarla, si es un accidente, es un accidente, ¿por qué no llaman a las cosas por su nombre en este país?» «¿Ésa será la madre del Tano?» «Ni idea.»

Querían escuchar música. Estuvieron escuchando música. Diana Krall, dicen. Pero el Tano la quería más cerca, tiró del cable, el aparato se soltó y el alargue cayó a la pileta. «¿No saltó el disyuntor? ¿Ves que a esos aparatos hay que probarlos como mínimo una vez por año?» «Saltó la térmica, pero cuando ya estaban fulminados.» «¿Qué es la térmica?» «Y uno confiado de que tiene disyuntor...» «Sabés que debe ser la madre, tiene algo del Tano en la cara...» «¿Querés que te diga qué los mató, para mí?» «¿Qué?» «El trabajo ese que hizo Carmen Insúa con las fotos.» «Ay, no seas hija de puta que me hacés poner la piel de gallina.»

A las once en punto llegaron los tres cajones. El del Tano, el de Gustavo y el de Martín. Dicen que fue a Teresa a quien se le ocurrió enterrar a los tres en línea. En su ley, dijo. Habían pasado su última noche juntos, como solían hacerlo todos los jueves. Ronie Guevara se había salvado de milagro. Se había ido antes, unos decían que porque se sintió mal, otros que había discutido con el Tano. Fuera cual fuese el motivo, lo cierto es que el destino no lo había elegido para morir esa noche con ellos. «Nadie muere en las vísperas.» «¿De dónde me suena eso?» «Es tal cual...»

Teresa se ocupó de todos los arreglos. Antes y durante la ceremonia. Debía estar medicada. Se la veía mal pero serena. Manejaba la situación razonablemente. Dicen que ella pagó la parcela de Martín Urovich. Lala no hubiera podido afrontar ese gasto. Hubo algún cuchicheo entre gente que no era de La Cascada cuando entraron los tres cajones a la capilla. Dicen que eran familiares de Martín, de la rama judía, asombrados por quién había sido elegido para bendecir su paso al otro mundo. Pero nadie dijo nada. Ni siquiera sus padres, que lloraban abrazados. Las tres viudas se sentaron en el primer banco. Teresa y Lala agarradas del brazo. Carla un poco más alejada. Desde el banco de atrás, una amiga que nadie conocía le acariciaba la espalda. Los hijos del Tano y los de Martín lloraban sostenidos por algún pariente o amigo. El cura habló del llamado del Señor, de lo difícil que es entender cuando llama a gente tan joven, y de saber aceptar su sabiduría. Invitó a decir el Padre Nuestro. Lo seguimos quienes pudimos. Pocos, para la cantidad de gente que había ahí adentro. En la parte de «y perdónanos nuestras ofensas...», varios recitaron a la vieja usanza «y perdónanos nuestras deudas...». Y en el murmullo de la plegaria las ofensas se mezclaron con las deudas y quienes nos ofenden con nuestros deudores. Nos santiguamos. Sonó un celular, varios tantearon carteras y bolsillos, pero el timbre siguió sonando. «Hola, estoy en un entierro... te llamo.» Que el Señor reciba a Martín, Gustavo y Alberto en su gloria, dijo el cura. Nos miramos. Alberto no era nadie para nosotros. Dios tenía que recibir al Tano en su gloria. El Tano Scaglia. Después dio los horarios de la misa en su capilla los fines de semana. «La del sábado a las 19 sirve para el domingo, recuerden.» Y acompañó el dolor de los familiares, amigos y deudos. Fue breve. Siempre son breves en esos lugares. Y monocorde, sin entonación, como un juez celebrando el último casamiento del día de su registro. Nadie hubiera soportado mucho más tiempo ahí adentro. Las capillas de los cementerios son muy pequeñas. Y había adentro tres cajones, tres viudas, demasiada gente que no sabía el Padre Nuestro, olor a flores y llantos.

Avanzamos en grupo por el camino de adoquines. A nuestro costado el verde inmaculado del pasto recién cortado. En la marcha se iba agregando gente que había llegado tarde. Todos en silencio. Todos con anteojos negros. Los pasos arrastrados marcaban el sonido que acompañaba a los féretros. Su marcha fúnebre. Algún llanto más agudo que otro. Algún llanto más joven. Llantos de niños. Al final del camino esperaban los tres pozos en el piso. A su costado, las alfombras verdes. Los empleados del cementerio parados junto al mecanismo que bajaría los cajones. Nos fuimos poniendo en círculo alrededor de los pozos abiertos en la tierra. Los administrativos de Altos de la Cascada, los profesores de tenis y el *starter* se mantuvieron un poco más alejados. Alfredo Insúa dijo unas palabras. «No hablo como presidente de Altos de la Cascada, sino como amigo.» Era su primer discurso público después de las elecciones que lo habían consagrado presidente del Consejo de Administración del lugar donde vivíamos. Habló parado junto a Teresa, le agarraba la mano. La madre del Tano gritó en medio de su propio llanto. Y la de Urovich se agachó a abrazar el cajón de su hijo. Habló del dolor que quedaría en La Cascada, «pero también del orgullo de haberlos conocido, de que hubieran sido nuestros vecinos y amigos, de haber compartido con ellos tenis, charlas, caminatas. La historia de Altos de la Cascada lleva impresos sus nombres», dijo. Alguien aplaudió el discurso automáticamente, se sumaron algunas palmas, otros lo siguieron más tímidamente, otros dudaron si en un entierro se aplaude, y al poco rato el aplauso quedó trunco. Los empleados del cementerio giraron las manivelas y los tres cajones bajaron juntos. Otra vez gritó la madre del Tano. Carla se acercó a tirar tierra sobre la tumba de su marido. Los chicos del Tano tiraron las flores que les acercó la nueva mujer de Insúa. La hija de Urovich se abrazó a las piernas de su madre y no quiso mirar mientras el ataúd de su padre bajaba. Alguien se llevó a la madre del Tano. Lala se arrodilló a llorar abrazada a su hija. Dieron unos segundos más para los llantos y luego extendieron las alfombras verdes sobre los pozos abiertos en la tierra. Nos fuimos acercando a besar a las viudas. Primero los más corajudos. Luego a los hijos. Nos abrazábamos entre nosotros. «No se puede creer», decía alguien. «No se puede creer», le respondían.

Poco a poco las tumbas fueron quedando solas. Hicimos el camino de regreso hacia los autos. Teresa se subió con sus hijos al Land Rover del Tano, pero no manejaba ella, sería un hermano o un cuñado, alguien de la familia sin duda, porque no lo conocíamos. Carla se fue con una amiga. Y Lala con los padres de Martín. Quedábamos unos pocos terminando de despedirnos en el estacionamiento cuando llegó Ronie. En una silla de ruedas que arrastraba su mujer. Llevaba un yeso en la pierna. No lloraba. Ella tampoco. Pero sus caras desgarraban a quien se atreviera a mirarlos. Ronie llevaba la vista fija hacia adelante, como si no quisiera que nadie se detuviera a decirle nada. Fue inútil. Dorita Llambías se acercó y le apretó la mano. «Fuerza, Ronie.» Y Tere Saldívar la tomó del hombro a Virginia, «Estamos para lo que necesites». Ella asintió con la cabeza, pero no se detuvo. «Es al lado del cantero de violetas de los Alpes fucsias», le indicó alguien cuando ya seguían su marcha como si supieran adónde ir. El mismo camino que acabábamos de desandar nosotros. Las ruedas de la silla se trababan cada tanto en el adoquín, y Mavi agitaba la silla hacia adelante y hacia atrás para destrabarlas, pero no se detenía. Los mirábamos alejarse. No se detuvieron hasta que llegaron a los tres pozos abiertos cubiertos con la alfombra verde. Entonces Mavi colocó la silla de su marido junto a ellos y se alejó unos pasos. Ronie, de espaldas a nosotros, en línea con las tres tumbas, completaba la que habría sido suya.

46.

Llegamos a casa cerca del mediodía. Juani no estaba y eso sumaba una preocupación más. Acomodé a Ronie con su silla en el living, frente a la ventana que da al parque. «¿Querés un té?» Dijo que sí y fui a la cocina a preparárselo. Tomé coraje y llamé a lo de Andrade. Juani estaba ahí, con Romina, y en cierta forma eso me dejó tranquila. Serví dos tés en una bandeja y fui al living otra vez. Me encontré con la silla de ruedas vacía. «Ronie», grité. Lo busqué en toda la planta baja. Salí al jardín, fui hasta la calle, miré a un lado y al otro. No podía haber llegado muy lejos con la pierna enyesada. Volví a entrar en la casa. Volví a gritar su nombre. No entendí. Hasta que vi la escalera. Ronie estaba en la terraza, agarrado de la baranda, con la pierna enyesada en el aire, agitado por el esfuerzo de haber subido saltando sobre la pierna sana. Miraba la pileta de los Scaglia, detrás de los álamos. Me acerqué despacio, casi sin hacer ruido. Lo abracé. No recordaba cuánto hacía que no abrazaba a mi marido. Me agarró la mano y la apretó fuerte. Lloró, apenas, después más intenso. Trató de calmarse. Giró hacia mí, me miró, y así de la mano me llevó directo a aquella noche, la del 27 de septiembre de 2001, cuando junto a sus amigos comía en la casa del Tano.

Comieron fideos cortados a cuchillo, amasados por el propio Tano. Con tomate y albahaca. Después jugaron al truco, una partida, dos, tres. Y bebieron, mucho. Ronie no se acuerda de quién estaba ganando. Sí cómo habían formado las parejas: Martín y Gustavo contra el Tano y él. Mientras jugaban salió el tema de la mudanza de Martín a Miami. No se acuerda cómo, pero el tema lo había sacado el Tano. Te tenés que quedar, dijo. ¿A qué? A morir con dignidad. Hace rato que dejé de sentirme digno. Porque no estás haciendo las cosas bien. Estoy meado por los perros, decido ir a Miami y vuelan las Torres Gemelas. ¿Tenés para el truco? ¿A qué vas a Miami?, ¿a que te llenen el agua de ántrax? Truco. ¿A consumir el poco ahorro que te queda? Dame más vino. Vas a terminar trabajando de cualquier cosa, y tu mujer limpiando tu casa. Quiero. Y si te descuidás alguna otra casa más para sacar unos mangos. No tengo opción. Sí que tenés. Cuál. Quedarte. Acá ya no se puede vivir. ¿Y quién habla de vivir? ¿A quién le sirvo más vino? Si no podés vivir con dignidad, morí con dignidad. Silencio. ¿Quién da? Los cuatro tenemos la oportunidad de salir por la puerta grande. ¿Salir de dónde? Salir de esto. No te entiendo. Yo voy a salir de esto por la puerta grande y les estoy dando la oportunidad de seguirme. Che, yo tengo trabajo, se ríe Gustavo. ¿Y dignidad?, pregunta el Tano. Envido. Envido. ¿Por qué lo decís? Veintinueve. Son buenas. Por nada lo digo. ¿Qué sabés? ¿Yo de vos? Lo importante es lo que cada uno sabe de sí mismo. Voy callado. Y qué hace cada uno cuando nadie lo ve. Truco. O cuando cree que nadie lo ve. Quiero retruco. ¿Por qué lo decís? Yo voy a morir con dignidad, esta noche, solo o con ustedes. ¿Tano, estás jodiendo, no? ¿Yo?, no, Ronie. Parda la primera. A nadie de los presentes le falta motivo para hacer lo mismo. Silencio. Sos mano vos, Tano. ¿Fue parda? Tengo un seguro de vida por quinientos mil dólares. Silencio. Si eso no es digno... Truco. Si muero, mi familia cobra la prima y sigue viviendo como hasta ahora, exactamente como hasta ahora. No quiero. Previsor, Tano. Vos también tenés un seguro de vida, Martín, por menos guita, pero más que suficiente. Estás equivocado, yo no tengo seguro. Sí tenés, lo pago yo con tu obra social. Mal don. Silencio. ¿Por cuánto me lo sacaste? Che, ¿por qué no se dejan de joder? Envido. Nunca hablé más en serio en la vida. Real envido. ¿Tenés? No. No queremos. Lo importante es que nadie sospeche. ¿Qué cosa? Que fue un suicidio, si no, no pagan. ¿Canto algo chiquito? Tiene que parecer un accidente. Hasta truco canto. No, nos vamos al mazo. ¿A mí también me pagaste un seguro?, pregunta Gustavo. No, en tu caso mejor es no tener seguro. ¿Ustedes están jodiendo? ¿Cuál es mi caso? Darle en serio un golpe a tu mujer. Silencio. Ronie bebe. Pegarle como le pegás es al pedo, golpeala en serio, donde le duele, en el bolsillo. Gustavo tira las cartas sobre la mesa. Se levanta, camina alrededor de la mesa. Vuelve a sentarse. Lo sabe todo el club, Gustavo, tus vecinos hicieron una denuncia en la guardia la última vez, por los gritos. Levantá las cartas y repartí, dale. Reparto yo. Corto. Yo no le pego. Envido y truco. No quiero el primero, quiero el segundo. Quiero retruco. Yo no le pego. Quiero. Fue una vez, que me saqué, pero yo no le pego. Quiero vale cuatro. En la guardia tienen asentadas más de cinco denuncias *off the record*. Yo no soy eso, yo no, es ella que me saca... ¿El ancho también lo tenés? Qué lo parió. Dame vino. ¿Y cómo sería? Che, déjense de joder, insiste Ronie. Yo no me quiero ir a Miami, lo hago por ellos. Por ellos matate, y dejale más dinero del que harías en el resto de tu vida en Miami o donde sea. Gustavo bebe, una copa, otra. Vamos por el bueno, dice el Tano. Baraja. No me gusta que jodan con esas cosas. No es joda, Ronie. No te creo. ¿Y cómo sería? Morimos electrocutados, en la pileta, primero nadamos, borrachos, escuchamos música y cuando quiero acercar el equipo, desde el agua, el alargue se desprende y cae a la pileta. 220 voltios que recorren el agua a la velocidad de un rayo. Nos fulminan. Todos tenemos que estar tocando algún borde para hacer masa. Anulé el disyuntor, para cuando salte la térmica del circuito externo vamos a estar secos. ¿En la pileta y secos?, se ríe Urovich. Están locos. No te equivoques, Ronie. Y vos el más loco de todos. El más loco es el más cuerdo, Ronie, a veces sólo algunos vemos la realidad, las empresas cierran, los capitales extranjeros se van, cada vez se pelea más gente por un mismo puesto gerencial, y yo soy el loco. Bebe. Tendrías que leer algo de la cultura oriental, los chinos, los japoneses, ésos sí saben del valor de quitarse la vida a tiempo. ¿Y vos desde cuándo leés cultura oriental, Tano? Desde que se dejó la barba candado, bromea alguno que no es Ronie. A lo mejor algún día, algún año, cuando manejen este país otros, algo cambie y seamos un país en serio, pero va a ser tarde, nosotros no vamos a tener edad para disfrutarlo, ni esta casa, ni este auto, pero nosotros podemos salvar a nuestra familia de la caída. Yo no estoy cayendo. Vos ya estás estrellado, Gustavo. ¿Doy? Yo no juego más. No nos podés plantar, Ronie. Una mano más, dale. Cortá. ¿Y si sale mal? ¿Si se dan cuenta? Flor. ¿De qué? Del engaño. Cuatro electrocutados no pueden ser sospechados de suicidio. Además de loco te creés mucho más inteligente que el resto, dice Ronie. No sé si inteligencia es la palabra, pero esto no es Guyana ni yo Jim Jones, nadie va a sospechar. Truco. ¿Te prendés o no, Ronie? Estás mal de la cabeza, Tano. ¿Es eso, o que no querés ver cuál es tu motivo para suicidarte? A mí caer no me asusta como a vos, Tano. No, ya lo creo que la caída a vos no te preocupa, por eso no querés ver tu verdadero motivo para matarte. Sería tu motivo, no el mío, no me interesa. Debería interesarte. Estás loco. Hacelo por tu hijo, Ronie. No metas a mi hijo en esta mierda. Tu hijo ya está metido en la mierda. Ronie se levanta, lo agarra del cuello de la camisa. Martín y Gustavo, como pueden, los separan. Los sientan. El Tano y Ronie se miran. Sos un fracasado, Ronie, por eso tu hijo se droga. Ronie otra vez se va a las manos. Y vos un reverendo hijo de puta. Soltalo, Ronie. Te voy a cagar a trompadas. Basta. No se te ocurra volver a mencionar a mi hijo. Lo suelta. ¿Hasta dónde pensás llegar para mantener

todo esto, Tano? Yo ya llegué, no te confundas, Ronie.
Vos no tenés límite. La verdad que no. Sos un hijo de puta. Yo no le vendo la droga a tu hijo. Yo tampoco. Pero le
marcás el camino hacia el fracaso. ¿Y qué es el fracaso, Tano?, ¿yo soy el fracaso?, ¿y vos qué?, ¿electrocutarse te va a
salvar de ser un fraude? Mira a los otros dos. ¿Y ustedes,
qué clase de fracasados son, de la mía o de la del Tano?
Mejor andate, Ronie, le dice Martín. Va a ser lo mejor,
Ronie, dice Gustavo. Andá tranquilo, Ronie, le dicen. Ya
te contestaron. Ya me contestaron. No estás a la altura de
las circunstancias. No, no estoy. ¿Ustedes dos? Andá tranquilo, Ronie, en serio, le dice Gustavo, y lo acompaña a la
puerta. Ronie se va. A su casa, a su terraza. La nuestra.
Convencido de que están locos, borrachos, idiotas, pero
que finalmente no van a hacerlo, que va a terminar siendo pura cháchara, que llegado el momento primará un
resto de cordura y no habrá pileta, ni música, no habrá cable, no habrá electricidad, no habrá suicidio. Está seguro.
Hicieron bien en pedirle que se vaya, Gustavo y Martín lo
van a manejar al Tano mejor que él. O a lo mejor se pusieron de acuerdo los tres para tomarle el pelo y ahora se ríen
mientras toman un poco más de vino. Ronie llega a casa y
sube la escalera, se sienta a esperar que no pase lo anuncia-
do al otro lado de la calle. Sin embargo, arriba, en su terraza, mientras bebe y los hielos se resbalan por el piso de
baldosas, mientras Virginia le habla y no la escucha, mientras suena ese jazz contemporáneo y triste, lo que ve a través de los álamos que apenas se agitan en el aire pesado de
esa noche le demuestra que se había equivocado.

47.

Una semana después del entierro, Ronie y Virginia citan a las viudas a su casa. Fue el tiempo que necesitaron para prepararse antes del encuentro. Carla y Teresa son puntuales. Lala llega unos veinte minutos después. Las primeras miradas son difíciles, casi imposibles, las primeras palabras, los primeros silencios. Virginia sirve café. Las mujeres preguntan por el yeso. Ronie les cuenta, de la operación, del tratamiento, de la rehabilitación. De la caída. Les cuenta la caída sin contarles todavía por qué cayó. Pero alcanza para introducirlas en esa noche, es el momento, y empieza, apenas termina con el hueso roto y la sangre que no para, apenas termina de contar cómo Virginia lo subió a la camioneta, y que camino a la salida se cruzaron con Teresa. «Yo no los creí capaces», dice, «no creí que lo fueran a hacer». Y ellas no entienden. Ronie les cuenta, como puede, del plan del Tano, de la depresión de Martín Urovich, de cómo el Tano fue contando una historia, la historia de su propia muerte, que Ronie no terminaba de creer. No menciona los motivos con los que convenció a Gustavo. No hace falta. Carla llora. Lala repite varias veces «hijo de puta», y no aclara si se refiere a su marido o al Tano. O a Ronie. Teresa no termina de entender. «¿Pero entonces no fue un accidente?» «Creo que no.» «¿Se suicidaron?» «Se suicidaron.» «No puede ser, él nunca me dijo nada», dice Teresa. «Hijo de puta», vuelve a decir Lala. «Debe haber pensado que iba a ser lo mejor para vos y los chicos», dice Virginia. «Él no pensó, el que piensa es el Tano», dice Lala en presente como si el Tano aún estuviera vivo. «Me parece que ninguno de nosotros nos dimos cuenta a tiempo de lo mal que estaba el Tano», trata de explicar Ronie. «Pero si no estaba mal, teníamos proyectos, estábamos por viajar», sigue sin entender Teresa. «¿Y yo?», pregunta Carla. Nadie contesta. «¿Cómo convenció el Tano a Gustavo?», otra vez pregunta. «No sé», dice Ronie, «yo creí que no lo había convencido». «Dios mío», dice ella, y llora. «Perdón, hubiera querido evitarles otro mal momento, pero tenían que saberlo», justifica Ronie. «¿Quién dijo que teníamos que saberlo?», dice Lala. Carla no puede parar de llorar, Virginia se acerca y le agarra la mano. Se abrazan. Lala se va dando un portazo. Teresa no logra terminar de acomodar las piezas, «no estaba mal, te juro que el Tano no estaba mal». Los cuatro quedan en un largo silencio que sólo interrumpe el sollozo de Carla. Y luego: «¿Estás seguro de lo que estás diciendo?», pregunta Teresa. «Muy seguro.» Otra vez el silencio y después: «¿Y esto cambia en algo algo?», quiere saber la viuda del Tano. «Ésta es la verdad», contesta Ronie, «nada más que eso cambia, que ahora saben la verdad».

No pasan dos horas desde la reunión en la que Ronie les contara a las viudas lo que sucedió esa noche, cuando aparecen en su casa Ernesto Andrade y Alfredo Insúa. Quieren hablar con él a solas. No lo dicen abiertamente, pero es evidente y Virginia va a la cocina a preparar café y se demora más de lo necesario para evitarse el desagradable pedido de «mujeres afuera». Empiezan hablando de otra cosa. «¿Alguien sabe a cuánto llegó el riesgo país hoy?» Nadie sabía. «Se está poniendo difícil la cosa; si tenés plata en el banco sacala, Ronie, te lo digo de buena fuente.» «En el banco tengo deudas.» «Espero que sean en pesos.» «¿Escuchaste algo sobre las cajas de seguridad?» Hasta que llegaron a lo que habían venido. «¿Alguien más está al tanto, aparte de vos y Virginia, del tema ese del supuesto suicidio?», pregunta Andrade. «Yo hasta ahora sólo hablé con Lala, Carla y Teresa.» «¿Por qué decís hasta ahora?» «No sé, porque sí, porque fue lo que hice hasta ahora.» «Ronie, no pudo haber suicidio.» «Sí, yo sé que es difícil de entender.» «No se trata de entender, Ronie, se trata de que no, simplemente no hubo suicidio.» «Pero yo estuve ahí, yo los escuché planearlo, sólo que no les creí, si no...» «No lo creas ahora entonces, ese suicidio no le conviene a nadie. Decime, ¿vos te das cuenta de que si hubo suicidio estas mujeres se quedan en la calle?», pregunta Insúa. Ronie no contesta. «¿Entendés de lo que hablo, no?» «Cómo no voy a entender si me lo explicó el mismo Tano.» «Ahí está, tenés razón. Nosotros les estamos dando una mano a las viudas con todo este quilombo que se les vino encima. Ernesto con el tema legal, y yo con el tema de los seguros», le cuenta. «A Carla no, porque ella es muy distante y no se deja ayudar», aclara Insúa. «Neto, neto, si no cobran el seguro se quedan absolutamente en bolas, Ronie», resume Andrade. «Si hubiera una mínima sospecha de suicidio, por boluda que sea, la compañía va a empezar a averiguar, se va a embarrar la cancha y las pobres no cobran ni el día del arquero.» «Yo ni pensé en el seguro.» «Está bien, vos estás muy tocado por todo este asunto, es entendible que no estés con todas las luces; pero hay que pensar y por suerte estamos nosotros para eso.» Virginia entra con el café. Los tres hombres se quedan mudos. Ella le acerca a cada uno su pocillo, cruza una mirada con su marido y vuelve a salir con la bandeja vacía. «¿Entendés, Ronie?» «Sólo quería que supieran la verdad.» «Sí, ya sabemos, pero el mundo está lleno de buenas intenciones al re pedo, Ronie, y más allá de si hiciste bien o mal, porque en definitiva qué sé yo si para estas mujeres es mejor pensar que se electrocutaron sin querer o a propósito, ¿no?, pero más allá de eso... no me acuerdo qué iba a decir más allá... Ya me va a salir.» «Que cobren el seguro hoy es primordial, Ronie.» «Eso era lo que iba a decir.» «Yo creía que ellas se merecían saber la verdad.» «A lo mejor sí, qué sé yo, yo de psicología mucho no entiendo pero, es más, a lo mejor con esta verdad hasta puedan dar una vuelta de rosca a lo incomprensible de esta desgracia y darse cuenta de que sus maridos eran casi... héroes, ¿no?» «¿Qué decís?», se asombra Ronie. «Hay que tener huevos para hacer lo que hicieron estos muchachos.» «Se mataron para dejarles algo, ¿no tiene algo de heroico eso?» Ronie escucha a uno y a otro decir más o menos lo mismo, repetirse. No contesta. Revuelve el azúcar en su café y piensa. Piensa: yo no fui heroico, yo fui cobarde, o cobardes fueron ellos, se corrige, pero entonces yo qué, otra clase de cobarde, o un fracasado, como me dijo el Tano, alguien demasiado aferrado a la vida, o qué, todo eso junto, nada de eso. «Necesitamos contar con tu silencio», dice Andrade con firmeza. Ronie levanta la mirada de su taza y alcanza a ver a Juani que lo mira desde el descanso de la escalera. Los hombres miran en esa dirección y también lo ven. «Y con el silencio de toda tu familia.» «Las viudas lo necesitan, no les podemos fallar.» «Lo único que falta es que se hayan inmolado al pedo.» Ronie se para sobre su yeso como puede. Mira a Juani en la escalera y luego a los hombres frente a él. «Ya me quedó claro el mensaje, ahora quiero descansar», les dice. «Contamos con vos, entonces.» Ronie no contesta, los hombres no se mueven. Juani baja unos escalones más. «¿Nos podemos ir tranquilos, entonces?» Juani va hacia su padre. Ronie trata de avanzar sobre su pierna enyesada para guiarlos hacia la salida. Trastabilla, Juani lo sostiene. Los hombres todavía no se mueven. «Váyanse, ¿no escucharon a mi papá?», dice Juani. Andrade e Insúa lo miran, y luego miran a Ronie. «Pensalo, Ronie, ventilando detalles no vas a ganar nada.» «No estoy buscando ganar nada, me parece que eso es lo que ustedes no terminan de entender.» «Pensalo.» Los hombres salen, nadie los acompaña. Juani no se mueve de al lado de su padre. Virginia los mira desde la puerta de la cocina.

48

Miré a mi marido y a mi hijo, uno junto al otro. «¿Qué vamos a hacer?», pregunté. «Lo que teníamos que hacer ya está hecho», contestó Ronie. Pero Juani nos miró: «¿Y si ésa no fuera la verdad?». No entendimos. «Suban, tengo que mostrarles algo», dijo.

Ayudamos a Ronie en la escalera. En el cuarto de Juani estaba Romina, sentada en el marco de la ventana, esperándonos. No sabía que ella estaba ahí. Tenía la filmadora digital de su padre. Juani nos pidió que nos sentáramos en la cama. El televisor estaba encendido, un noticiero informaba el inminente ataque de los Estados Unidos al país que suponía responsable del atentado a las Torres. «Nuestros militares están listos y nos harán sentir orgullosos», dijo en la pantalla su presidente. Juani acercó la cámara de video al aparato. En segundos desenchufó cables, enchufó otros, apretó botones y logró que la imagen filmada apareciera en la televisión y desapareciera la de aquel presidente. Romina hacía de asistente alcanzándole los cables necesarios. Yo estaba tan sorprendida por la destreza tecnológica de mi hijo que al principio no me di cuenta de qué nos estaban mostrando. A mí, hacer esa conexión, me habría llevado el día entero, suponiendo que lo hubiera logrado. Ronie se agarró la cabeza y su expresión, con la mirada clavada en la pantalla del televisor, me hizo ver la imagen que yo también tenía ante mis ojos. Era una filmación algo oscura, pero no había duda de que era la pileta de los Scaglia.

Estaba filmada desde arriba, como si quien llevara la cámara se hubiera trepado a algún lugar. «Nos subimos a los árboles», dijo Juani, y entonces me di cuenta de que esas sombras que molestaban eran hojas. Martín Urovich ya estaba dentro del agua, se dejaba flotar, hacía la plancha agarrado a un flota-flota. Con una mano se agarraba del flota-flota y con la otra del borde de la pileta. El Tano acomodaba un equipo de música cerca de la escalera, sobre el piso de Travertilit. «El equipo de música», me dijo Ronie y los dos sabíamos de qué se trataba. El alargue venía arrastrando por el piso desde algún enchufe de la galería. El Tano pasó la palmeta con la que se sacan las hojas de la pileta por debajo del cable, la enroscó, y dejó el extremo del mango muy cerca del borde. Muy cerca de él. Gustavo estaba sentado al lado, con los pies dentro del agua. La distancia no permitía asegurar que estaba llorando, pero la posición de su cuerpo, un leve temblor, ciertos espasmos casi imperceptibles, eran claras señales de que lo hacía. Cuando el Tano terminó de acomodar todo, se metió en el agua, bebió de una de las tres copas que estaban en el borde de la pileta. Una rama se movió y tapó un instante la lente de la cámara. Enseguida apareció otra vez el Tano, le hablaba a Gustavo, no escuchábamos qué decía. Pero Gustavo negaba con la cabeza. El Tano hablaba cada vez más enérgicamente y frente a la negativa del otro lo agarró con fuerza de un brazo. Gustavo se deshizo de él. Otra vez lo quiso agarrar y Gustavo se deshizo otra vez. El Tano lo retó como a un chico, no se oía, pero sus gestos eran inconfundibles. Gustavo se quebró, lloró con los codos apoyados en los muslos y las manos tapándose la cara. Ya no era imperceptible su llanto. Movía su cuerpo arriba y abajo al compás de los suspiros entrecortados. Entonces el Tano se le colgó del cuello, lo tiró a la pileta, e inmediatamente, casi como parte de un mismo movimiento, empujó el alargue del equipo con la palmeta. Urovich seguía flotando. Gustavo asomó en la superficie a pesar de que el Tano intentaba sumergirle la cabeza adentro con su mano libre. Pero Gustavo era más fuerte y más joven que el Ta-

no y pudo deshacerse de él otra vez, y tratar de llegar al
borde. Se agarró del borde. Fue tarde, no alcanzó a salir.
El Tano, con la otra mano, la que no había tirado a Gustavo ni había sostenido su cabeza dentro del agua, sumer-
gía la punta del alargue vacío junto a él para que la electricidad inundara el agua. Los cuerpos se pusieron tensos, y
luego se hundieron. El agua se agitó. Y fue la oscuridad
total. Todas las luces externas de la casa se apagaron y la
música se detuvo. Entonces la cámara empezó a devolver
imágenes enloquecidas, muy oscuras, apenas visibles, pero más cercanas, las hojas del árbol del que Romina y Juani bajaban, el piso bajo sus pies en carrera. «¿Qué hacemos?», se escuchaba la voz de Romina en la cinta. Otra
vez el piso oscuro, ruido de carrera, respiración agitada.
Fondo negro.

Ronie y yo nos quedamos quietos, sin qué decir.
Juani y Romina esperaban. «¿Podríamos haberlos salvado?», preguntó Juani. «Lo mató», dijo Ronie, con estupor.
«¿Podríamos?», insistió mi hijo. Miré a Ronie. Sabía lo que
se estaba preguntando y me apuré a decir: «Nadie habría
podido». Ronie miró a Romina. «¿Tu padre vio esto?»
«¿Para qué?», dijo ella, «lo ocultaría igual que el suicidio, la
viuda de un asesino tampoco cobra seguro». Otra vez quedamos en silencio, ninguno de los cuatro se animaba a decir lo que pensaba. «¿Qué se hace ahora, papá?», preguntó
al rato mi hijo: «¿Ir a la policía?», tanteó. «No nos lo van a
perdonar nunca», se apuró a decir Ronie. «¿Quiénes?», preguntó Juani. «Nadie», le contestó. «¿Nadie quiénes?», insistió Juani. «Nuestros amigos, la gente que nos conoce»,
contesté yo. «¿Tanto importa?», preguntó mi hijo. «Tengo
miedo de lo que nos pueda pasar», le respondió su padre.
«Lo que nos tenía que pasar ya nos pasó, papá», dijo Juani
y se le llenaron los ojos de lágrimas. Romina dio un paso y
quedó pegada a él, tocándolo con todo el cuerpo. «Entonces, ¿qué hacemos?», dijo otra vez. «No sé», respondió Ronie. Juani me miró, esperaba que yo dijera algo. Los ojos

de Juani, húmedos, clavados en los míos. Bajé la mirada, me sentí huérfana, sola. Viuda sin serlo.

«No sé», volvió a decir Ronie. Y Juani le dijo: «¿No sabés? Hay veces en que uno sí o sí tiene que saber. Sabés aunque no quieras. Estás de un lado o del otro. No hay otra. De un lado o del otro».

Ronie no pudo decir nada. Entonces dije yo. Le pedí a Juani que ayudara a su padre a bajar la escalera. Romina nos siguió. Lo subimos a la camioneta. Entre los tres. Extendí con cuidado su pierna enyesada y la volví a doblar antes de cerrar la puerta. Di la vuelta y me senté al volante. Miré a Ronie, tenía la vista perdida en algún lugar, adelante. Ni él ni yo estábamos convencidos de lo que estábamos por hacer, pero Juani sí, y que fuera solo no me dejaba tranquila.

Miré por el espejo retrovisor, Juani llevaba la cámara colgada del cuello y tenía a Romina agarrada de la mano. Giré la llave y el motor se encendió, moví la palanca de cambios y nos pusimos en marcha, hacia la barrera. Mirar a los costados me producía una sensación extraña, avanzaba octubre del año uno del nuevo siglo y la primavera se sentía rara. Habían desaparecido las coronitas de novia que suelen durar hasta entrado noviembre, y azucenas y jazmines manchaban de otro blanco algunas casas. Era raro, no se suelen ver esas flores sino más adelante, casi entrado el verano. Pero ahí estaban. Como si la naturaleza hubiera intuido que diciembre ya estaba en el aire.

Cuando llegué a la barrera, mis manos transpiraban. Me sentía en una de esas películas donde los ilegales tienen que cruzar una frontera. Ronie estaba pálido. El guardia nos advirtió: «Vayan directo a la ruta sin pasar por Santa María de los Tigrecitos; no hay que agarrar ese camino, hay un informe de seguridad». «¿Qué pasa?», pregunté. «Está feo el clima.» «¿Cortaron la ruta?» «No sabría decirle, pero hasta la misma gente de los Tigrecitos está haciendo barricadas, tienen miedo de que vengan.» «¿Quiénes?», le dije. «Los de las villas supongo, dicen que están saqueando del otro lado de la ruta. Pero no se preocupe, acá estamos preparados. Si vienen, los vamos a estar esperando.» Y cabeceó hacia otros dos guardias parados a un costado, junto al cantero de azaleas, armados con fusiles.

Miré hacia adelante por el camino que llevaba a la ruta, estaba desierto. Pasé la tarjeta por el lector y la barrera se levantó. En el espejo retrovisor estaban los ojos de Juani y Romina, observando los míos. Ronie me golpeó el muslo para que lo mirara. Parecía asustado.

Le pregunté:

«¿Te da miedo salir?»

Todos los personajes y situaciones narrados en esta novela son fruto de la imaginación, y cualquier parecido con la realidad es mera coincidencia.

Este libro terminó de imprimirse en diciembre de
2010 en Editorial Penagos, S.A. de C.V., Lago Wetter
num. 152, Col. Pensil, C.P. 11490, México, D.F.

Alfaguara es un sello editorial del Grupo Santillana

www.alfaguara.com

Argentina
Avda. Leandro N. Alem, 720
C 1001 AAP Buenos Aires
Tel. (54 114) 119 50 00
Fax (54 114) 912 74 40

Bolivia
Avda. Arce, 2333
La Paz
Tel. (591 2) 44 11 22
Fax (591 2) 44 22 08

Chile
Dr. Aníbal Ariztía, 1444
Providencia
Santiago de Chile
Tel. (56 2) 384 30 00
Fax (56 2) 384 30 60

Colombia
Calle 80, 10-23
Bogotá
Tel. (57 1) 635 12 00
Fax (57 1) 236 93 82

Costa Rica
La Uruca
Del Edificio de Aviación Civil 200 m al Oeste
San José de Costa Rica
Tel. (506) 220 42 42 y 220 47 70
Fax (506) 220 13 20

Ecuador
Avda. Eloy Alfaro, 33-3470 y Avda. 6 de
Diciembre
Quito
Tel. (593 2) 244 66 56 y 244 21 54
Fax (593 2) 244 87 91

El Salvador
Siemens, 51
Zona Industrial Santa Elena
Antiguo Cuscatlan - La Libertad
Tel. (503) 2 505 89 y 2 289 89 20
Fax (503) 2 278 60 66

España
Torrelaguna, 60
28043 Madrid
Tel. (34 91) 744 90 60
Fax (34 91) 744 92 24

Estados Unidos
2105 N.W. 86th Avenue
Doral, F.L. 33122
Tel. (1 305) 591 95 22 y 591 22 32
Fax (1 305) 591 91 45

Guatemala
7ª Avda. 11-11
Zona 9
Guatemala C.A.
Tel. (502) 24 29 43 00
Fax (502) 24 29 43 43

Honduras
Colonia Tepeyac Contigua a Banco Cuscatlan
Boulevard Juan Pablo, frente al Templo
Adventista 7º Día, Casa 1626
Tegucigalpa
Tel. (504) 239 98 84

México
Avda. Universidad, 767
Colonia del Valle
03100 México D.F.
Tel. (52 5) 554 20 75 30
Fax (52 5) 556 01 10 67

Panamá
Avda. Juan Pablo II, nº15. Apartado Postal
863199, zona 7. Urbanización Industrial
La Locería - Ciudad de Panamá
Tel. (507) 260 09 45

Paraguay
Avda. Venezuela, 276,
entre Mariscal López y España
Asunción
Tel./fax (595 21) 213 294 y 214 983

Perú
Avda. Primavera 2160
Surco
Lima 33
Tel. (51 1) 313 4000
Fax (51 1) 313 4001

Puerto Rico
Avda. Roosevelt, 1506
Guaynabo 00968
Puerto Rico
Tel. (1 787) 781 98 00
Fax (1 787) 782 61 49

República Dominicana
Juan Sánchez Ramírez, 9
Gazcue
Santo Domingo R.D.
Tel. (1809) 682 13 82 y 221 08 70
Fax (1809) 689 10 22

Uruguay
Constitución, 1889
11800 Montevideo
Tel. (598 2) 402 73 42 y 402 72 71
Fax (598 2) 401 51 86

Venezuela
Avda. Rómulo Gallegos
Edificio Zulia, 1º - Sector Monte Cristo
Boleita Norte
Caracas
Tel. (58 212) 235 30 33
Fax (58 212) 239 10 51